m

阅读之前 没有真相

午 夜 文 库 ———————

伊恩·兰金

雷布思警探系列

伊恩·兰金　Ian Rankin（1960— ）

　　伊恩·兰金，被誉为苏格兰黑色之王，当代最优秀的侦探小说家之一。

　　兰金一九六〇年四月二十八日出生在苏格兰的法夫郡，从爱丁堡大学毕业后，曾经当过葡萄园工人、养猪工、税务员、酒类研究者和音响器材记者，并以主唱身份加入过一支名叫"群猪跳舞"的朋克乐团（这个乐团及其录制的专辑也曾在他的小说里出现过）。兰金从小就对流行音乐有特殊的喜好，这使得他对歌曲填词产生了很大兴趣，并在求学期间陆续发表多篇诗词作品，而后转向了小说创作。兰金在攻读博士学位期间完成了三部小说，最后一部就是让他蜚声文坛的约翰·雷布思系列首部曲《不可忘却的游戏》（Knots and Crosses），当年他只有二十七岁。

　　让人惊奇的不只是他踏入文坛的年龄，更特别的是，兰金在如此年轻的时候，却塑造了一位四十一岁、离婚、酗酒而且烟瘾极大的雷布思警探，并把故事背景设定在复杂的警察世界之中，如果没有足够的文字功力，肯定无法在竞争激烈的英国大众文坛脱颖而出。这本兼具惊悚与悬疑气氛的警探小说深入描写了人类心理层次的黑暗面，加上鲜活的人物个性与深入贴近社会的叙事角度，引起了读者的巨大反响，也鼓舞兰金继续写下去，一写就是二十几个年头。迄今为止，他的十七本系列作品被翻译成三十一国文字出版，兰金也早已成为英国当代最重要的作家之一。

兰金在英国文坛的成就极高，曾获得声望卓著的钱德勒－富布赖特推理文学奖。他曾经四度获选英国犯罪小说作家协会匕首奖，其中《黑与蓝》(*Black and Blue*) 荣获一九九七年英国犯罪小说作家协会金匕首奖，同时获得美国推理小说作家协会爱伦坡奖提名。一九九九年，《死灵魂》(*Dead Souls*) 再获金匕首奖提名；二〇〇四年，《掘墓盗尸人》(*Resurrection Men*) 夺得爱伦坡奖最佳小说奖；二〇〇五、二〇〇七年两度赢得英国国家图书奖年度犯罪惊悚小说奖。

二〇〇二年，兰金因其文学贡献获得大英帝国勋章；二〇〇五年获得英国犯罪小说作家协会颁发的代表终身成就的钻石匕首奖，成为史上最年轻的钻石匕首奖得主；同年，兰金再获法国推理小说大奖、德国犯罪电影奖与苏格兰杰出人物奖，并于一九九九年至二〇〇五年间获得四所大学的荣誉博士学位。

兰金目前与妻子和两个儿子住在爱丁堡，与著名作家 J. K. 罗琳比邻而居。据传，他曾指导罗琳尝试侦探小说的创作。

任血流淌
Let it bleed

（英）伊恩·兰金（Ian Rankin） 著

崔萍 刘怡菲 译

新星出版社 NEW STAR PRESS

致 谢

感谢：罗尼·麦金托什，在我的调查过程中给予我帮助；德温·斯科比议员，帮助我取得当地政府的协助；约翰·马蒂松，爱丁堡监狱员工培训官，感谢他给我的建议；苏格兰政府办公室，尤其是出版部门；新安德鲁出版社；爱丁堡理事会的成员；洛锡安和爱丁堡企业管理局的员工和苏格兰工商理事会的成员；感谢爱丁堡中心图书馆的所有工作人员和苏格兰国家图书馆的工作人员；谢谢乔恩的沙发和牛津酒吧的每一个人。

当然，所有的偏差和不足之处都是我个人的错。

肯尼迪夫人引用的话出自 W．L．洛里默（企鹅出版社，1985）翻译的《苏格兰新约》。

说　明

第一次听到滚石唱片《任血流淌》时，我不喜欢这种音乐——在十多岁时，我只听马克·波伦[①]——但我姐姐的男朋友是滚石的崇拜者。尽管我几乎不明白这种音乐的含义，但我觉得旋律确实很迷人。我可以听出音乐中含有某种"肮脏"的东西，它暗示了性、放荡、暴力和毒品。

二十多岁时，我已经写了两本书，还在伦敦兼职做音乐记者和高保真乐器评论家。由于录音十分出色，《任血流淌》成了我经常听的唱片。一九九四年，我开始写第七本"雷布思探案系列"，并鼓起勇气借用这张唱片的名称作为这部小说的书名。虽然故事发生的背景是爱丁堡的严冬，但实际上我是在法国西南部的寓所完成的，大部分时间是炎炎夏日。我不确定写书能否为我的内心吹些冷气，但是有一件事我是非常了解的：在爱丁堡寒冷的日子里，你绝对希望供热系统能够正常工作。所以就有了标题中的双关语——雷布思真正希望流血的是暖气片。

虽然《任血流淌》中有很多打斗场景，但是我仍然认为它是一本充满感情的书。我们比以往任何时候都更容易接近雷布思的内心，了解到他为什么喜欢音乐和酒。到目前为止，我对写出好的侦探故事，重塑雷布思的世界很有信心。

现在，我很开心，因为我了解雷布思所想的东西。他也很开心，因为他可以开怀畅饮，抽烟，听音乐。

在《任血流淌》这张唱片中有一首歌是关于波士顿连环杀人犯的。米克·贾格尔[②]在那首歌中讲述了一个真实的案件。米克感兴趣的东西也是我所钟爱的，我的下一本书将会证明这一点。

伊恩·兰金

二○○五年五月

---

①马克·波伦（Marc Bolan, 1947—1977），华丽摇滚（glam rock）的始祖之一。
②米克·贾格尔（Sir Michael Phillip "Mick" Jagger, 1943— ），滚石乐队的创始人之一，担任乐队主唱。

目 录

贪婪，工业发展的动力。

（大卫·休谟①，《论公民自由》）

思维更复杂的读者只会重复意大利谚语，"如果它不是事实，它就切中要害。"

（穆丽尔·斯帕克②，《公众形象》）

没有女人的话，生活就是酒吧。

（马丁·艾米斯③，《钞票》）

①大卫·休谟（David Hume, 1711—1776），苏格兰哲学家、经济学家、历史学家，被视为苏格兰启蒙运动以及西方哲学历史中最重要的人物之一。
②穆丽尔·斯帕克（Dame Muriel Spark, 1918—2006），英国小说家，出生于苏格兰。
③马丁·艾米斯（Martin Amis, 1949— ），英国小说家。一九八六年的作品《钞票》被《时代杂志》选为百大最佳英语小说。

桥 ————

1

一个冬天的夜晚，爱丁堡传来惊声尖叫。

一辆汽车被后面的三辆汽车追逐着，追逐的汽车里面坐着警察。黑夜里下着雨夹雪，狂风肆虐。在第二辆警车里，约翰·雷布思警督咬紧了牙关。他用一只手紧紧地握着车门上的手柄，另外一只手抓着前排座位的边缘。在驾驶员的座位上，总警督弗兰克·劳德戴尔好像年轻了将近三十岁。他又回到了青年时代，享受着飙车——甚至是有点疯狂的飙车——所带来的力量感。他身体略微前倾，透过挡风玻璃观察着。

"我们一定要抓住他们！"他这样叫了无数次，"我们一定要抓住这些浑蛋！"

雷布思牙关紧咬着，无法张口作答。不是因为劳德戴尔开车技术不好……好吧，不仅仅是因为劳德戴尔开车技术不好，还有天气也让雷布思感到不舒服。当他们来到巴腾立交桥第二个环道的时候，雷布思觉得他们车子的轮胎已经失去了与光滑地面间的接触。轮胎本来就不是全新的，可能翻新过。气温已经接近零度，雨夹雪正打算把他们冻僵。他们现在已经出了城，甩开了红绿灯和十字路口。在这里追车应该安全一些，但是雷布思并不这么觉得。

在前面的汽车里坐着两个穿制服的年轻人，紧追其后的车子里是一名警员和一名警长。雷布思从他们的后视镜里看到了自己车子的车头灯。他从乘客座位旁边的窗户向外望去，天哪，外面可真黑。

雷布思想：我可不愿意在黑暗中死去。

发生在前一天的电话里的对话——

"拿一万英镑来，我们就放了你女儿。"

父亲舔了舔嘴唇："一万？太多了。"

"对你来说不算多。"

"等等，让我想想。"这位父亲看了一下便笺纸，雷布思刚刚在上面快速写下了什么。"时间太紧迫了。"他告诉打来电话的人。雷布思用一个耳机听他们的对话，眼睛盯着默默转动的磁带。

"你的这种态度会让她受到伤害的。"

"不要……求求你。"

"那么你最好把钱准备好。"

"你会让她跟你一起来？"

"我们不会骗你的，先生。一手交钱一手交人。"

"在哪儿？"

"我们今天晚上会打电话告诉你细节。最后一件事，不要让我看到警察，明白吗？如果让我看到任何警察的迹象，甚至听到远处的警笛声，你就等着到合作社的殡仪馆给你女儿收尸吧。"

"我们一定要抓住他们！"劳德戴尔叫道。

雷布思感觉自己下巴的肌肉放松了："好的，我们会抓住他们的。你为什么不放松一点？"

劳德戴尔看了他一眼，咧开嘴笑了："没有酒喝了吧，约翰？"然后他又加速超过了一辆运输车。

打电话的人声音听起来很年轻，像是来自工薪阶层。他把"明白"说成"蒙白"；他提到了穷人去的合作社；他用嘲讽的语气说"先生"二字。年轻的工人阶层，可能还有一些幼稚。不过雷布思并不确定。

"法夫的警察正在桥的另一端等着呢，是不是？"他坚持说，声音盖过了发动机的轰鸣。劳德戴尔把破旧的离合器拉到三档。

"是的。"劳德戴尔表示同意。

"那么我们还着什么急？"

"别太松懈，约翰。我们要抓住他们。"

雷布思明白他上级的意思。如果前面那辆车过了前面的公路桥，就到了法夫。法夫的警察设了路障在那里等着。那样的话抓住他们的就会是法夫警察。

劳德戴尔在用无线电和前面的汽车说话。他用一只手开车和两只手开车的技术差不多烂，把雷布思从一边晃到另一边。劳德戴尔再次把无线电放下。

"你怎么想？"他问，"他们会拐到昆斯费里吗？"

"我不知道，"雷布思说。

"前面那两辆挂着 L 牌子的车^①觉得他们会直走，而我们会在收费站抓住他们。"

由于害怕或者肾上腺素的驱使，他们大概真的会一直走。这两种东西混在一起，好像为你的生存本能戴上了眼罩；你一直朝前走，什么也不想，也不走岔道；你的脑海里只剩下"逃跑"二字。

"你至少可以系上安全带。"雷布思说。

"我可以。"劳德戴尔说道，但是他没有。年轻的赛车手不系安全带。

快到最后一个高速公路出口了，前面那辆车加速过了出口。现在没有别的路可走了，只能过桥。高高悬挂在头上的路灯在快到收费站的地方越来越亮。雷布思有种疯狂的想法，逃犯会像所有其他人一样停下来付钱。摇下窗户，找零钱……

"他们在减速。"

路一下子变宽阔了，多出了六个车道。在他们前面就是一排收费站，收费站前面的桥转了九十度的弯，轧钢卷放在车道中间阻止交通，所以即使在晴朗明亮的白天，开车的人也看不到远处的情况。

"他们确实在减速。"

现在四辆车的距离已经很近了，雷布思头一次看清了他们所追逐的车子的尾部。这是一辆以 Y 开头的福特科蒂纳。他的车头灯照出了里面有两个人，司机和乘客都是男性。

"也许她在行李箱里。"他不确定地说。

"也许。"劳德戴尔同意他的话。

"如果她不在他们的车里，他们就没法伤害她。"

---

①在英国、爱尔兰和新加坡，初学者上路时车辆前方和后方需要悬挂写着"L"的方形牌子，代表"Learner"。这里警督是在调侃前面级别较低的同事的车。

劳德戴尔点点头，他并没有真正在听，而是再一次伸手去拿无线听筒。听筒里杂音很多。"如果他们上桥的话，"他说，"就搞定了。那里是死路一条，他们逃不掉的，除非法夫的警察搞砸了。"

"那么我们就待在这儿？"雷布思提议道，而劳德戴尔只是笑了笑。"还是追上去吧。"雷布思说。

可是这时意想不到的事情发生了。嫌疑犯的车尾灯变成了红色。他们在刹车？不，在倒车，而且速度很快。他们狠狠地撞上了前面那辆警车，把它挤向了劳德戴尔的车。

"浑蛋！"

然后前面那辆车又开始跑了，疯狂地转向。它朝着一个关闭的收费闸口驶去，撞上了护栏；没有撞断，但挤开的空间已足够让车子通过。金属与金属撞击的声音传来，然后他们就这样跑了。雷布思简直无法相信。

"他们在逆行！"

他们的确是在车道上逆行，不知是无意还是故意这样做。那辆车加快速度，在向南的行车道上向北行驶，车头灯开到了最亮。前面的警车犹豫了一下然后追了上去。劳德戴尔看上去也准备做同样的事情，但是雷布思伸出一只手，使出全部的力气拽住方向盘，使他们又回到向北方向的行车道。

"蠢蛋！"劳德戴尔猛踩油门。

已经是深夜了，路上没有什么车。尽管这样，前面那辆汽车的司机还是有危险。

"他们只封锁了一边的车道，是不是？"雷布思说，"如果那些疯子到了另一边，他们会跑掉的。"

劳德戴尔什么也没说。他在看着道路中央分隔带的另一边，确认

7

另外两辆车都在他的视线范围之内。当他伸手拿无线话筒的时候，他失去了控制。车子擦到了右边，然后以更大的力度冲向左边，重重撞击着金属护栏。雷布思不愿去想前面几百米下方的福斯湾，但是他控制不了自己的思维。他曾经有几次徒步经过这座桥，道路两边的人行小径他都走过。那是很吓人的经验，无时不在的风似乎要把人卷进河里。他的脚尖感觉到了压力，那是对高度的恐惧。

在另一个行车道上，灾难无可避免地降临了；不可思议的事情正在眼前发生：一辆铰链式卡车在上坡爬行之后开始加速，却看到了本来应该是行车道的地方出现了车头灯。嫌疑犯的车已经从两辆迎面而来的车中间挤了过去，正要从车道的外侧和卡车中间通过。但是铰链式卡车的司机慌了手脚；他把车开向车道的外侧，手已经不听使唤，但是脚仍然死死踩在加速器上。卡车撞到了金属栏杆上并且被抬了起来，悬在中央隔离带的上方。中央隔离带本身也是用铁丝围成的，它挂住了卡车的拖车部分，而驾驶室却直冲向前，和后面的车厢脱节并且驶向朝北方向的车道，火花和水珠四溅，径直冲向雷布思和劳德戴尔的行驶路线。

劳德戴尔尽力去刹车，但是已经躲不开了。驾驶室是斜着过来的，占据了两个车道。没有地方可走了。雷布思只有几秒钟去接受这个事实。他感觉整个身体在缩小，浑身都是要害。他把膝盖拱起来，脚和手都靠在仪表盘上，头搁在腿上……

砰。

他的眼睛睁不开了，只有持续的嘈杂声和疼痛感。有什么东西打到了他的颧骨，然后又消失了。有玻璃粉碎了，就像冰块破裂的声音一样；还有金属被扭曲的声音。他感觉到他们的车子在后退。更远的地方还有别的声音。更多的金属，更多的玻璃。

铰链式卡车的冲力减弱了，在与它相撞的汽车前停住。雷布思感觉他的脊柱要断了。"颈椎屈伸损伤"，他们是不是这样叫的？他倒觉得更像是被砖头和木板砸伤的[①]。汽车停了下来，他首先意识到的是他的下巴受伤了。他朝驾驶员的座位上看去，心想劳德戴尔肯定会莫名其妙地责骂他一通，可是他的上司已经不在那儿了。

哦，他的屁股还在那儿，从一个古怪的位置——前挡风玻璃处——盯着雷布思。劳德戴尔的脚卡在方向盘下面，一只鞋掉了。他的腿吊在方向盘上。至于他身体的其他部分，好像趴在剩下的发动机盖上。

"弗兰克！"雷布思喊道，"弗兰克！"他很清楚不能把劳德戴尔拖回车里；他很清楚此时不能碰他。他试着打开车门，但是那已经不能叫"门"了。所以他解开安全带，从挡风玻璃那里挤出去。他的手碰到一块金属的时候，觉得像在火上炙烤一样。他咒骂着把手抽开，看到自己把手放到没有盖子的发动机组上了。

后面的车都停了下来。带有副警长和副局长标志的车还在行驶。

"弗兰克，"雷布思安静地说。他看着劳德戴尔的脸，血迹斑斑但是仍然活着。是的，他确定劳德戴尔还活着。只是有些……他一动不动，你甚至不能确定他是否还在呼吸。但是还有一些东西，一种看不见的力量仍然存在，一直没有离开。

"你还好吧？"有人问他。

"帮帮他，"雷布思命令道，"叫辆救护车。检查一下那辆卡车，看驾驶员有没有受伤。"

然后他朝另一个车道看去，他所看到的景象让他打了个冷战。一开始他无法相信，至少无法完全相信。然后他爬到把两个车道分开的

---

①颈椎屈伸损伤（whiplash），在英文中由鞭子（whip）和抽打（lash）构成，雷布思在此处称自己被砖头和木板打伤（birck-lash，slab-lash）是个文字游戏。

金属栏杆上，于是他相信了。

嫌疑犯的车已经完全偏离了车道。他们不知怎么撞弯了防护栏，冲过了人行道，还有足够的马力使他们通过那道隔开人行道和福斯湾的最后的护栏。寒风在雷布思周围呼啸，把雪吹进他的眼睛里。他眯起眼睛看过去，科蒂纳还在那儿，悬在半空中，它的前轮通过了护栏，但是后轮和行李箱还在人行道上。他在想行李箱里可能装着什么。

"噢，天哪。"他说。然后他开始翻过粗大的金属栏杆。

"你在做什么？"有人喊道，"回来！"

但是雷布思没有停下来。他几乎感觉不到脚下踩空；相邻栏杆之间的缝隙比栏杆还要宽。烫伤的手掌扶在冰凉的金属上，让他感觉很舒服。他经过了卡车的后部。它已经停下来了，一半停在车道上，一半停在车道中间，侧面有"拜厄斯运输"的标志。天哪，真冷，都是外面那该死的风。但是他还是感觉到自己在出汗。"我应该穿件大衣，"他想，"我会死掉的。"

然后他上了车道，那里横七竖八地停着许多车。在车道和人行道之间留有适当的空隙，并不宽，但让空气变得新鲜。科蒂纳冲出去时撞弯了护栏。雷布思踩在上面，然后从上面跳到人行道上。

两个少年正挣扎着从车子里出来。

他们必须爬过自己的座位，爬到车子的后面才能出去。从前门出来的话只会掉进海里。他们惊恐地左顾右盼着。北方传来了警笛声。法夫的警察正在赶过来。

雷布思举起手，两个穿制服的警官跟在他后面。少年没有看着雷布思，他们所能看到的只有制服。他们明白简单的道理，知道制服意味着什么。他们再次环顾四周，想找到一条并不存在的逃生之路，然后他们其中的一个——金色头发，高个子，看上去年龄大一点——抓住年轻一点的男孩的手，开始把他往后拉。

"不要做傻事，孩子。"其中一个穿制服的警察说。但是说归说，没有人听他的。这时两个少年已经靠在护栏上了，离撞坏的汽车只有十英尺左右。雷布思慢慢地朝前走，打着手势向他们说明自己是朝汽车走去的。撞击使行李箱弹开了一英寸。雷布思小心翼翼地打开它，朝里看去。

里面什么人也没有。

当他关上行李箱的时候，汽车摇晃了一下然后又停了下来。他看着年纪大一点的少年。

"外面太冷了，"他说。"跟我到车里去吧。"

事情是慢慢发生的：金色头发的男孩摇了摇头，似乎还带着微笑，把手环过他朋友的身体，看上去不过是在拥抱他。然后他继续靠在护栏上并且继续后倾，他的朋友和他一起，没有一点反抗。他们的廉价运动鞋在空中停留了一秒，然后滑了下去，双腿翻过护栏，消失在黑夜之中。

也许这是自杀，也许是逃跑，雷布思后来想。无论是什么，结果肯定是死亡。当你从那么高的地方跳进水里的时候，就像撞在混凝土上一样。那样彻底的坠落，穿越黑暗；他们没有叫，甚至没有发出一点声音，也看不见迎向他们的水面。

但是他们没有碰到水。

一艘皇家海军护卫舰刚刚从罗塞斯海军工厂驶出，向海上进发。他们撞到了船上，身体嵌进了金属甲板。

这样，就像每个人回到警察局后说的，倒省得警方的潜水员在零度以下的水中打捞尸体了。

2

他们把雷布思带到爱丁堡皇家医院。

他坐在一辆警车的后面。劳德戴尔躺在救护车里，还没有人知道他的伤到底有多严重。罗塞斯方面通过广播和护卫舰取得了联系，但那时船员已经找到了尸体。有人听到了他们撞在甲板上的声音。护卫舰正赶回基地，需要一段时间才能使甲板恢复原形。

"我感觉就像自己被锤子打了。"雷布思对医务室的护士说。他认识她；不久以前她刚给他处理过烫伤，涂上药膏，缠上纱布。她离开小房间的时候笑了笑，留下他躺在检查用的床上。当她离开以后，雷布思变了一副模样。劳德戴尔从挡风玻璃处飞出去之前，拳头打伤了雷布思的下巴。疼痛感越钻越深，好像要传到他牙齿里的神经。除此之外他并没有太难受，只是浑身发抖。他把手举起来放在前面。是的，他永远可以把发抖归咎于撞车，尽管他知道自己这些天来一直在发抖，和撞车无关。他的手指起了很多水泡。缠纱布时，护士问他是怎么

12

烫的。

"把手放到了滚烫的发动机上。"他解释说。

"有数字。"

雷布思看了看,知道了她什么意思:发动机型号的部分数字印在了他的皮肤里。

医生终于出现了。这是一个繁忙的夜晚。雷布思认识这个医生,他的名字叫乔治·克拉瑟,似乎是个波兰人,至少他的父母是波兰人。雷布思一直觉得克拉瑟的职位已经不适合再值夜班,但是他还是在这里。

"外面很冷,是不是?"克拉瑟医生说。

"说这个有意思吗?"

"只是为了和你说两句,约翰。你感觉如何?"

"我觉得牙疼。"

"还有别的吗?"克拉瑟正在摆弄他的工具:钢笔形手电筒和听诊器,一个有夹子的书写板和一支不管用的圆珠笔。最后他终于准备对病人进行检查了。雷布思不想抵抗。他幻想着来一杯酒:一品脱八十-鲍伯①,上面覆盖着细腻的奶油色泡沫,充满麦芽酒的温暖气息。

"我的上司情况如何?"护士回来的时候雷布思问她。

"他们正在给他拍 X 光。"她告诉他。

"这个年纪还要玩追车,"克拉瑟医生嘀咕着,"电视看太多了。"

雷布思仔细地观察着他,发现自己从来没有认真地看过这个人,从来没有。克拉瑟四十出头,钢丝一样的头发,晒黑的脸看起来比实际年龄要老。如果你只看到他的头和肩膀,会觉得他比实际身材要高

---

①Eighty-bob,又名"80/",一种苏格兰传统啤酒,酿造过程中突出其麦芽香气,酒精含量为 4.2%。

大。他看上去很特别，这就是为什么雷布思总觉得他像一个高级顾问，或者类似的人物。

"我以为只有跑腿的和新手才在夜里工作。"雷布思说。克拉瑟的眼睛一闪。

克拉瑟放下手电筒，像推挤一个垫子一样开始挤压雷布思的背部。

"这里疼不疼？"

"不。"

"这里呢？"

"和平常一样。"

"嗯……我现在回答你的问题，约翰。我注意到你也在夜间工作。是不是说明你也是跑腿的或者新手呢？"

"听了这话我开始疼了。"

克拉瑟医生笑了。

"那么，"雷布思说，慢慢穿上衬衫，"检查结果如何？"

克拉瑟找到一支能用的笔在他的书写板上快速写下一些东西："据我估计，照你这样，你还能活一年，或者两年。"

两个人互相盯着对方。雷布思完全明白医生指的是什么。

"我是认真的，约翰。你抽烟、酗酒、从不锻炼。自从佩兴斯不再给你做饭之后，你的饮食习惯就糟透了。淀粉、碳水化合物、饱和脂肪……"

雷布思试图不再听下去。如今他很了解自己的酗酒问题，因为他已经学会了自我节制。于是很少人注意到他"有问题"。他在工作的时候衣冠整洁，如果需要的话他会保持警惕，甚至有时候在午饭的时间去健身房。他懒得好好吃饭，也许是吃得太多了；是的，他又抽烟了；

不过没有哪个人是十全十美的。

"一个不寻常的诊断，医生。"他扣好了衬衫的纽扣，开始把它塞进腰带下面，但他又想了想，觉得把衬衫放在裤子的外面更舒服。他知道如果裤子的纽扣也不扣的话会更舒服。"你通过推推我的背就能看出来？"

克拉瑟医生又笑了笑，他正在收起他的听诊器。

"那些东西你是瞒不过医生的，约翰。"

雷布思慢慢穿上夹克衫。"那么，"他说，"等会儿在酒吧见？"

"我六点左右到。"

"好的。"

雷布思走出医院，做了一个深呼吸。

凌晨两点半，夜里最黑最冷的时候。他想要不要去看看劳德戴尔，但是他知道那要等到天亮以后。穿过草坪公园①就是他的公寓，但是他不想走路。雨夹雪还在下，逐渐变成了雪花，还有刺骨的寒风，就像你在狭窄的巷子里遇到的一个流氓，怎么也不放你过去。

汽车鸣笛声响起。雷布思看到了一辆樱桃红的雷诺 5，车子里面是高级警员希欧涵·克拉克，正向他挥手。他几乎是跳着冲向汽车。

"你在这儿做什么？"

"我听说了。"她说。

"怎么听说的？"他打开乘客那一侧的门。

"我很好奇。我没有值班，但是和局里保持着联系，想知道交手的

---

① The Meadows，位于爱丁堡城南的大型绿地公园。

情况。当我听说撞了车以后，就穿上衣服来到这里。"

"哦，看到你我牙疼了。"

"牙疼？"

雷布思抚摩着下巴："听起来很怪，但是我想是撞击引起的。"

她发动了车子。车子里很温暖，雷布思感觉自己要飘起来了。

"有点恐怖吧？"她说。

"有点。"他们出了医院大门，朝托尔十字路①方向开去。

"总警督怎样了？"

"我不知道。他们正在给他照 X 光。我们去哪儿？"

"我送你回家。"

"我应该回局里。"

她摇了摇头。"我打电话问过了，他们早晨才需要你。"

雷布思放松了许多，也许是止疼片在发挥作用。

"什么时候验尸？"

"九点半。"他们到了劳里斯顿路。

"你回去的时候可以抄那边的小路。"雷布思告诉她。

"那是单行道。"

"是的，不过晚上这个时候路上没人。"他意识到自己说了什么。"天哪。"他低声说道，揉了一下眼睛。

"那是什么？"希欧涵·克拉克问道，"我的意思是，是场意外，还是他们想逃跑？"

"都不是，"雷布思平静地说，"如果让我打赌，我认为是自杀。"

她看了看他："两个都是自杀？"

---

① Tollcross，爱丁堡位于西南中心的商业区交通枢纽，与草坪公园相距不远。

他耸耸肩，然后颤抖了一下。

在托尔十字路他们安静地等待着红灯变成绿灯。有几个喝醉了的人在往家走，身体被风吹得歪斜。

"可怕的夜晚。"克拉克说着，开动了车子。雷布思点了点头，什么也没说。

"你会参加验尸吗？"

"是的。"

"我实在不能说我喜欢这样。"

"局里认出他们的身份了吗？"

"我不知道。"

"我太健忘了，你不当班。"

"是的，我不当班。"

"那辆汽车怎么样？我们跟踪到了吗？"

她看了看他然后笑了。他觉得别扭，在那辆拥挤的，暖气开得过热的汽车里，在夜里的那个时候，在发生了所有的事情之后，突然的笑声像是有生以来听过的最奇怪的声音。他摩擦着下巴，试探着把一个手指伸进嘴里。他碰到的牙齿好像很坚固。

然后他看到两具年轻的身体，突然抬起脚倒向空中，然后消失了。没有一点声音；没有意外，没有计划逃脱；这是命中注定的，是他们之间达成的某种协议。

"冷吗？"

"不，"他说，"我不冷。"

他示意她离开梅尔维尔大街。在左边，他可以看到草坪公园被一层薄雪覆盖着。右边是曼彻蒙特，还有雷布思的公寓。

"她不在汽车里。"他平淡地说。

"那种事情总是有可能发生的，"希欧涵·克拉克说。"我们甚至不知道她是不是真的失踪了，没有任何证据。"

"是的，"他同意她的说法，"我们不知道。"

"只是两个傻孩子。"她用了这句俚语，不过她有意模仿的美式口音让她听起来怪怪的。雷布思在黑暗中笑了。

然后他到家了。

她在他的公寓门前让他下车，拒绝了他不太热心的喝杯咖啡的邀请。雷布思不想让她看到他垃圾场似的家。学生在十月份搬出去了，这个地方变得不太像他的。有些东西好像不太对劲，有些东西不是他所记得的样子。刀叉餐具不见了，取而代之的是他从来没有见过的东西；陶器也是一样。当他从佩兴斯那里搬回来的时候，他把自己的东西放进了箱子里。大部分箱子还在客厅里，没有拆封。

很累。他爬上楼梯，打开房门，走过箱子，径直走向起居室和他的椅子。

他的椅子差不多还和以前一样，贴合着他的体形。他坐下去，然后又站起来检查暖气是否正常。那个东西几乎不热，里面还有噪声。他需要一把特殊的工具来打开阀门，让水流出来。其他房间的暖气也是一样。

他给自己倒了一杯热饮料，把一盘磁带放进录音座里，把床上的羽绒被拿下来。回到椅子上，他脱下几件衣服，盖上了羽绒被。他向下探出手，拧开一瓶麦卡伦酒①，倒一些在他的咖啡里。他喝完了半杯，然后又加满威士忌。

他能够听到汽车发动机的声音，金属扭曲的声音，和周围风的呼

---

① Macallan，一种苏格兰威士忌。

啸声。他能够看到脚，廉价运动鞋的鞋底，还有似乎是金色头发的年轻人嘴角的微笑。可是后来微笑变成了黑暗，一切都消失了。

　　慢慢地，他蜷缩着睡着了。

3

位于牛门^①的停尸间里找不到科特医生的踪影，不过盖茨教授已经在工作了。

"你们知道，"他说，"你可以从任何高度跳下去，只有最后的那半英寸是致命的。"

跟他一起在停尸床旁边的还有约翰·雷布思警督，布赖恩·霍尔姆斯警长，另外一名医生，以及一名医学助手。突然死亡的通知已经提交给地方检察官了，现在两位死者的意外死亡报告正在拟定，可能的身份是威廉·大卫·科伊尔和詹姆斯·狄克森·泰勒。

詹姆斯·泰勒——雷布思看着盖茨教授正在摆弄的一团东西，想起了那最后的拥抱。知道你有个朋友，难道不是件好事？

两个人的身体对女王的海军护卫舰甲板所造成的冲击，已经使他

①又译考盖特（Cowgate），爱丁堡的一条街道。它是爱丁堡世界遗产的一部分，名字来自于中世纪时代牛沿这条街被赶到市内的市场上去出售。

们由人变成了类似发霉的果酱一样的东西。甲板上残留着一些，还有一些在闪闪发光的铁桶里。没有要求近亲来进行正式的身份认定。这些事情他们只需要做个DNA测试就能完成的，如果事实证明必要的话。

"扁平包装①，我们一般这样称呼它，"盖茨教授说，"洛克比空难②的时候我见过很多。得把它们从地面上刮起来，然后带到附近的一个溜冰场。当你突然发现周围有二百七十具尸体的时候，溜冰场可真是个方便好用的地方。"

布赖恩·霍尔姆斯以前看到过惨烈的死亡，但是他还没有获得免疫能力。他不停地挪动双脚，肩膀颤抖着，用严厉的目光冷冷地看着雷布思，后者正在哼唱着《你是如此自负》③的片段。

死亡的地点、日期和确切时间很容易确定。确定死亡的原因也非常简单，虽然盖茨教授拿不准该用什么样的措辞。

"严重暴力伤害？"

"船难怎么样？"雷布思提议说。有些人笑了笑。和大部分病理学家一样，医学博士、皇家病理学学院成员、法医学学位获得者、爱丁堡皇家内科医师学会会员、英国皇家内科医师学会会员亚力山大·盖茨教授的幽默感和他的头衔一样强大。一种非常必要的幽默感。他看上去不像个病理学家。他不像科特医生一样瘦高枯槁，而是一个霸道专横的人，胸膛宽阔，脖子粗短，体格像一个摔跤手而不是个殡仪员。他的手指又短又胖，爱打响指，有时候用一个手指，有时候所有的手指一起用。

---

① Flatpack，类似宜家（IKEA）的家具包装方式，由顾客购买后带回家自行组合。
②一九八八年十二月二十一日，泛美航空一架班机受到恐怖袭击，在位于苏格兰边境的小镇洛克比上空爆炸，二百七十人罹难。
③ You're So Vain，一首七十年代的经典流行歌曲，由卡莉·赛门（Carly Simon）演唱。

他喜欢人们叫他桑迪。

"我是签死亡证明的人，"他告诉布赖恩·霍尔姆斯，后者正在粗略地填写意外死亡报告上的相关空白部分，"我的地址是牛门街外科医警处。"

盖茨做检查的时候雷布思和其他人在旁边观看。他可以确定这里有两具不同的尸体。静脉抽血查验血型、DNA、有无毒性成分和酒精。通常还要提取尿样，但是那已经不可能了，盖茨甚至怀疑血液检查的可靠性。接下来是玻璃状液和胃内容检查，以及胆汁和肝脏检查。

当着他们的面，他开始重新"组装"尸体；不是要把他们变成可以辨认的人形——这无法完全做到——只要确定尸体原有的东西都还在，他就满意了。没有遗失什么，也没有增加什么。

"我小的时候曾经喜欢玩拼图游戏。"病理学家平静地说，俯身去完成自己的任务。

外面是干燥而寒冷的天气。雷布思记得自己也喜欢玩拼图游戏，不知道现在的小孩子是否还在玩它。验尸结束后，他站在人行道上抽支烟。左边和右边都是酒吧，但是没有一家是开着的。他早餐喝的威士忌全都挥发了。

布赖恩·霍尔姆斯从停尸房走出来，把一份绿色厚卡纸的文件塞进公文包里。他看见雷布思在摸自己的下巴。

"你还好吧？"

"牙疼，就是牙疼。"

是的，确实是牙疼，或者至少是牙龈疼。他不能确定究竟哪颗牙是罪魁祸首。疼痛就在那里，在牙床深处蔓延着。

"载你一程？"

"谢谢你，布赖恩，不过我自己有车。"

22

霍尔姆斯点点头，把衣领紧了紧。他的下巴缩进了蓝色的羊毛围巾里。"桥又开放了，"他说，"向南的方向只开了一个车道。"

"那辆科蒂纳怎么样了？"

"在豪登赫尔那里。他们正在取指纹，以防她万一在那车子里待过。"

雷布思点点头，什么也没说。霍尔姆斯以沉默回应了他。

"有什么我可以帮忙的吗，布赖恩？"

"没有，真的没有。我只是在想……你是不是应该先到局里？"

"怎么了？"

"你为什么反而来这里？"

这个问题问得好。雷布思往回看了看停尸房的门，再一次想起所有的场景。铰链式卡车、撞车的位置、劳德戴尔趴在发动机盖上，然后看见另一辆汽车……最后的拥抱……坠落。

他耸了耸肩，向他的车子走去。

弗兰克·劳德戴尔总警督会好起来的。

这是个好消息。

坏消息是阿利斯特·弗劳尔警督正跃跃欲试准备填补劳德戴尔的空缺。

"现在他尸骨未寒，"外号是"法梅尔"[①]的总警司沃森刚说完，脸就红了，意识到自己说错了话，"不是那个意思……我是说，没有什么尸骨……"他朝自己握紧的拳头咳嗽了几下。

---

①原文为 Farmer，在英文中有农民的意思。

"不过弗劳尔也有道理，长官，"雷布思说，掩盖了他的上司的尴尬，"只是他的措辞太笨拙了。我是说，会有人顶替弗兰克的。弗兰克将会离开多长时间？"

"我们不知道。"沃森拿起一张纸读起来，"双腿骨折，两根肋骨断裂，腕关节断裂，昏迷。诊断书有半页纸。"

雷布思摸着自己擦伤的颧骨，心想它是不是该为断裂的腕关节负责。

"我们甚至不知道，"沃森继续平静地说，"他是否还能走路。伤真的很严重。同时，不管我有没有权利决定，我最不希望看到的就是你和弗劳尔去竞争任何暂时晋升的机会。"

"明白。"

"很好。"沃森停顿了一下。"那么关于昨天晚上的事情你有什么要告诉我的？"

"我会在我的报告中写清楚的，长官。"

"当然，但我需要的是真相。弗兰克在搞什么？"

"您什么意思？"

"我的意思是他像正义前锋^①一样开车到处跑。我们为这种冒险的行为付出了代价。"

"我们只是在保持追踪，长官。"

"你们当然是。"沃森看着雷布思，"你没有什么要补充的了？"

"能补充的不多，长官。只是这不是个意外，他们也没有打算逃跑。这是个自杀协议：没有说出来，但还是自杀。"

"他们为什么要那样做？"

---

①正义前锋（*Dukes of Hazzard*），美国二十世纪八十年代热播的电视剧，讲述杜克一家的几个表兄妹在哈扎德镇上行侠仗义的故事，风格轻松搞笑。

24

"我不知道，长官。"

沃森叹了口气坐回到自己的椅子上："约翰，我觉得你应该听听我对这件事情的看法。"

"是的，长官？"

"整件事情从头到尾都是一团糟。"

……这还是委婉的说法。

他们之所以在那儿，是由于某个具有权力和影响力的人要求他们帮忙。事情就是这样开始的：这个大城市的市长谨慎地打了个电话给洛锡安与边境警察局的副局长，要求调查他女儿失踪的案件。

没有暗示有违法的事情。她并没有被绑架、被袭击、被谋杀，这些都没有发生。事情就是某天早晨她走出家门再也没回来。是的，她留下了纸条。是留给她父亲的，内容很简单："浑蛋，我走了。"没有署名，但是是他女儿的笔迹。

他们之间有过分歧？争吵？恶语相向？不过，如果家里有个十几岁的孩子的话，不可能不偶尔发生分歧的。市长的女儿小柯丝蒂·肯尼迪有多大？问题就在这儿：她十七岁了。一个成熟的，受过良好教育的十七岁女孩完全可以照顾好自己，而且她的年龄已经足够大了，可以在任何时候离开家。为什么要警察插手呢，除非……除非这要求直接来自市长，卡梅伦·麦克劳德·肯尼迪阁下，太平绅士①，南加尔的议员。

---

① Justice of the Peace (JP) 是一种源于英国，由政府委任民间人士担任的，维持小区安宁、防止非法刑罚及处理一些较简单的法律程序的职衔。在苏格兰的法律体系中，太平绅士都是苏格兰区域法院内的非专业裁判官。

于是信息就下达到副局长那里：寻找柯丝蒂的下落，不过要安静地进行。

所有人都认为这几乎是不可能的。你在街上问一个问题不可能不引起谣言，不管你问什么问题，人们都会想到关于这个问题最坏的可能性。这是媒体开始大肆报导这件事的借口。

有一张他女儿的照片，是给警察局的，但媒体不知怎么也弄到了。市长对此非常恼火，这证明了他们内部是有敌人的。雷布思本来可以告诉他，如果你不断地"命令"别人帮忙，下面肯定会有人反感的。

于是照片就出现在了电视和报纸上，是柯丝蒂·肯尼迪小时候的照片。不是近照，可能是两三年前照的；十四五岁和十七岁之间的差距是巨大的。雷布思也曾经是一个十几岁女儿的父亲，他很清楚这一点。柯丝蒂现在已经长大了，照片对于找到她的下落几乎没有作用。

市长召开了新闻发布会，以此来平息沸沸扬扬的媒体。他的妻子和他一起出现——他的第二任妻子，不是柯丝蒂的生母，柯丝蒂的生母去世了——有人问她有什么要对出走的柯丝蒂说的。

"我只想让她知道我们都在为她祈祷，就这些。"

然后第一通电话打来了。

给市长打电话并不难。他的名字出现在电话簿上，向他预约的号码，还有其他议员的号码都印在散发给几万爱丁堡市民的小册子上。

打电话的人声音听起来是个年轻人，刚刚变声不久。他没有说出自己的姓名，只说柯丝蒂在他手上，给钱他就放人。他甚至还把一个女孩放到电话旁边。在被拖走之前她挤出了几个字，这几个字里有"爸爸"和"我"。

市长并不确定那是柯丝蒂，但是他也不确定那不是。他再次需要警察的帮助。他们告诉他给绑架者设一个陷阱，等待他们的不是钱，

26

而是警察，很多的警察。

这样做的目的不是要和歹徒对抗，而是要追踪他们。警察动用了一辆警用直升机，还有四辆看上去和普通车子一样的警车，追踪本应该很容易。

是的，本应该如此。但是打电话的人把地点选择在了繁忙的昆斯费里大道的一个公交车站。快速来往的车辆很多，没有地方可以不露声色地停一辆没有标志的警车。打电话的人很聪明，到了预定的时间，科蒂纳停在了公交车站对面的路上。车上的人迅速穿过马路，躲闪着车辆，拿起了装满报纸的包，把它拿回正等着他的车上。

三辆警车都停错了方向，需要很长的时间才能调过头。不过第四辆警车已经用无线电汇报了嫌疑犯车子的去向。当然，直升机不得不提前降落，因为天气太糟糕了。所有这些都让劳德戴尔——案件负责人——愤怒地加快速度追赶，把自己的年纪抛在脑后。

雷布思希望这是值得的。他希望身上裹着纱布躺在医院里的劳德戴尔在想起这次追踪的时候能够激动一下。所有这些留给雷布思一种很糟的体验，一场噩梦，还有疼痛的脸。

大家在凑份子给总警督买点东西。阿利斯特·弗劳尔毫不犹豫地拿出十英镑。他昂首挺胸在房间里踱步，脸上的笑容像是油彩画上去的一般。雷布思比以往任何时候都讨厌他。

所有的人都注视着雷布思，猜测他能不能打败弗劳尔得到晋升，猜测如果弗劳尔突然成了他的上司雷布思会怎么做。谣言传播的速度比凑钱的速度快不止一个数量级。

许多人像雷布思那样，认为这次绑架只是个恶作剧。他们很快就肯定了这一点，因为他们已经找到了那辆车和车子的主人，发现他把车子借给了两个朋友。警察到了这两个朋友合租的房子，那里没有人在家。

车子的主人在楼下的问讯室里。他们告诉他，如果他老老实实的，他们不会计较他的车子没有按规定上保险。他告诉了他们一个又一个故事，威利①·科伊尔和迪克西②·泰勒的生活。雷布思下去听了一会儿。马卡里警长和阿尔德警员在做笔录。

"雷布思警督进来了。十二点一刻，"马卡里在磁带里录进这句话，"那么，"他对坐着的年轻人说，"他们是怎么生活的，威利和迪克西？穷得只能喝汤，但你总能给他们汤喝，是吧？"

雷布思靠墙站着，试图表现得自然一点。他甚至对汽车的主人微笑，并且点点头，让他知道一切都没事。汽车的主人不到二十岁，长得不错，穿戴整洁而且打扮过。他的右耳上戴着保守的银圈耳环，没有其他珠宝，连手表都没戴。

"他们能活下去，"他说，"比方说，救济金总是有的，还有社保，如果你小心使用的话还是可以靠它生活的。"

"那么他们小心吗？"马卡里停了一下，对录音机说："达根先生点了点头。"又接着问，"那么他们为什么要冒这个险呢？"

达根摇了摇头："我倒希望我知道。我一点头绪都没有。威利以前从来没有向我借过车。他说他要搬一些东西。"

"什么东西？"

"他没说。"

"但是你还是把车子借给他了。"

---

① 威廉的昵称。
② 狄克森的昵称。

"我说过，威利是个小心的人。"

"那迪克西呢？"

达根似乎微笑了一下："嗯，迪克西不太一样。他需要别人照顾他。"

"什么意思？他头脑有点迟钝吗？"

"不是，他只是有点散漫。他不……他很难对什么东西感兴趣。"他抬起了头，"很难用语言描述。"

"你只要尽力就好，达根先生。"

"从上学的时候开始，威利和迪克西就是最好的伙伴。他们喜欢同样的音乐，同样的漫画，同样的游戏。他们了解对方。"

"自从他们离开家以后就一直住在一起？"

雷布思喜欢马卡里的风格。在局里他们都叫他"托尼"，就是《奥尔·乌利》①里面的人物。他有办法使达根放松下来，变得健谈；他能和犯人建立某种联系。雷布思对阿尔德没有信心，阿尔德是弗劳尔的人。

"我认为是这样的，"达根说，"他们很亲密。我们在学校的时候有一本书。书里面有两个人和他们很像，一个人很笨而另一个不笨。"

"《人鼠之间》②？"雷布思说。

"我还以为是伯恩斯③呢。"阿尔德说道。

雷布思向马卡里示意他要走了。

---

①《奥尔·乌利》(Oor Wulli)，于一九三六年开始在《星期日邮报》上连载的苏格兰漫画。
②《人鼠之间》(Of Mice and Man)，美国小说，一九三七年出版，是美国作家约翰·斯坦贝克的作品，描写两个相互扶持的表兄弟：一位是精明的乔治 (George)，一位是轻度智障儿雷尼 (Lennie)。
③蒙哥马利·伯恩斯，通常也被叫做伯恩斯先生，是美国动画情景喜剧《辛普森一家》中的反派人物。他身边有一位时刻不离的副手史密瑟斯，对他既忠诚又谄媚。

"雷布思警督离开房间，十二点半。那么，达根先生，回到车子的问题上……"

就像往常一样，雷布思选错了出去的时间。阿利斯特·弗劳尔正在走廊上向他走来，嘴里吹着"迪克西"①的调子。

"里面有个年轻人，"雷布思提醒他，"他失去了两个朋友，有一个叫迪克西。"

弗劳尔停止了吹口哨，发出短暂的，令人不愉快的笑声："一定是我的潜意识，你知道的。"

"你连意识都没有，哪里来的潜意识？"雷布思说着准备离开，"那会让你丢脸的。"

弗劳尔不会让他这样轻易地走掉。他在大门处追上了雷布思。"等到我做总警督的时候，事情就不一样了。"他吼叫道。

"是的，会的，"雷布思表示同意，"因为到那个时候人类将会治愈癌症，并且能够把人送上火星。"

然后他推开门走掉了。

---

① 迪克西（Dixie）是一首美国流行歌曲，十九世纪美国最知名的曲调之一。

4

他开车去斯坦豪斯。路程比他记忆中远一些，风景也更漂亮。来到乔治路以后，四周变得很安静。两层的半独立式房屋前面是整洁的花园和打扫干净的人行道。有些住户门外的台阶像是擦洗过的；他的母亲曾经和其他妇人一起，跪在胡同里的地面上用肥皂水或者漂白粉擦洗台阶，一个星期洗两次。如果台阶是脏的，说明里面也不干净。

雷布思更习惯爱丁堡中心的环境，那里到处是小型出租公寓。郊区的生活方式让他惊奇。盐被撒在人行道和大路上，一路上都是。夏天的时候，邻居会出来隔着篱笆聊家长里短，但是现在是冬天，他们在家里冬眠。

爱丁堡的冬天真是够长的，从十月初开始一直持续到四月份。不过天气不是一成不变的。有时候整天都是灰蒙蒙的；有时地上铺着刚下的雪，阳光刺眼。路上四处走动的人都眯着眼睛，不是想看清暗处的东西，就是想保护他们的眼睛不被太强的光线刺伤。

今天是灰蒙蒙的，天空是灰暗的褐红色，好像要下雪的样子。雷布思把手放到口袋里，感觉到了那个小纸袋，那是他在乔治路上一家五金店买的，有人告诉他那里有暖气的开关。他看看周围，找到了他所寻找的房子，然后向前门走去。

"下午好，先生，"希欧涵·克拉克说着，来给他开门，"你感觉如何呀？"

雷布思走了进去。房间里并不比外面暖和多少。在客厅里，布赖恩·霍尔姆斯正在翻着一堆 CD。

"找到什么了吗？"雷布思问到。

霍尔姆斯站了起来："很多报纸都报道了肯尼迪案件有关的内容。也许这启发了他们。没有迹象表明那个女孩曾经来过这儿。她不可能和两个像流浪汉一样的人跑掉。她上的是吉莱斯皮①那种学校，而威利和迪克西与之完全无缘。"

"看上去像一个恶作剧而已，长官。"克拉克表示同意。

雷布思环顾四周。他对着克拉克说："如果你是一个教养很好的小女孩，上的学校很好，生活方式也很好。你想离家出走，消失一段时间——或者永远消失。你会和你同一阶层的人一起走，还是屈尊到没有人认识你也没有人关心你的地方？"

"你的意思是屈尊和威利与迪克西那样的人一起？"

雷布思耸耸肩："我只是推测。如果你们问我，我会说她会像每一个从苏格兰出走的人那样做——去伦敦。"

"上帝保佑她。"霍尔姆斯平静地说。

"那么，你检查完了没有？"

---

①爱丁堡一座历史悠久的学校，由烟草商詹姆斯·吉莱斯皮捐赠，一八〇三年成立。

"还没有，长官。"

"那么我就不打断你了。实际上，你把灯点着吧，也许我能帮你。"

布赖恩·霍尔姆斯从他的口袋里找出几个硬币投进到电表里，然后他们开始工作。

有两间卧室，一间是整洁的，被子叠过，另外一间很乱。整洁的卧室是威利·科伊尔的，因为放在床边的来自警司的一封信可以证明。书架上有一些书，大部分都是全新的。雷布思想最近大概有哪个书店在清仓。他拿出一本叫《猜火车》①的书，看到书架后面藏着几张纸。这些纸的一角用订书钉钉着，文字很专业，并带有各种图片和表格。似乎是商业报告，某种方案的策划书。

霍尔姆斯从他上司的肩膀上看过去："不要告诉我威利是个企业家。"

雷布思耸耸肩，把报告卷起来放进口袋里。

"在这儿！"希欧涵·克拉克叫道。他们到她身边的时候，她正把一些东西从迪克西·泰勒的床下面拖出来。三个一次性注射器，还没有拆封；一小块燃烧过的蜡烛，还有一把下面已经变黑了的吃甜品用的勺子。

"不过没有找到白粉。"她说，站起来捋了捋头发。

"我去看看另外一张床下面有没有。"霍尔姆斯说。

雷布思微笑着。"白粉？"他说，"你们究竟从哪里学来这些词？②"然后他的脸色变得严肃起来，"最好打电话要求增援，对这个地方进行彻底搜查。"

---

①苏格兰作家埃文·威尔什（Irvine Welsh, 1958— ）的处女作，描写了爱丁堡一群吸毒青年的生活。作品中有大量的苏格兰方言，以及对爱丁堡现实生活的暴力描述。该书于一九九六年被拍成同名电影，大获好评。
②原文中克拉克用的词是 skag，这是美国俚语，指海洛因。

"是，长官。"

当雷布思一个人在房间里的时候，他查看了注射器。包装袋上有很厚一层灰，勺子里都长了绒毛状的小球。很明显迪克西已经有段时间没用它了。雷布思走进浴室，看有没有美沙酮①或者任何医生开给你的戒毒药。但是他只找到了感冒药、扑热息痛②和漱口水。他再一次检查了邮件，但是没有任何从医院或康复中心寄来的东西。

然后他打电话给盖茨教授，问他血样检查的事情。

"我还没有拿到结果。有什么问题吗？"

"可能会有海洛因，"雷布思说，"至少他们其中的一个人。"

"我可以再检查一下尸体。我当时真的没有在意针孔的痕迹。"

"如果有的话您能不能找到？"

"嗯，就像你所看到的，尸体已经不完整了，而且隐君子很擅长隐藏他们的伤口。他们会从舌头上注射，还有阴茎——"

"那么，您尽力吧，教授。"雷布思放下电话。他突然感觉在房间里不舒服，所以出去透透气。他在外面站了三十秒钟，然后走向隔壁按了门铃。开门的是位中年妇女，雷布思向她出示了自己的证件。

"我知道你是谁，"她说，"真是太可惜了，这些可怜的孩子。进来吧，进来。"

她叫特威迪夫人，她的房间很温暖。雷布思坐在沙发上摩擦着自己的手，尽量在不碰到烧伤伤口的情况下让手指恢复一些知觉。

"你跟他们熟吗，特威迪夫人？"

她注意到他掏出了笔记本和笔。"你不会介意吧，是不是？"他问道。

---

①一种鸦片替代品，常用的戒毒药。
②英文原名 paracetamal，常用的非抗炎解热镇痛药。

"不介意，不过我想我可能要先给我们泡杯茶。可以吗？"

这正合约翰·雷布思的意。

他在那儿坐了半个多小时。房间里很热，他觉得自己要睡着了，不过特威迪夫人要说的话使他清醒了过来。

"很好的小伙子，他们两个。有一次还帮我把买的东西送回家，让他们留下来喝杯茶都不肯。"

"你经常见到他们？"

"是的，我看到他们进进出出的。"

"他们的作息时间规律吗？我的意思是，他们晚上很吵吗？"

"我不知道。我上床很早。有时候他们把音乐开得有点响，不过我只是把电视机的音量开大一些。如果他们要开派对，会提前通知我们的。"

雷布思拿出柯丝蒂的照片。

"你之前有没有见过这个女孩，特威迪夫人？"

"啊，见过！"

"哦？"

"我在每日纪事报上见过。"

雷布思感觉希望在破灭。

"但是从来没有在这儿见到过？"

"没有，从来没有。不过我经常见到他们的房东。"

雷布思皱了皱眉："我以为这些房子都归市委会所有。"

特威迪夫人点点头。"是这样的。"

雷布思开始感兴趣了。"但是在出租册上不是威利和迪克西的名字？"

"他们跟我解释说他们是……呃，二次什么东西。"

"二次出租？"

"啊，对，就是这个。从以前租这个房子的人那里租的。"

"他的名字叫什么，特威迪夫人？"

"哦，他的教名是保罗。我不知道他姓什么。长得很好看的年轻人，总是穿得很讲究。我唯一不喜欢的，就是他戴着……"她拉了一下自己的耳朵，做了个鬼脸。"看上去不适合男人戴。"

"保罗·达根？"雷布思提示道。

她试着读了读这个名字。"你知道，"她说，"也许你是对的。"

雷布思驾驶在乔治路上的时候头脑中有一首歌。是尼尔·杨[1]的一首老歌，《针与伤害》[2]。他在监狱前面停下来整理自己的思绪。一条公路从乔治路通向门房，高高的围墙，后面是有着巨大的门和钟的坚固建筑。还不到五点钟，天已经黑了，不过监狱里灯火通明。它正式的名称叫爱丁堡监狱；但是所有的人都叫它索腾监狱。主建筑看上去像维多利亚时期的济贫院。

他们本来要蹲监狱的，他默默地想着。他们知道即使是恶作剧式的绑架，也是严重犯罪。

威利·科伊尔，两个人中高一点的，金色头发的。雷布思想象着在跳下去前的几秒钟里，威利在想什么。迪克西和他要进监狱。他们一定会被分开，即使不是分在不同的监狱也会在不同的牢房。没有人

---

①尼尔·杨（Neil Young, 1945— ），出生于加拿大多伦多的创作型摇滚歌手、吉他手、钢琴家及导演。于一九六九年展开个人的音乐活动，一九九五年入选摇滚名人堂。
②歌曲原名为 *The Needle And The Damage Done*，在俚语中，针（needle）指毒品注射器，因此这首歌也可以理解为"毒品和它所造成的伤害"，是尼尔·杨对摇滚乐团中因吸毒而失去创造力的乐手的悼念。

照顾迪克西了。雷布思想起了《人鼠之间》里的雷尼。迪克西曾经注射过毒品，也许他已经在别人的帮助下戒了，在他的朋友威利的帮助下。但是苏格兰的监狱里有太多的毒品。当然，你必须有东西来换，像迪克西这个年龄的男孩总是有东西来换的。

威利考虑过他的选择吗？他是不是拥抱了他的朋友，拥抱着他走向死亡？雷布思开始喜欢上了威利·科伊尔。他希望他没有死。

但是他死了，两个人都死了。冰冷地躺在停尸床上，没有留下太多的东西，除了这样的事实：保罗·达根的确是个冷静的家伙。雷布思要和保罗·达根谈谈，宜早不宜迟。但是现在他要见其他的人，有其他的约会。这个约会他一整天都没忘记，无论前面刀山火海都必须去。

5

    房间里有煤气取暖器，那种产生真正的火焰的取暖器，在看上去很古老的炉架里燃烧；还有烟，虽然烟是从雪茄和烟斗里出来的。电视是开着的，不过都被音乐声淹没了。冬天的夜晚往往是这样，爱丁堡的民间音乐家每天都会在同一个时间出现在同一家酒吧里：三把小提琴，一把手风琴，一架宝思兰鼓①和一支长笛。长笛手是他们中唯一的女性。男人都留着胡须，脸色红润，穿着织得很密的套头衫。他们桌子上的酒杯四分之三满。那个女人瘦瘦的，脸色苍白，留着长长的棕色头发，不过她的脸庞在炉火的照耀下很有光泽。

    一些顾客起身去跳舞，手臂挽着手臂，填满了舞池中任何存在的空隙。雷布思宁愿认为他们这样做是为了取暖，但是他们看上去是在找乐子。

---

①爱尔兰的一种羊皮鼓。

"再来三杯半品脱的和一些烈酒。"他对酒吧服务员说。

"你的朋友喝什么？"

"哈哈。"雷布思说。在吧台旁边他的两边站着他的酒伴，乔治·克拉瑟和唐尼·杜加利。人们都叫克拉瑟"多克"，而叫杜加利"索提"。出了酒吧雷布思对他们中的任何一个都不太了解，但是大部分晚上，六点到七点半之间他们是最好的伙伴。索提·杜加利试图使自己的声音压过人群的嘈杂声。

"我想要说的是，你可以在信息高速公路上到任何地方，去哪儿都行，将来它会变得更大。你可以通过电脑购物，你可以在电脑上看电视、玩游戏、听音乐……做什么都可以。只要我愿意，我可以与白宫对话；我可以下载全世界的东西；我就坐在桌子旁就可以到世界上的任何地方去。"

"你可以用电脑到酒吧去吗，索提？"离吧台较远处的一个人问他。

索提不理会他，把他的拇指和食指分开一两英寸长："硬盘只有信用卡那么大，你可以把你个人电脑上的所有内容放在手掌中。"

"你千万不能对警察那样说，索提。"乔治·克拉瑟提醒他，引来一阵大笑。他转向雷布思。

"那颗牙感觉如何？"

"麻醉剂起作用了。"雷布思说着，喝完最后一点威士忌。

"希望你不是把止疼片和酒一起喝。"

"我会那样做吗？索提，给那个人一点钱。"

索提停止了自言自语。服务员在等着，所以他掏出一张十英镑的钞票。索提之所以叫索提是由于盐和酱①，你放在炸薯片里的调味品。

---

① "索提"的原文是 Salty，即"咸味"的意思。

"薯片"就是二者之间的联系，因为索提在南加尔的一家电子工厂上班[①]。他投身硅谷时已经过了黄金期，却仍旧希望这项产业能够继续繁荣下去。在这之前他已经经历了六家工厂的倒闭，每一次倒闭都使他很长一段时间找不到工作。他还记得那些手头紧的日子——"我本来可以拿到苏格兰的生活保障金"——节省地花着他的每一分钱。如今他在做微型芯片，给克莱德赛德和西加尔工业园另一家工厂的生产线供货。

"你跳舞吗？"

雷布思半转过身，看到一个没有牙齿的女人在朝他笑。他想她的名字叫莫拉格。她嫁给了那个系着苏格兰方格花纹鞋带的男人。

"今晚不跳。"他说，尽量表现得谦卑。你和那个系着苏格兰方格花纹鞋带的男人永远说不清楚：和他老婆跳舞你就是在和她调情；拒绝她你就是故意瞧不起他。雷布思把他的一只脚放在擦亮的铜栏杆上休息，喝着他的酒。

八点钟之前，多克和索提都走了，一个戴着走了样的贝雷帽的老家伙站在雷布思的旁边。那个人忘记戴假牙了，双颊深陷下去。他在跟雷布思讲关于美国历史的故事。

"我喜欢它。只喜欢美国人，不是其他任何人。"

"为什么呢？"

"嗯？"

"为什么只喜欢美国人？"

那人舔了舔嘴唇。他的注意力不在雷布思身上，也不在酒吧里的任何东西上。你甚至不能确定他是否注意到眼前的任何事。

---

①英文中的薯片（chips）和电子芯片是同一个单词。

"哦，"他最后说话了，"我觉得是西部片的缘故。我喜欢西部片。霍普朗·卡西迪①，约翰·韦恩②……我曾经喜欢霍普朗·卡西迪。"

"《可否永恒》，"雷布思说，"这是他其中的一首歌③。"

然后他喝完他的酒回家了。

电话铃在响。雷布思不想接。他坚持了十秒钟。

"喂？"

"喂，爸爸。"

他猛然跳进沙发里。"喂，萨米。你在哪儿？"她停了很长时间。"还在佩兴斯家里吗？你好吗？"

"好。"

"工作还好吗？"

"你真的想知道吗？"

"只是出于礼貌。"他突然想起来，自己应该说出于父亲的关心，而不是礼貌。有时候他希望生活中有倒带功能。

"哦，那我就不给你讲细节了。"

"我想佩兴斯出去了？"这是有道理的：萨米从来不在她在家的时候打电话给他。

"是的，她出去了，和……我是说有点事，她出去有点事。"

雷布思笑了："你真正想说的是她和某人出去了。"

---

①美国西部片中的牛仔英雄。

②约翰·韦恩（John Wayne, 1907—1979），美国电影演员，曾获奥斯卡最佳男主角奖。作品多为西部片和战争片。

③《可否永恒》（*Could It be Forever*）是美国歌手大卫·卡西迪（David Cassidy, 1950— ）的一首名曲，而非前文提到的霍普朗·卡西迪。

"我不太会撒谎。"

"没必要自责，要怪就怪你的基因。你想见面吗？"

"今晚不行，我累得要死。佩兴斯问……她想知道你是否愿意哪天来喝茶。她觉得我们应该多与对方见面。"

和往常一样，雷布思想，佩兴斯是对的。"好呀。什么时候？"

"我问问佩兴斯然后告诉你。就这么定了？"

"就这么定了。"

"哎，我要早点睡觉。你呢？"

雷布思看了看他身下的椅子："我已经在床上了。睡个好觉。"

"你也一样，爸爸。爱你。"

"我也爱你，宝贝。"雷布思轻轻地说，不过仅仅是在他放下电话之后。

他走过去打开音响。喝过酒之后，他喜欢听滚石的音乐。女人、亲密关系和同事来了又去，只有滚石一直在他身边。他把唱片放进去，给自己倒了最后一杯酒。吉他复乐段响起，基斯①百听不厌的几首歌之一，是这张唱片的开场音乐。我所拥有的不多，雷布思想，但是我有它。他想起了在医院病床上躺着的劳德戴尔、出去快活的佩兴斯、在查令十字路流浪者收容所里的柯丝蒂·肯尼迪。然后他看到了廉价运动鞋底、最后的拥抱，还有威利·科伊尔的脸。

喝酒好像不能让雷布思忘记他。

_____

①基斯·理查兹（Keith Richards，1943— ），著名音乐人，滚石乐队的吉他手和创始人之一。

他想起了藏在威利的卧室里的报告。它放在厨房的工作台上，于是他起身去拿。这是一份商业计划书，和一家叫君旗①的电脑软件公司有关。文件中解释说"君旗"在字典里的意义是"道德准则或指导"，这个公司把前三个字母大写的原因是为了强调"洛锡安和边境"。这份商业计划书讨论了未来的发展、花费、工程财政计划表、招工的规模。纸张干燥，在暖气的作用下有点卷。雷布思拿出电话簿，但是没有发现任何叫做君旗的公司。

有人看过计划书，在一些句子下面画了线，圈点过一些文字，在图表和条形图旁边还有粗略的计算。有些句子用红笔画去了，有些措辞被改过，有几点被勾出来。雷布思无从知道这是不是威利·科伊尔的笔迹，不过他确实不明白这些纸为什么会藏在威利·科伊尔的卧室里。当他翻到最后一页的时候，有一个单词潦草地斜着写在上面，下面画着重重的线。这个单词是戴尔基第。他再次翻遍整个计划书，没有其他任何地方提到戴尔基第。它代表一个人，一个地方，还是另外一家公司？这个单词是用蓝色墨水笔写的，笔画很重，无法判断它与修改的内容和脚注是否出自同一个人之手。

他又倒了一杯酒——这次将是他最后一杯——将唱片翻到另一面。他很苦恼，这苦恼更多地来自他自身，而不是别人。毕竟可以结案了；一对丧心病狂的恶作剧者从桥上跳下去，死了。就这样。从现在开始他可以不必再想它了。但是他做不到。

"你真可恶，威利。"他大声地说。他端着酒再次坐下去，拿起了那份商业计划书。在右上角有两个字母，用铅笔写得很轻：CK。他不

①原文为 LABarum。单词 lararum 意为古罗马后期皇帝的皇旗，类似古罗马骑兵的军旗，可引申出道德秩序的含义。同时前三个字母 LAB 表示 Lothian And Borders，即洛锡安与边境地区。

知道这是不是"检查"①的简写。

"管它呢。"他说，试图把注意力放到音乐上。这个乐队真是乱七八糟，可有时候他们的音乐如此切合心境，让人难过。

"这一杯是献给你的，威利。"雷布思说，向着空中举起了酒杯。

---

① 原文是 check，通常简写为 CK。

6

直到早晨在寒冷中醒来时，他才想起放在夹克衫口袋里的暖气开关。水管里的水在汩汩作响，锅炉在咆哮，但是暖气却一点也不热。

他从一家咖啡馆买了一杯咖啡和一个咸肉卷，去上班的路上在车子里吃了早餐。地上冻得很结实，天空是铅灰色的，而且还有变糟的趋势。他花了五分钟把挡风玻璃上的冰刮掉，尽管这样，他仍然像个坦克手在仅有的狭窄视野中开着一辆坦克。

桌子上的便条提醒他九点半要到沃森的办公室开会。雷布思觉得自己还要再喝一杯咖啡，于是就去了餐厅。一个孤独的女人坐在桌子旁，慢慢地搅着一大杯茶。

"吉尔？"

她抬头看着他。是吉尔·坦普勒[①]。长久以来，雷布思脸上第一次

[①]在雷布思探案系列首作《不可忘却的游戏》中，吉尔·坦普勒是雷布思的情人。

露出了笑容。他拉出一把椅子坐了下来。

"你好，约翰。"她的眼睛看着面前的饮料。

"我以为你去了法夫。"

"是的。"

"性犯罪部门，是不是？"

"是的。"

他点了点头，试图不去计较她冷淡的口气。"你气色不错。"这是他的真心话。她黑色的短发层层打薄，新月形的长鬓角从耳边垂到脸颊上，眼睛是宝石一样的绿色。她一点都没变。吉尔·坦普勒笑了笑表示赞同，但是什么也没说。

布赖恩·霍尔姆斯把一只手放在雷布思的肩膀上："验尸结果已经出来了。"

"哦？"

霍尔姆斯去拿了咖啡和面包圈，雷布思跟在他后面。

"有什么发现？"他问。

霍尔姆斯咬了一口面包圈，耸了耸肩。"没什么发现，"他咕哝着，咽着嘴里的东西，"教授在任何一个死者的血样里都没有找到海洛因或其他毒品的痕迹。他认为他可能在一具尸体上发现了一些被刺过的伤疤，但是它们不是最近才有的。"

"哪具尸体？"

"矮一点的那个。"

"迪克西。"雷布思拿走了咖啡，霍尔姆斯付钱。当他转过身的时候，吉尔·坦普勒已经不在桌子旁了。那一大杯茶她一口都没喝。

"她是谁？"霍尔姆斯问道，一边把零钱塞进口袋里。

"我过去认识的一个人。"

"哈，这范围可真小呀。"

雷布思重新选了一张桌子，他们坐了下来。

阿利斯特·弗劳尔警督看上去就像他正在赶往王子大街某家专卖店去拍时装照一样。

"他们没有模特用了，是不是？"雷布思边问边走进了法梅尔·沃森的办公室。

弗劳尔穿着淡蓝色西装和蓝色的衬衫，系着有折线图案的黑白相间的领带，最为画龙点睛的是擦得锃亮的棕色平底便鞋和雪白的网球袜。雷布思在他的旁边坐下，意识到自己的鞋该擦一擦了。衬衫上还有咸肉卷留下的油斑。

"我召开这个会，"沃森说，"是让你们的头脑放个假。"

"警督弗劳尔的头脑一直都在放假，长官。"雷布思说。

弗劳尔不自觉地笑了一下，雷布思意识到这个人有多么迫切。

"约翰，"沃森说，"你总是爱开玩笑。"

"让他们笑去吧，长官。"但是沃森没有笑，雷布思知道沉默意味着什么——只要雷布思保持这种姿态，他就没有希望晋升。

那么晋升的就是阿利斯特·弗劳尔。

"阿利，"沃森开口了。弗劳尔警醒地坐直了；雷布思以前从来没有见过这种把戏。"阿利，要不要我给你加点喝的？"

弗劳尔看看自己的杯子，然后大口喝下里面的东西："谢谢，长官。"

沃森从自己的桌子旁站起来，拿着弗劳尔的杯子，走到咖啡机跟前。他说话的时候背对着他们两个。

"暂时顶替弗兰克·劳德戴尔空缺的人选已经确定。"

这让雷布思吃惊，就像他遇到了新的、更大的麻烦。

"她的名字，"沃森继续说，"叫吉尔·坦普勒。"

弗劳尔径直走向了卫生间，在那里他可以对着镜子咒骂。雷布思若有所思地回到总警督办公室。吉尔已经在那儿了，在看一份验尸报告。

"祝贺你。"他说。

"谢谢。"她继续看报告。直到她停下来抬头看着他，他才动了一下。"约翰？"她安静地说。

"什么事，长官？"

"这是我的办公室。"

劳德戴尔的名字还在门上；他们不想费事换一个新的名牌，但是雷布思注意到她已经更换了一些东西。

"你不用坐下来，"她说。雷布思掏出一盒烟。"别这样，你知道我的规矩：禁止吸烟。"

他把烟放在嘴边。"我只是把它放在嘴里。"他说。

她关上门，走向劳德戴尔的办公桌旁，交叉着手臂，靠在桌子上。

"约翰，这儿发生了许多事。"

雷布思环顾了一下办公室。

"你明白我的意思。我听说你和艾特肯医生分手了。"

雷布思把香烟从嘴里拿掉："那又怎样？"

"所以你想返回来找我，我不想让你觉得我可以做你的跳板，每次你在跳回到水池里之前都可以在我身上跳几下。"

雷布思笑了："我在餐厅里碰到你时，你就是在彩排这几句话？"

"我要说的就是，让我们把过去都忘掉，公事公办。"

"好的。"他又把香烟放到了嘴里。

她走到桌子的后面坐了下来。"那么，关于这两个让福斯湾大桥关闭的蠢货，你能告诉我些什么？"

"恶作剧。也许他们要还债，或者他们习惯这样赚钱。亡命之徒。没有证据表明他们以前认识这个女孩。豪登赫尔检查了车子，里面没有任何她的痕迹。"

"那么你为什么那么想知道毒品检验的结果？"

"我有吗？"

"有人到餐厅里找到你并告诉你结果出来了。"

雷布思又笑了："我只是想知道他们是不是受别的什么人的指使。"

"你知道别的名字吗？"

"保罗·达根。他把汽车借给那两个亡命之徒。另外他把自己租来的市委会的房子二次分租给那两个人。"

"这是违法的。"

"是的，是违法的。我们可能还需要问他更多的问题。"

她想了想，然后点点头。"你还在做其他的什么事情？"

他耸耸肩："不多，一年中的这个时候总是安静的。"

"希望一直都这样。我知道你的名声，约翰。我刚认识你的时候它就不怎么好，但是听说最近好像更糟。我不想惹麻烦。"

雷布思向窗外望去。开始下雪了。"像这样的天气里，"他说，"爱丁堡肯定不会有太多的麻烦的，相信我。"

7

    大家都叫休·麦克奈利"小沙格"。他不明白为什么人们总是给名字叫"休"的人取外号叫"沙格"。有很多事情他都不明白，而且永远都不会明白。他希望能在监狱里提高自己，在几个方面也确实得到了提高：他会使用机床了，也学会了组装沙发。但是他知道，自己不像他的狱友一样受过教育。和他同一个牢房的人真的是个聪明人，是个头脑里有东西的人；一点也不像沙格的脑子，可以归结为石灰和奶酪。不过他教会了沙格很多东西。他曾经是个朋友。在监狱里，虽然身边总是挤满了人，但是如果没有真正的朋友，是很孤独的。

    话又说回来，就算他变得更聪明又有什么区别呢？其实没什么区别，一点都没有。

    但是今天晚上他就要让生活变得不一样。

这又是一个寒冷的夜晚，寒风如刀割。

议员汤姆·吉莱斯皮觉得不会有太多的人艰苦跋涉来找他。他已经听到了一些关于冻结和破裂的水管的惯常抱怨，还有关于冷天补助的问题，可能就是全部了。在他的沃伦德辖区里，选民都比较自立——或者说好欺负，看你从什么角度看，或者说视你的政治立场而定。他朝着房间另一边他称之为秘书的人微笑，然后观察挂在教室墙上的一幅画。

他一直在这所学校办公，在他任期内的每个月的第三个星期四。在咨询的空当他会回答记者的提问，用一个手提录音机录下他说的话。市委会的中央成员服务部会把他说的话用打字机打出来。至于普遍的政治问题，和他所在的党有关的问题，会有一个专门的行政助理来处理。

这就是为什么，就像吉莱斯皮的妻子曾经在很多场合指出的一样，请私人秘书是个浪费。但是就像议员所争辩的——他一直都很擅长争辩——如果他想要走在一群人的前头，他需要比其他议员更繁忙，最重要的是他要"看上去"比其他议员繁忙。从短期看是浪费，长远来看就是收获。你必须一直从长远的角度看问题。

当他辞职的时候他用的是同样的说辞。正如他向他的妻子奥德莉解释的那样，这个区一半的议员都有理事会以外的工作，但是这意味着他们不能把精力集中到理事会或政治事务上。他需要表现得很繁忙，这样他就没时间做其他的工作。议员的会议都在白天进行，现在他有时间去参加了。

他还有别的为自己辩护的理由。如果他白天处理理事会的事务，晚上和周末就相对空闲了。而且——这时候他会微笑并捏着奥德莉的手——他们并不需要那么多钱。尽管议员的报酬实际上挺好的，他作为区议员的基本补贴是四千七百英镑。

最后，他会告诉她，这是二十年来地方政府最关键的时刻。七个星期以后会进行新的选举，变动就会开始了，爱丁堡城会变成一级直属的爱丁堡市议会。他怎么能够不处在变革的中心？

不过，奥德莉实现了她的一个要求：他的秘书必须是个长相普通的老女人。海伦娜·普罗非特符合条件。

想想看，他从来没有在和奥德莉的争辩中真正赢过，至少没有完全赢。她会大叫，闹别扭，开始摔门。他不介意；他需要她的钱。她的钱给他带来了自由的时间。如果它能让他星期四晚上不用待在几乎被废弃的学校里受苦就更好了。

他的秘书把毛线活带在身边，他可以通过每小时她织了多少来衡量事态有多平静。他看看她的毛线活，然后又回到座位上去写信。这封信不容易写，他已经写了一个多星期了。这封信他没法放心口述给别人，而到现在为止他只写了开头他的地址和结尾的日期。

学校是安静的，走廊里点着灯，暖气在工作。看门人在某处忙着，四个清洁工也在忙。当清洁工和议员走了以后，看门人就会把门锁上准备睡觉了。其中的一个清洁工比其他人要年轻许多，而且身材很好。他不知道她是否住在他的辖区。他再次看看墙上的钟，还有二十分钟就可以走了。

他听到什么东西"砰"地响了一声，就朝教室的门望去。一个矮个子男人站在那儿，穿着薄薄的短夹克和破旧的裤子，看起来像要冻僵了。他把手深深地插在夹克衫口袋里，而且看上去并不打算拿出来。

"你就是议员？"那个男人问道。

吉莱斯皮议员微笑着站起身。然后那个男人问海伦娜·普罗非特：

"那么你是谁？"

"我的秘书，"汤姆·吉莱斯皮解释说。海伦娜·普罗非特和那个男人好像在打量对方。"有什么事吗？"

"啊，是的，"那个男人说。然后他拉开夹克衫的拉链，掏出一把枪管被锯短的霰弹枪。

"你，"他对普罗非特小姐说，"他妈的出去。"他把枪指着议员说。"你别走。"

海伦娜·普罗非特尖叫着从教室里跑出来，差点撞倒了清洁工。一桶脏水溅到木门上。

"我刚刚擦过！"

"手枪，他有枪！"

清洁工都盯着她。从教室里传来好像是轮胎爆炸的声音，其他女人和普罗非特一样吓得跪倒在地。

"天哪，怎么了？"

"她说有枪。"

这时候门口出现了一个身影。是议员，还能站得住。他看上去和教室墙上的一幅画一样，只不过脸上和头发上的鲜红色并不是染料。

雷布思站在教室里看着墙上的画。有些画很漂亮。色彩并不是都很合适，但是线条是可以辨认的。蓝色的房屋，金黄的太阳，绿色的田野上有棕色的马，红色的天空中点缀着灰色的……

哦。

这个房间被简单地隔离起来，门口放了两把椅子。尸体还在那儿，在教师讲台前的地上手脚伸开躺着。科特医生正在检查。

"这个星期你遇到的都是麻烦事。"他告诉雷布思。

确实麻烦。头部除了下巴已经没留下什么。把手枪对着头部你别指望死得好看。

雷布思站在讲台旁边。有一张有格子的纸放在上面，纸的顶端是一条信息，"汉密尔顿先生：分配安置"，还有地址和电话号码。血已经浸湿了纸张。这张纸的下面显然是一封信的开头。吉莱斯皮已经写了一个单词"亲爱的"。

"唉，"科特医生站起身，"他死了，如果你问我的意见，我觉得他用的是那个。"他朝那把枪点点头，它躺在离尸体两英尺的地方，"现在他已经去另外一个地方了。"

"就是一枪解决问题。"雷布思说。

科特看着他："摄影师在路上了吗？"

"他的车子发动不起来。"

"那么，告诉他我需要他多拍几张头部的照片。我想我们有目击者吧？"

"议员吉莱斯皮。"

"我不认识他。"

"他是我所在的辖区的议员。"

科特医生正在戴薄乳胶手套，该检查尸体了。首先，他们需要寻找证明他身份的证件。"虽然这间房子很暖和，"科特医生说，"我还是喜欢我自己的炉台。"

在死者裤子后面的口袋里，雷布思找到了一个看起来很正式的信封，折叠成一半大小。

"休·麦克奈利先生，"他说，"托尔克罗斯的地址。"

"离这儿不到五分钟的距离。"

雷布思把信从信封里拿出来，开始读。"是从监狱服务中心寄来的，"他告诉科特医生。"一些细节问题，关于休·麦克奈利先生从索腾监狱里释放后可以得到的帮助。"

汤姆·吉莱斯皮在学校的盥洗室洗了洗。他的头发是湿的，成缕贴在头皮上。他不停地用一只手往脸上擦然后看手上有没有血。他的眼圈都哭红了。

雷布思坐在他的对面，校长办公室里。办公室本来是锁着的，但是雷布思来到学校之后征用了它。打扫卫生的女清洁工在教员休息室里，每人得到了一大杯茶。希欧涵·克拉克和她们在一起，尽力去安慰普罗非特小姐。

"你究竟认不认识那个人，吉莱斯皮先生？"

"这辈子从来没有见过。"

"你确定吗？"

"确定。"

雷布思伸手掏他的口袋，但是又停下来了。"介意我抽烟吗？"从房间里陈腐烟草的味道中他已经知道校长肯定不介意。

吉莱斯皮摇摇头。"事实上，"他说，"既然你抽，也给我一根。"吉莱斯皮点着了烟，然后深深地吸了一口，"我三年前就不抽了。"

雷布思什么也没说，他在研究这个人。他以前看到过他的照片，从邮筒里塞进来的竞选材料上面。吉莱斯皮四十五岁左右，一般戴着红框眼镜，不过现在放在桌子上。他头顶处的头发很稀少，但是到了脑袋的两边就变多了。他眼睛上的黑色睫毛显得很浓密，不是由于哭的原因。他的下巴很尖，无名指上戴着一个简单的金戒指。雷布思不能说他长得有多好看。

"你做议员多长时间了，吉莱斯皮先生？"

"六年，快七年了。"

"我住在你的辖区。"

吉莱斯皮看看他："我们以前见过吗？"

雷布思摇摇头："那么，这个人走进了教室……"

"是的。"

"特地来找你的？"

"他问我是不是议员。然后他问海伦娜是谁。"

"海伦娜，就是普罗非特小姐？"

吉莱斯皮点点头："他让她出去……然后他就转了一下枪，对着自己的嘴扣动了扳机。"他颤抖着，烟灰从香烟上掉下来，"我永远都不会忘记，永远不会。"

"他有没有说别的什么？"

吉莱斯皮摇摇头："他什么也没说。"

"一个字也没说。"

"你知不知道他为什么这样做？"

吉莱斯皮看了看雷布思："那是你的事，不是我的。"

雷布思就这样被他盯着，直到吉莱斯皮要找个地方熄灭香烟。

你有点问题。雷布思想，在你外表下面隐藏着更冷酷，更深沉的什么东西。

"还有几个问题，吉莱斯皮先生。公众是怎么知道你接待民众的事情的？"

"有区理事会传单，几乎每一家都收到了。另外我还在医院的接待室等类似的地方贴了通知。"

"它们不是秘密？"

"如果一个议员把他接待民众的事情当做秘密有什么好处？"

"麦克奈利先生住在托尔克罗斯的一个地方。"

"谁？"

"自杀的那个人。"

"托尔克罗斯？那不在我的辖区。"

"不在，"雷布思说着开始站起身，"我没说是你的辖区。"

希欧涵·克拉克警员坐着和海伦娜·普罗非特谈话。普罗非特小姐还在大叫，几乎听不清她在说什么。她的年纪大概比议员大了十岁左右。此刻她紧紧地抓着大腿上的一个购物袋，好像它是一个救生圈一般。一对毛衣针从她的袋子里戳了出来。

"然后，"她哭着说，"他让我出去。"

"他的原话是什么？"雷布思问。

她吸了口气，平静了一点。"他说粗话。他让我'他妈的出去'。"

"他还说别的什么了吗？"

她摇了摇头。

"你就离开了？"

"我也不想留下。"

"你当然不想。你觉得他要干什么？"

她还没有想过这个问题。"哦，"她最后说，"我不知道我当时想些什么。也许他要把汤姆当人质，或者开枪杀了他，差不多吧。"

"不过为什么？"

她的声音提高了："我不知道。如今谁知道为什么？"她又开始歇斯底里地哭起来。

"还有一两个问题，普罗非特小姐。"但她没在听。雷布思看了看希欧涵·克拉克，后者耸了耸肩。她建议把事情留到明天早晨再做，可是雷布思知道那样不好；他知道如果时间拖得长的话，记忆会耍什么把戏。

"只有一两个问题。"他平静地坚持说。

她吸了吸气，擤着鼻子，擦擦眼睛，然后做了个深呼吸，点点头。

"谢谢你，普罗非特小姐。你从教室跑出来和你听到枪响之间差多长时间？"

"教室在走廊的尽头，"她说，"我推开门，撞上了女清洁工。我跪了下来就听到了枪声……就是当我……"

"所有这只是几秒钟的事情？"

"只有几秒钟，没错。"

"而且你离开教室的时候没有听见任何对话？"

"就听到关门声，没有别的了。"

雷布思摸着鼻梁："谢谢你，普罗非特小姐。我们会找辆车送你回家。"

科特医生完成了在教室里的检查。犯罪现场调查组开始工作，摄影师也终于来了，正在换胶卷。

"我们需要保护现场，"雷布思对校长说，"这个房间可以锁起来吗？"

"可以，我桌子抽屉里有钥匙。明天学校能开放吗？"

"如果我是你的话就不开。明天我们将会进进出出……门可能要一直开着……"

"不要说了。"

"你需要找个装修工。"

"好的。"

雷布思转向科特医生："我们可以把他转移到停尸房吗？"

科特医生点头："早晨我还要看一下他。有人去地址上那个地方吗？"

"我要自己去。就像你说的，只有五分钟远。"雷布思看着希欧涵·克拉克，"看地方检察官有没有拿到预先通知函。"

科特看了一眼身后的教室："他刚刚从监狱里放出来，也许他心情不好。"

"这也许能解释他自杀的原因，但是没有人愿意这样想。看起来像是预谋，还有他选择的地点……"

"我们的美国同胞有一句话可以概括。"科特说。

"什么话？"雷布思问，感觉自己要听到医生的另一句妙语。

"死在你面前。"科特医生说。

8

雷布思步行到了托尔克罗斯。

他的鼻腔里灌满了难闻的气体，肺部也很不舒服，他希望寒冷能让这股气味减弱些。他本可以走进一家酒吧，这样就闻不到了，但他没有这么做。他想起几年前的一个冬天，比今年还要冷很多，足有零下二十度，西伯利亚般的鬼天气。房子外的水管冻得严严实实，所以每户人家的污水都排不掉。气味很难闻，但你总可以打开窗让它散掉。死亡却并非如此；它不会因为你开了一扇窗，或者散一会儿步就消逝的。

脚下全是冰，他打了几下滑。另一个不喝酒的理由：他需要保持清醒的头脑。他把麦克奈利的地址抄在了自己的记事本上。他知道这个街区，它离被烧毁的疯狂长筒袜沙龙①只有几条街远。大门上装有内

①疯狂长筒袜沙龙首次出现于伊恩·兰金系列作品中的《致命的原因》(*Mortal Causes*)，比本作早一年。

部通话系统，麦克奈利的名字在最后一个。按下按钮的时候，他的脚趾头都要冻麻了。他一直在练习待会儿要说的话。没有一个警察愿意说出坏消息，当然也没有比这更坏的消息了——"你丈夫归西了"，这样说是不是不太合适？

内部电话接通了。"不要告诉我你把钥匙弄丢了，沙格？如果你是因为喝酒而把它们弄丢，那你就在外面挨冻吧，看我管不管你！"

"是麦克奈利夫人吗？"

"你是谁？"

"雷布思警督。我可以进去吗？"

"天哪，他做什么了？"

"我可以进去说吗，麦克奈利夫人？"

"你进来吧。"门锁响了一下，雷布思推开了门。

麦克奈利夫妇住在二层，雷布思本来希望他们住在顶楼。他脚步很慢，还在思索着该怎么开口。她在门口等他。门很漂亮，是新的黑色木材，有扇形的玻璃图案。铜制的门环和信箱也是新的。

"你是麦克奈利夫人？"

"进来吧。"她带着他穿过小厅堂走进了客厅。房子不大，但是家具和地毯很漂亮。客厅旁有个小厨房，两个房间加起来的面积大概是二十英尺乘十二英尺。房产经纪人往往形容它为"温馨"、"紧凑"。电炉开得很足，房间里有点闷。麦克奈利夫人刚才一直在看电视，一罐甜心牌黑啤酒放在宽宽的椅子扶手上，烟灰缸和烟放在另一边。

她看上去脾气不好；没有其他词可以形容了。罪犯的妻子看上去都是那样。监狱探访让她们的下巴轮廓变得更为硬朗，不轻易相信人的眼睛眯成了一条缝。她的头发染成了棕色，尽管她晚上待在家里，但还是涂了指甲油，画了眼线和睫毛膏。

"他做什么了？"她又问道，"愿意的话坐下吧。"

"我还是站着吧，谢谢。事情是这样的，麦克奈利夫人……"雷布思停了下来。你也会这样做：你带着尊重降低了声音，讲一些无关紧要的开场白，然后停顿，希望寡妇或者鳏夫，母亲或者父亲，兄弟或者姐妹能够明白。

"是什么事情？"她厉声地问。

"呃，我很遗憾地告诉你……"

她的双眼盯着电视。正在放一部电影，吵闹的好莱坞冒险片。

"能不能把声音关小一点？"他提议说。

她耸耸肩按了一下遥控器，"静音"的标志出现在了电视机上。雷布思这才发现那台电视机很大，它占据了房间的整个墙角。不要让我说出那些话，雷布思想。他看见她的眼睛里有东西在闪烁。是眼泪，他想。她在努力控制住它们。

"你明白的，是不是？"他安静地说。

"明白什么？"她叫道。

"麦克奈利夫人，我们认为你的丈夫可能死了。"她把遥控器扔向了房间的另一边，站了起来。"有个人自杀了，"雷布思继续说，"他的口袋里有封信，上面是你丈夫的名字。"

她瞪着他。"那意味着什么？什么也不是。他可能把信弄丢了，有人捡了去。"

"死者……那个人，他穿着黑色的尼龙夹克衫和一条浅色的裤子，绿色的运动衫……"

她转过脸背对着他："在哪儿？在哪儿发生的？"

"沃伦德公园。"

"那么，"她气愤地说，"小沙格去了洛锡安路，他经常去那儿。"

"你觉得他什么时候会回来呢？"

"酒吧还没打烊，也许这可以作为你要的答案。"

"你看，麦克奈利夫人，我知道这样很麻烦，但我希望您去一下停尸房看看衣服。这样行吗？"

她的双臂交叉于胸前："不，不行。为什么要这样做？他又不是小沙格。他只是出去了一个星期，一个痛苦的星期。他不可能死的。"她停了下来，"他是不是被车撞了？"

"我们认为他是自杀的。"

"你没搞错吧？自杀……？滚出我的家！走吧，你走吧！"

"麦克奈利夫人，我们需要——"

现在她正用力挥着坚硬的拳头打他，把他推出了门来到客厅。

"离他远点，听见没有？离我们两个都远点。这简直就是骚扰。"

"我知道你很难过，麦克奈利夫人，但是辨认一下身份会把事情弄明白，这样才能让你安心。"

她的拳头失去了力气，一下子停手了。雷布思烫伤的手掌被她打到的时候疼得厉害。

"对不起。"她说着，做了个深呼吸。

"没什么，你很难过。你有没有邻居，朋友或者其他什么人和你一起去？"

"隔壁的梅齐。"

"好的。我去找辆车来接你怎么样？梅齐能不能陪你一起去？"

"我问问她。"她打开房门走了出去，拖着步子走到了一扇写有"芬奇"铭牌的门前。

"如果可以的话，我想用一下你的电话。"雷布思喊着又回到了房间里。

他迅速扫视了一番。只有一间卧室和浴室，加一个储藏室。其他部分他都看过了。卧室布置得很漂亮，粉色带褶皱的窗帘和配套的床罩，还有一个摆满香水瓶的小梳妆台。他走到客厅打了两个电话：一个是叫车，另一个是向刑事调查组确认有人会去停尸房辨认身份。

门开了，进来了两个女人。他以为芬奇夫人和麦克奈利夫人的年纪差不多大，但是她只有二十出头，细长的腿，穿着超短的紧身裙子。她看着他，就好像他说了个歪曲事实的笑话。他回敬了一个笑容，掺杂着同情和关心。她没有对他笑，他只好在她扶麦克奈利夫人从厅堂出来走进客厅的时候，看看她的美腿来自我安慰。

"来杯百加得①，特蕾莎，"梅齐·芬奇说，"它会帮你平静下来。不管做什么事情，先喝点百加得和可乐。你那里有没有镇定剂？没有的话，我浴室的柜子里应该有。"

"他不可能死的，梅齐。"特蕾莎·麦克奈利哭着说。

"我们不要提他了。"梅齐·芬奇回答说。

奇怪的安慰方式，雷布思想着，准备出发了。

---

①百加得（Bacardi）是世界最大的家族私有的烈酒厂商，产品包括百加得陈酿（Bacardi Superior）和百加得 151 品牌的朗姆酒等。

9

从托尔克罗斯到多弗彻大楼 C 部总部并不远，但雷布思感觉离自己的公寓越来越远了。他不想走回去，所以希望多弗彻能有空车可以送他回去。

接待处有一个秃顶的高个男人，穿着厚厚的破旧外套。这个男人双臂交叉放在胸前，盯着自己的脚。桌后没人，于是雷布思按响了蜂鸣器。他知道那东西会一直响到有人来。

"来了很久了？"他问。

那个男人微笑着抬起了头："晚上好，雷布思先生。"

"你好，安东尼。"雷布思认识这个人。他是爱丁堡无家可归大军中的一员，沿着王子大街每隔二十码就有一个的那种卖《大事件》的人。雷布思经常从安东尼那里买报纸。

"来帮我们调查？"

安东尼咧嘴笑了："为了取暖罢了。我告诉接待处的长官，我在等雷诺兹警员，其实我看见雷诺兹先生进了达利路上的跳房子酒吧。"

"这就是说他出去找乐子去了。"

"这样我就可以在这儿一直坐到有人赶我走。"

一个穿制服的人出现在了接待处。雷布思向他出示了证件，穿制服的人帮他把门打开。

"您知道怎么走吧，长官？"

"我知道怎么走的。谁在值班？"

"那上面有点像墓地。"

雷布思开始爬楼梯。多弗彻很古老，也很小。毫无装饰的石墙使得气氛压抑。但比起崭新的圣雷纳德，雷布思更喜欢这里。他朝刑事调查组的房间看了看，他想见的人此刻正坐在一张满是伤痕的长桌旁看报纸。

"戴维森先生。"雷布思说。

戴维森抬头哼了一声。

"我需要帮忙。"雷布思边说边走了进去。

"这可真意外。"

"你听说过沃伦德的事了吧？"

"用枪自杀的人？"看了这事人人皆知了。戴维森合上了报纸。

"自杀的人叫休·麦克奈利，住在托尔克罗斯。"

"我知道小沙格。叫小杂种更合适。他刚从索腾放出来。"

"也许他正为此伤心。"

"要喝点什么酒吗？"

"咖啡吧。"

但是戴维森正在外套里找东西。"我是说喝酒。"

"只要你不是想去跳房子酒吧。帕特斯·雷诺兹在那里。"

66

戴维森戴上了他的格子呢围巾。"好吧，那我们就不去跳房子。既然你埋单，你决定去哪儿吧。"

雷布思选了一家离干草市场警察局很近的酒吧。酒吧里人声鼎沸，但是旁边的沙龙却很安静。他们点了双份的酒。

"外面太冷了，不能喝啤酒，"戴维森说，"为你的健康干杯。"

"也为你的健康。"雷布思咽了一小口下去，马上就感觉到那液体起了作用。有些时候那种感觉简直超乎想象。"那么，"他说，"可以跟我讲讲小沙格的事了。"

"呃，他是个偷鸡摸狗的人，过去专门闯空门偷东西。"

"过去？"

"之后他开始干招摇撞骗的勾当。"

"他在里面蹲了多长时间？"

"你是说监狱？有趣的是，我一听说他出狱就自己算了一下。他提前释放的，不到四年。"

"如果他只是招摇撞骗……"

戴维森摇头："抱歉，你误解了。是我的错，没说清楚。他不是为了平常那些小毛病才进监狱的。"

"那是什么？"

"强奸未成年少女。"

"什么？"

戴维森点点头："事实上，我们认为是这样，但坦白讲，我不确定问题都弄清楚了。"

"说明白点。"雷布思示意服务员再来两份威士忌。

67

"啊，那个小女孩当时才十五岁，不过所有人都认为她更像三十五岁。这女孩一点也不羞涩，你看看当时的采访就知道了。但她坚持说是他强奸她的。她是未成年人，地方检察官就做出了判决。我并不在意这些，小沙格从这条街上消失对我来说很好。"

"他那时住在托尔克罗斯吗？"

"他一直都住那儿。"

雷布思付了第二次的酒钱。"他是那种粗暴的人吗？"

"我没发现。我是说，他被激怒时会大发脾气，不过谁不是那样呢？这就是强奸案的可疑点，身体上完全没有任何伤害。"

"证据呢？"

"我们有大量证据。邻居们听到了尖叫声，女孩处于被惊吓的状态，一直在哭。另外小沙格也承认和她发生了性关系，他说他知道这是违法的，不过，就像他说的，'只坐几个月牢而已'。那个女孩说她不是自愿的，一切要素都齐了。"

"如果说——仅仅讨论可能性——她是自愿的呢。"

"什么？"

"那么他就是为了一个自己根本没犯的罪坐了四年牢。"

戴维森耸耸肩："你在寻找他自杀背后的动机？"

雷布思沉思了一会儿："现在我对这起自杀很感兴趣。"

"我们总是在寻找动机，是吧，约翰？"

雷布思喝完了酒："枪怎么样？他有没有做过军火方面的事？"

"没有。但是他在外面可能有朋友知道上哪儿弄到它。"

"是一把枪管被锯短的霰弹枪。"

"我想是的。你不可能把一把完整的霰弹枪放到嘴里还够得到扳机。短点就容易了。"

68

"现场一塌糊涂。"

"当然，但它足以完成任务。你不想把自己打成半死，是吧？锯短的霰弹枪，通常万无一失。"

"真是万无一失。"雷布思说。

临走前他想起来了一个问题。

"麦克奈利的受害者，叫什么名字？"

戴维森想了半天："玛丽什么。玛丽·芬雷。不是……"他闭上了眼睛，"玛丽·芬奇。"

雷布思盯着他："梅齐·芬奇？"

戴维森又想了一下："就是这个，梅齐。"

"她现在住在麦克奈利夫妇的隔壁。"

"那个时候也是。他们认识很多年了。"

"天哪，"雷布思平静地说，"我刚叫她陪特蕾莎·麦克奈利去停尸房确认她丈夫的身份。"

"什么？"

"帮个忙好吗？给我安排辆车和司机。"

"我能做得更好一点。我自己开车送你。"

但当他们赶到停尸房的时候，为时已晚。身份确认已经结束，所有人都回家了。雷布思站在牛门，惆怅地回望着格拉斯市场。有些酒吧还开着，商人酒吧就是其中一个。不过他还是回到车上让戴维森送他回家。他突然感觉累了。上帝啊，他感觉累了。

10

"他怎么了？"雷布思问。

他正在圣雷纳德给一所大学病理系的科特医生打电话。科特和他的同事都很忙，除了警局的事情，科特在医学系还有繁重的教学任务，他还跨系给法律系的学生上课。

不过科特比起普通人，还有个优点：他从来不睡觉。你可以在任何时间打电话叫他出来，而且他一直精力充沛。早晨八点钟你都能看见他在办公室。

事实上是八点一刻，雷布思正喝着一大杯无咖啡因咖啡，早晨在快乐园大街的熟食店买的。

"早晨耳背，约翰？"科特医生说，"我再说一遍，他本来就肯定会死的。"

"肯定会死？"

"很大的血管肿瘤，从胰腺和结肠开始。这个人一定非常痛苦。我相信药物检查的结果肯定会发现他体内有大量的止痛剂。"

"你是说他不能控制自己？"

"他必须忍受剧痛。"

雷布思皱了皱眉："我还是不太明白。"

"你有没有听说过自愿安乐死，像本案一样，自己结束生命？"

"听说过。不过，用枪管被锯短的霰弹枪自杀？"

"哦，这不是我的工作。我能告诉你结果，但不能告诉你原因。"

雷布思挂了电话后就去见总督察了。

吉尔·坦普勒对劳德戴尔的办公室进行了更大的变动。她带进来一些放着她侄儿和侄女照片的相框，一株盛开的丝兰花，还有两张祝福她在新岗位工作顺利的卡片。

"我听说你昨天晚上在调查自杀的案件。"她示意他坐下。

他心不在焉地点点头："有些事不太对劲。"

"哦？"

他把他知道的都说了出来，吉尔·坦普勒把下巴垫着双手上听着。这个动作他早见过了，他还知道她身上用的是哪种香水。

"嗯，"等他说完后她说，"是有太多的问题。不过它们和我们有什么关系吗？"

他耸耸肩："老实说，我不确定。给我一两天，可能会有答案。"

"桥上那两个家伙，"她说，"是一起自杀案，又和区理事会有关系。"

"我知道。很有可能只是巧合。"

"我不知道除了巧合还能是什么。好吧，给你一两天的时间，看看你能找到什么。不过要定期向我汇报——一天至少两次。"

雷布思站起来。"好的，"他说，"你已经听起来像个总督察了。"

"约翰，"她警告着他，"记住我说的话。"

"是，长官。还有别的什么事吗？"

吉尔·坦普勒摇摇头。她已经开始看文件了。

雷布思离开了她的办公室——现在是她的了，毫无疑问——径直往希欧涵·克拉克的办公室走去。

"保罗·达根有没有新消息？"

"他今天下午会来谈话。"

"好，"雷布思说，"要我去吗？"

她摇摇头："布莱恩和我已经准备好扮演杰基尔和海德了①。"

"你们两个谁扮演海德？"

她没有回答这个问题。"你今天打算做什么？"

这个问题问得好。雷布思也准备好了回答。"追逐鬼魂。"他说着走向桌子。

他打电话给特蕾莎·麦克奈利。她已经确认了她丈夫的衣服，也确认了她丈夫的尸体，尽管面部被小心地遮盖着。现在她要做的就是安排葬礼了。

"抱歉再次打扰你。"雷布思在自我介绍之后说。

"你想干什么？"

"只是想知道你还好吗？"

"是吗？"

他应该知道这种事情不会让她倒下的。

"你知道你的丈夫生病了吗，麦克奈利夫人？"

"他告诉过我他有病。"

"病得很严重。"

---

①即《化身博士》(*Jekyll and Hyde*)，爱尔兰籍作家史蒂文森著。书中的主角是善良的杰基尔，他将自己当做实验对象，结果却导致人格分裂，夜晚会转变为邪恶的海德。

"他从来没认真说过。"

"那他告诉你他得了什么病？"

"你想让我先说哪个？高血压、肾结石、溃疡、心杂音、肺气肿……小沙格还有一点忧郁症。"

"但是他确实病了。他一直在吃药。"

"你知道医生就是这样。他们会给你一片安慰剂然后就和你告别。我知道是怎么回事。"她停了一下，"如果你不介意，那我想知道你现在问他的健康状况有什么意义？"

"哦，我有理由相信你丈夫病得很重。无药可救了，麦克奈利夫人。"

"我应该想到的，"她最后说道，语气充满了自责，"他这次出来的时候就不太一样了，好像更安静了。是癌症吗？"

"是的。"

"他过去抽烟很厉害。我总是跟他说我母亲就是这么走的。"她又停顿了一下，"这就是他自杀的原因吗？"

"你怎么想？"

"这算一种解释吧？可怜的坏蛋。"

雷布思清了清嗓子："麦克奈利夫人，你知不知道他从哪里可以弄到枪？"

"不知道。"

"你确定吗？"

"有什么区别吗？他只伤害了他自己。"

一想到议员吉莱斯皮和普罗非特小姐，雷布思就开始怀疑了。对他来讲好像小沙格·麦克奈利已经伤害了许多人……这让他想起了梅齐·芬奇。

"葬礼是下周二。欢迎你来。"

"谢谢，麦克奈利夫人。我会去的。"

太阳出来了，照耀着懒洋洋的建筑。爱丁堡的建筑最适合冬天，最适合尖锐冰凉的阳光。你会感觉自己身在遥远的北方某地，那片土地只为最坚韧勇敢的人而造。

雷布思很高兴自己能离开办公室。他知道在街上他的工作效率最高，办公室简直就是个战场。他也知道弗劳尔已经在准备反对吉尔·坦普勒了。他在聚集自己的力量，等着她的防守失陷。不过她并不简单——从她对待雷布思的方式就可以证明。他知道她能将他控制在一步之外。她是对的，他的名声确实不好。她不想让他的任何错误影响到她。就算他们彼此认识，一起合作过，那又怎么样呢？她是对的——那是很久以前的事了。现在他们是同事，不止是同事，她是他的代理上司。他还从未见过哪个女人坐上总督察的位置。希望她好运。

他开车经过了皇家医务室，暗暗自责没有停下来去看望劳德戴尔，然后直接开向了托尔克罗斯。不过这次他不是去见特蕾莎·麦克奈利。

他要见她的邻居。

他按了写着"芬奇"名字的蜂鸣器，等待的时候不停移动着双脚。牙开始疼了。他不该把嘴张开深呼吸的，这样冰冷的空气就直接碰到了他的神经。他又按了一下蜂鸣器，希望他不需要去看牙医。

内部通话系统接通了。

"谁？"声音听起来很平静。

"是芬奇小姐吗？我是警督雷布思，我们昨晚算是见过。"

"你想干什么？"

"我可以上去吗？"

门响了一下，雷布思把它推开。在楼梯上方，他踮着脚经过了特蕾莎·麦克奈利的门口。梅齐·芬奇家的门是虚掩着的，他进去后关上了门。

"芬奇小姐？"

她突然从浴室里出来，穿着毛巾短浴衣，梳理着头发。他可以闻到香皂的味道和她身体的温暖香气。

"我刚才在洗澡。"她说。

"抱歉打扰你了。"

他跟着她走进了客厅。这里和他想象的不一样，类似医院用的床占据了一半空间，床有铁铸的架子，可移动的轮子和护栏。它旁边有个棕色的小橱柜。壁炉看上去像一位化学家的陈列桌，两打分类的盒子和瓶子排成了一排。

梅齐·芬奇把沙发上的杂志拿走。她示意他坐下，而自己坐在小橱柜上，双腿交叉着。

"什么事，先生？"

她的脸太瘦削了，不能说好看，眼睛有一点突起，不过她确实……他脑海里出现的词是"带电的"。他在沙发上抖了一下。

"嗯，芬奇小姐……"

"我想是关于特蕾莎·麦克奈利的？"

"从某些方面讲，是的。"他又看看她的床。

"那床是我母亲的，"她解释说，"她哪儿也不能去，我必须照顾她。"雷布思摆出一副寻找她母亲的样子，梅齐·芬奇笑了起来："她在医院里。"

"对不起。"

75

"没关系。他们每隔几个月就把她带走，仅仅待几天，让我休息一下。现在，"她说着舒展了一下双臂，"就是我的寒假。"

她这么一动，浴衣也松开了。她好像没有意识到，雷布思尽量不去看她。男人，他想，都是愚蠢的浑蛋。

"要喝点什么吗？"她问他。"或者对你来说太早了？"

"有人觉得早，有人觉得迟。"

她走进了小厨房。雷布思走向壁炉看看那些处方药，他找到了一瓶醋氨酚①，倒了两粒在手里。

"宿醉？"她说，手里拿着两个瓶子回来了。

"牙疼。"他解释道，接过窄一点的瓶子。瓶子是冰凉的。

"生力啤酒，"她告诉他，"西班牙的牌子。知道我怎么做的吗？"她又坐了下来，两腿分开，双肘放在膝盖上，"我把暖气温度开得高高的，越高越好，闭上眼睛，幻想我身在西班牙，一家高级宾馆的泳池旁。"她闭上眼睛享受着，头侧向了想象中的地中海阳光。

雷布思就着啤酒吞下了药片。"不过我听了你母亲的事还是备感遗憾。"他说。

她睁开了双眼，不喜欢有人打扰了她的白日梦。"所有人都说我是个圣人。"她模仿一个年长的妇人，"'像你这样的人不多了，姑娘。'太对了，像我这么愚蠢的人已经不多了。你知道，有些人说时光和他们擦身而过，在我身上，这就是事实。我坐在她的床和窗户之间的小橱柜上，一连几个小时盯着外面的街道，听着她的呼吸，等到呼吸停止的那一天。"她看了看他，"我是不是让你惊讶？"

他摇摇头。他自己的母亲也曾经卧病不起，他理解这种感觉。但

---

① 止痛剂，药效类似于阿司匹林。

是他来这儿不是为听这些的。

"一天到晚坐在窗户边，"他说，"你一定可以看到麦克奈利来来回回吧？"

"是的，我看得见他。"

"你不喜欢他，是吧？"

"是的，不喜欢。"她突然站了起来。

"不过麦克奈利夫人没有意见？"

她朝着厨房的方向移动，不过又停了下来转向他："我不是圣人，那个女人才是圣人！她很痛苦，你不会明白她受了多少苦。"

"我想我会明白的。"

她没有听。"嫁给那样一个禽兽。"她看着他，"你知道他对我做了什么吗？"雷布思点点头。她后退了一大步，试图从震惊中恢复过来："你知道？"她小声问道，"这就是你来的原因？"

"我来这儿是因为我好奇，芬奇小姐。我的意思是，你们住隔壁，你和他的妻子是朋友。"

"什么？你觉得我和我母亲会搬出去……就因为他？"

"差不多是这样。"

"有人给我母亲提供了住处，但那是在格兰顿。我们一直住在托尔克罗斯，而且将来也会一直住在这儿。"

"上个星期，应该比较尴尬。"

"我避开他。你可以说是他要避开我。"她站在了窗户旁边，看着楼下的街道，她的背靠在墙上，好像不想被人看见，"他罪有应得。"

雷布思皱了皱眉："你的意思说，他对自己所做的事情？"

她看着他眨了眨眼睛："我就是这样说的。"然后微笑着把酒瓶递到了嘴边。

11

　　豪登赫尔法医科学实验室的弹道学设备可不是雷布思喜欢的东西。里面放了太多的枪，让他不舒服。他看了下报告，然后抬头瞄了一眼那位穿着白色外套准备作报告的科学家。豪登赫尔这个地方让雷布思不喜欢的另一件事就是，所有的法医科学工作人员看上去都只有十九岁。他们在这座漂亮的新建筑里待了一年，但是看上去好像还很惬意。这些新建筑和设备是靠着卖掉房子的钱盖的，其中还包括了警察的房子。雷布思不想知道建这样一个实验室卖掉了多少房子。

　　"不多，是吗？"他说。

　　那个白大褂笑了，他总喜欢听人喊他戴夫。"你们刑事调查组，"他说着把手插进了口袋里，"总是想要更多信息。谁开的枪？他从哪里弄到的枪？"

　　"我们知道是谁开的枪，机灵鬼。不过你的第二个问题问得好。他从哪儿弄到的枪？"

"我是弹道专家，不是情报专家。这是把构造极其普通的枪，编号都被擦掉了。我们用普通程序已经不可能让它恢复了。弹药也很普通。"

"枪管怎么样？"

"什么怎么样？"

"它什么时候被截断的？"

戴夫点了点头："切口这边还是光亮的，大概一两个月前吧。"

"你检查过注册情况吗？"

"当然。"戴夫把雷布思带到一个计算机终端系统，他敲了几个键。"注册过的霰弹枪有七万多支。"

雷布思眨了眨眼："七万？"

"再加上三万多种其他军火。没人真正会去关心霰弹枪的数量。"他敲了另外一个键，"看到没有？持有率最高的地方是郊区——北部地区，格兰扁区，顿弗里斯郡和加罗韦。买这些东西的不是乔治路上的醉鬼，而是农民和土地的拥有者。"

"失窃记录呢？"

"电脑上都有，不过我看过了，爱丁堡范围内最近没有人丢枪。"

"我能看一下吗？"

"当然。"雷布思坐了下来，戴夫又敲了一下键盘。最近报告的枪支盗窃案的清单不长，几乎所有的都在南部边境发生。

"需要打印出来吗？"

"好的。"打印稿未必对他有帮助。

"有什么大不了呢？"戴夫问他，"只是一桩简单的自杀案，不是吗？"

"自杀仍然是犯罪。"

79

"这是唯一一桩让我们弄清事实后仍旧没起诉的案件。你是不是还有什么瞒着我？"

"没有，"雷布思平静地说，"不过可能别人有什么事情瞒着我。"他把打印纸拿起来，对折了一下放进了口袋："还有一件事。"

"什么事？"

"枪上的指纹，是死者的吗？"

戴夫似乎觉得这个问题很好笑："是他的，只有他一个人的。你在想什么呢，先生？"

不过雷布思不准备理会他。

"谢谢你的到来，议员先生。"

雷布思刚刚进入审讯室。他在门外站了一会儿，只是想让汤姆·吉莱斯皮有点紧张感。这就是审讯室能达到的效果：它会彻底打乱你原有的计划。你进去前清楚地知道自己要说什么，该怎么对付警察，进去之后却发现这个房间开始对付你了。

但事实上，它只不过就是一个房间——墙上贴着预防犯罪的宣传海报，一张桌子，三把椅子，四个电插座，一个从附近酒吧带回来的薄铁皮烟灰缸。墙是毫无光泽的奶油色，天花板上有长条形灯管，在潜意识里它们持续发出嗡嗡的声音。雷布思不知道是不是这种噪声影响了人们的思维，但他想影响人们的可能是一个更简单的真理：审讯室在警察局里，如果你去那儿，你就要被警察审问。

一旦真的到了那一步，每个人都会有点事情要隐瞒的。

"不客气，"吉莱斯皮说，他一只腿搁到了另一只上，让雷布思感觉他很放松，"我听说那个可怜的家伙曾经坐过牢。"

"他由于强奸未成年少女坐了四年牢。"

"四年好像并不是太长。"

"是的，不长。"他们安静地坐了一会儿，直到吉莱斯皮打破了沉默。

"我曾经有一个朋友自杀了。他当时还在上大学——这已经是很多年前的事情了。考试让他很头疼，而女朋友又离开了他。"他停了一下，"离开他是为了和我在一起。我应该补充一点。"

"介意我抽烟吗？"雷布思问。

"我以为在警察局是不允许抽烟的。"

"如果你觉得不舒服，我就不抽。"他把香烟放到嘴角，另外又递了一支给吉莱斯皮。议员摇了摇头。

"我希望你不要点。"

"很好。"雷布思把香烟和打火机都拿走了。他想，很有意思，那家伙一直在准备这次的测试；讲一个自己的故事，这个故事绝不可能给自己增一点光，但却足够确立他的威信。而结果就是，肯定会被问到一些相关的问题。

"他怎么做的？"雷布思问。

"谁？"

"你的朋友。"

"四肢展开躺在学生公寓下。是从五楼跳下去的。当时他还活着，于是他们把他送到了医院，想检查有没有骨头断裂了或者是内出血。他们忙手忙脚的，结果竟没注意到他在跳下去之前就服用了过量的药。"

"那么，"雷布思说，"这两种方法都很普通，是不是？要么跳楼要么睡过去。另一方面，麦克奈利先生……"

"你当时在福斯湾大桥上，是不是？当那两个孩子跳下去的时候？我在报纸上看到了你的名字。"

"我们现在是在讨论麦克奈利的案件，议员先生。"

"哦，开枪也是极其普遍的自杀方式，是不是？"

"在有枪的人中间也许是，但是麦克奈利没有枪，而且他可能从来也没有用过枪。"

吉莱斯皮把腿放下，又换了个姿势交叉。"不过考虑到他的背景，他想要把枪是件很容易的事。"

"我同意，"雷布思说，"都一样……"

"什么？"

"为什么要费那么多周折？我是说，就算你想让你的脑袋开花，为什么要在暴风雪的天气里从托尔克罗斯走到沃伦德，将一把又大又重的枪藏在夹克衫下面？为什么要走进一所每月仅有一个晚上开放的学校里？"雷布思已经站了起来。臀部靠着桌子，双臂交叉放在胸前，"为什么走到教室里确定议员汤姆·吉莱斯皮在场？为什么那样做？为什么偏偏要在你面前结束自己的生命？没有其他的目击者，也没有要求其他人在场。我不明白。"

"哦，这个人显然有……我是说可能有毒瘾。"

"我已经看到药物检查的结果了。警察局的实验室有各种先进设备。"

"在豪登赫尔？"

雷布思点点头："是的，我知道。正式操作时我参加了。结果显示死者生前喝过一两杯酒，但没有药物，连一片止痛片都没有。"

"你想说什么，警察先生？"

雷布思转过身，手扶着桌子，身子向着吉莱斯皮那边倾斜，让吉莱斯皮感觉有些不舒服。

"您看，议员先生，小沙格·麦克奈利本来就要死了。他根本就活不了多长时间。他的内脏早就腐烂了，必须服用大量的药物才能忍住疼痛。不过，那些药物会麻痹大脑，小沙格可不希望那样。当他扣动扳机的时候，他希望自己的头脑非常清醒。"雷布思站了起来，"现在更糊涂了，是吧？"他又把香烟塞到了嘴里。

"你看，我看不出这一切跟我有什么关系。"

"坦白说，我也看不出。我所知道的是，他和你一定有某种关系。那么可能是什么关系呢？"

吉莱斯皮的上唇有一行汗珠，他摘下眼镜捏了一下鼻梁。雷布思走到远处的墙边点燃了一根烟。他认为议员不会反对的。

"你看，"吉莱斯皮平静地说，"我真的不觉得这个叫麦克奈利的人和我有什么关系，一点关系都没有。我从来没有见过他，从来没有听说过他，他也不住在我的辖区。"他耸耸肩，"也许他有一些不满，跟他在监狱里的经历有关。"

雷布思慢慢地走回桌边，在吉莱斯皮的对面坐了下来。"就这样？"他问，"这是你的解释？"

"我没有什么好解释的！我只是……请给我一支烟。"

雷布思为他把烟点燃。

吉莱斯皮凝视着点燃的烟头，然后看着雷布思。"你到底为了什么呢？"

"我告诉过你的，议员先生，我已经准备在写一份突发暴力死亡的报告，但是却发现了矛盾之处。"

"你的意思是你不知道他为什么这样做？"

"我就是这么想的。"

"那我恐怕帮不了你。"吉莱斯皮站了起来，准备离开。

"帮不了还是不愿意帮？"

吉莱斯皮瞪着雷布思，坐了下来："什么意思？"

"意思是我觉得你在隐瞒什么。"

"比如说？"

"这就是我要找出来的……在我完成报告之前。"

"是不是所有警察都像你这样？"

"不是。有些警察恐怕你不愿意见到。"

"实际上我遇到过很多警察。我的一个同党派的同事——地方高级议员而不是区议员——是洛锡安和边境联合警察理事会的主席。"吉莱斯皮吸了一口又吐出很细的烟圈，"他是我很好的朋友。"

"朋友多总是件好事。"雷布思说。

吉莱斯皮又站了起来。"你看，"他再次开口，挥了挥手，好像正在下定决心说一些他本不想说的话，"我保证……"他叹了口气，又坐了下来，"这可能没什么意义，警察先生。"雷布思忙着清理烟灰缸里的烟蒂。"是海伦娜，海伦娜·普罗菲特。"

"你的辖区秘书？"

"她……她告诉我她认识他。"

"认识麦克奈利？"

吉莱斯皮点点头："当麦克奈利走进教室看到她的时候……有一瞬间他盯着她看。我后来问她这件事，她告诉我他们很久以前就认识。她只肯透露这些了。"

12

"你的嘴怎么了？"

"哼。"

"你一直在用手指戳它。"

"没什么。"但雷布思知道有问题；他只是希望它能快点好起来。他的牙龈和上唇内侧感觉有压力，这种不舒服的感觉正在朝他鼻子的两侧蔓延，就好像他整个脸都肿起来了，但是其实只是鼻子下面有点红——那可能是喝酒或者天气引起的。

"这是谁的主意？"他说，两只胳膊交叉抱着自己。他们正走在波托贝洛海滨上。在这足以夺取人性命的寒风里，他们是仅有的两个傻子。

"我的。"玛丽·亨德森[①]说。

[①]在伊恩·兰金系列作品中，玛丽·亨德森是一名记者，首次出现于《致命的原因》(*Mortal Causes*，1994) 中。

雷布思来到她公寓时，本来希望喝点热饮料然后坐在柔软的沙发上，结果却被她拖出来去做她委婉地说成是"健康散步"的事。

"你必须像牛那样健壮才能忍受这天气。"雷布思自言自语道。吹进他耳朵里的冷风让他几乎听不到玛丽的话，而且每当他张开嘴想说点什么，恶毒的空气就灌进他的嘴里袭击他的牙齿。玛丽跑到一面墙前，背靠着墙蹲了下来。她的脸看上去就像经过了喷砂处理；从某种意义说这倒也是真的。

雷布思在她旁边蹲着，从心里感谢这个避风港。他对玛丽很有兴趣，尤其现在她是自由撰稿人。他担心她的工资会不会因此减少，可是她好像应付得来。

"那么，"他问道，"你找到了什么？"

她笑了："你忘了，我过去是报导地方政府、地区或区理事会新闻的。那是我在报社的第一份职业，所以我不需要做太多的挖掘工作。"她俯身向前，在沙滩上画了一个圈。"你希望我从哪里开始说呢？"

"跟我讲讲背景资料。"

"区理事会，不是地方的？"

"是的。"

"哦，关于区理事会的官员，唯一有趣的视角就是预算问题，也就是说通常只有在四个主要城市里才值得去当区议员。"

"从记者的角度？"

"这是我能提供的唯一视角。"她把头发从眼睛上拨开，"所以说，做议员并不是件肥差。你必须工作很长时间，而且很无聊，需要你不断地从白天的工作里抽出时间。有时还要加上晚上，因为很多会议都在晚上举行；同时民众探访不是在晚上就是在星期六。"

"嗯，我不会竞选议员的，除非有钱补贴。"

玛丽摇了摇头："对于这样一件吃力不讨好的活来说，钱真的并不多。当然，你可以报销费用，另外有的理事职位附带奖金。可是尽管这样……由于各种各样的原因，你还是会发现议员基本都属于以下几类：退休的、失业的、个体经营者，或者配偶很有钱。"

"前两类是因为他们有大量的时间，后两种是因为他们能支配时间？"

她点点头："结果呢，很多议员不像你们所说的那样有活力。爱丁堡的议员比大部分地方的都有意思。"

"那么跟我讲讲爱丁堡。"雷布思向因凯斯岛望去。

"呃，我们有六十二个辖区，工党领导大多数的辖区。"

"一点也不奇怪。"

"但是工党和保守党之间没有多大区别，只差七个席位。自由民主党占了一些席位，苏格兰民主党占两个席位。至于理事会做些什么……如果你曾经被迫出席过他们的会议，详细地记录他们的活动，试图写成稍有一丁点儿趣味的文章，那你就知道了。"

"无聊？"

"大部分议员都可以代表英国队去参加无聊世界杯比赛。"

"你怎么读那个单词的？"她的话让他微笑了一下。这些天来她并不常笑，自从她把雷布思带进疯狂长筒袜沙龙的恐怖事件以来就没有笑过。雷布思望向大海，白浪好像一直延伸到了天际。

"有各种委员会和小组委员会，"她继续说，"所有区理事会成员每个月都开一次会。尽管那样，理事会的工作主要还是给人民提供住处。格拉斯哥区理事会是英国最大的土地所有者——有十七万所房屋。有谣言说区理事会要等到政府重组之后才开始分配住房，这样他们就有事可做了。"

"你把我搞糊涂了。"

"保守党想让住房计划脱离地方理事会的控制。"她对着他迷惑的表情叹了口气，"所有都和政治有关，非常无聊。"

"议员们也无聊？"

"大部分也是迫不得已的。也许'值得'这个词更合适。"她看着他，"我们的注意力放在议员汤姆·吉莱斯皮身上。他管辖着一个工业计划委员会，监督经济和房地产发展情况。委员会有专门的部门——经济发展和房地产部。大部分时间里，委员会的工作就是确保这个部门认真干活而不是修修补补。"

"修修补补？你的意思是维修？"

"不止是这个。土地交易和建筑合同可能值几百万。就连建筑物的修缮也值几十万。如果我和你签订合同，让你去清洗城市理事会每栋建筑的窗户，结果怎样？"

"我需要买一块新的擦窗布。"

"我相信你买得起。吉莱斯皮唯一的特点就是他有野心，不过也没什么新鲜的。二十年前，区理事会成立之前，马尔科姆·里夫金德①，乔治·福克斯②和罗宾·库克③都是议员。还有另外一件事：区理事会从一九九六年四月起就要消失了。很快就有选举，如果有人愿意投票的话，我们可以搞出一个影子政权来。"

"有没有虚假交易，议员受贿的消息？"

"没有。汤姆·吉莱斯皮是个勤奋工作的议员，没有他的负面报

---

① 马尔科姆·里夫金德 (Malcom Rifkind, 1946—)，英国保守党成员，一九九五年任英国外相。

② 乔治·福克斯 (George Foulkes, 1942—)，卡姆诺克男爵，英国政治家，苏格兰议会成员。

③ 罗宾·库克 (Robin Cook, 1942—2005)，工党成员，一九九七至二〇〇一年工党执政期间任英国外相。

道，没有家丑，连谣言都没有。他不酗酒，不赌博，也不和秘书搞婚外情。"

"你为什么那样说？"

她耸耸肩。"人们总是会做这些事。"她碰了下他的手背，"你知道什么我不知道的事情吗？"

雷布思站起身："今天就这样吧。顺便问一下，他是哪一类？个体经营者，还是失业者？"

"他有个有钱的老婆。他的妻子有自己的生意。"

雷布思朝四周看了看："这边有没有还在营业的咖啡馆？"

"我们可以到快乐园大街碰碰运气。"她把手上的沙子擦干净，"我是不是听到了什么独家新闻？"

雷布思用鞋踩着她画的圈，把它给擦掉了。

"嗯？"她坚持问。

"你是不是还在那个西部乡村乐队里唱歌？"

"你在转移话题。你还没有回答我的问题。"

"什么问题？"

"关于独家新闻的问题。"

"不是。"他们走出沙滩来到海滨大道上，"你能不能帮我弄清楚两件事情？"

"什么？"

"一个公司的名字：君旗。"他拼了出来，"这就是我所知道的全部。还有一个名字：戴尔基第。"

"一家公司的名字？"

"我不知道。我查过，有几家叫戴尔基第的公司，还有一个地名和一个姓氏。"

"那么你想让我做什么？"

他耸耸肩。"如果你能找到关于君旗公司的一些事情，也许就会发现戴尔基第和它的关系。"

"我看看我能做什么。噢，忘了告诉你，我等会儿要和你女儿谈话。"

雷布思停了下来："你忘了告诉我？"

"好了，我本来不打算告诉你的。我在采访她有关麦克奈利自杀的事情。"雷布思又开始走了，玛丽加快脚步跟了上来。"现在你有什么能告诉我的吗，警察先生？适合公开发表的？"

"无可奉告，亨德森小姐，"雷布思吼道。

他觉得审讯室对海伦娜·普罗非特来说可能有点严重了，于是就和她约定在她上班时见面。除了担任吉莱斯皮的辖区秘书以外，她还在一间办公室做兼职。可是办公室里的人打电话说她得了偏头痛回家了。他打她家里的号码试试，没有人接。他可以等，同时又安排了另一个约会，这次是和爱丁堡监狱的监狱长。他告诉监狱长秘书，他想就一个在监狱里服过刑的人的自杀案了解一些情况。秘书和他预定了星期二下午。

"越快越好。"他告诉她。

"不能更快了。"她回答说。

那晚他照例跟多克还有索提见面之后，就开车去了福斯湾大桥，停车后步行上了桥。有一阵，凛冽的寒风停了，连微风都没有。没有月亮，温度仍旧在一两度左右。进行了一些临时修缮以后，桥又重新开放。初期内部结构的检查结果证明框架没有损坏。如果当时车子撞上了一根金属绳索托架，情况就会大为不同了。

从温暖的酒吧和车子里出来之后，他站在那里直发抖。他离两个男孩跳下的地方仅仅几码远。那块地方已经用金属栏杆隔离起来了，栏杆被沙包固定着。两盏黄色的金属灯标明了这是危险区域。有人爬过栏杆在被撞坏的护栏旁放了花环，然后用石头压着，以免被风吹走。他抬头看看大桥的吊索，顶部红色的光闪烁着，示意飞机注意高度。他真的没有太多感觉，除了寂寞和为自己感到的歉意。福斯湾就在那里，和彼拉多①一样做出评判。可笑的是这些东西竟然能杀死你：水，船身，塑料盒里的一个钢球。可笑的是，有些人竟然选择死亡。

"我永远不会这样做，"雷布思大声喊道，"我可不会自杀。"

这并不表示他没有这样想过。有一些夜晚，你会思考一些可笑的事情。更可笑的是，他感觉到喉咙里正在长一个肿块。一定是因为喝了酒，他想。是酒让我无缘无故地伤感。仅仅是酒。

---

①彼拉多（Pontius Pilate，？—约36），罗马帝国执政官，圣经记载他为审判耶稣的人。

13

有的时候，那些对爱丁堡收容中心一无所知的人会把它错叫成遣送中心。雷布思知道警察不是收容中心最受欢迎的客人，所以他提前打了个电话。

他认识在威弗利火车站后面管理这个中心的人。雷布思曾经帮过他一次忙，把一个在尼科尔森大街上饱受戒毒痛苦的海洛因患者带了过去。有的警察可能会把这个倒霉鬼带到警察局去，用膝盖撞他们的腹股沟或者让他们劳动。可是雷布思把他带到了他想去的地方：威弗利戒毒中心。现在他正在慢慢摆脱毒瘾，靠自己的努力，把一切做得很好。

"他怎么样了？"雷布思问弗雷泽·雷切——这个中心的管理者和指路明灯。

雷切坐在他的老办公室里，周围依旧是成堆的文件。他桌子后的书架已经被厚重的文件、文件盒、杂志和书压弯了。弗雷泽·雷切摸着他花白的胡子。

"我最近听说他现在很好，重新受过了培训，现在已经找到工作了。你看，长官，有的时候这个系统还是有用的。"

"或者他只是证明每件事都有特例。"

"永远的悲观主义者。"雷切站起来，蹲在了地板上的一个托盘前。他检查了一下水壶里有没有水然后开了开关。"我和你打个赌。你今天肯定是想来问威利·科伊尔和迪克西·泰勒的事。"

"我要跟你打赌我就是傻子。"

雷切笑了："你知道迪克西吸毒？"

雷布思点点头。

"呃，据我所知，在威利的帮助下，他已经有两个月没碰了。"

"那些东西还在他的床底下。"

雷切在将咖啡倒进两个杯子里的时候耸耸肩："诱惑永远存在。我再和你打个赌，我猜你肯定从没用过海洛因。"

"你猜对了。"

"我也没用过，不过我听过别人的描述……唉，就像我说的，诱惑永远存在。你总有一天会屈服的。"

雷布思知道弗雷泽·雷切过去有酗酒的毛病。这个人话里的意思是一旦你上过瘾，你一辈子都有瘾，即使你戒了，问题的根源还在，随时可能回来。

"我听说过一个笑话，"雷切说，壶里的水沸腾了，"哦，也不算是什么笑话。是这样的：迪克西应该落在哪种船上？"

"我拒绝回答。"

"舢板，因为他们都没什么用，像废物一样。我说过了，不好笑的笑话。"他把水和牛奶倒进杯子里，搅拌，然后递了一杯给雷布思，"对

93

不起，我们不提供纯正的哥伦比亚咖啡。"

"这是不是另外一个笑话？"

雷切又坐了下来。"我认识迪克西，"他说，"但只见过威利一两次。"

"威利不用毒品？"

"他可能用过，可能已经戒掉了。"

"已经完全戒掉了是吧？当你知道他们所做的事情之后你惊讶吗？"

"惊讶？我不知道。你觉得咖啡怎么样？"

"很糟糕。"

"不管糟糕不糟糕，都是二十便士。"雷切指着桌上的一个盒子说道。雷布思找了一个一英镑的硬币放了进去。

"不用找了。"

"花一个英镑你就是顾客。"雷切把脚放在桌子边上，膝盖弯曲。他穿着鹿皮鞋，针缝的地方已经开了，牛仔裤的边也已经磨损了。他经常把自己说成是"另一个老嬉皮士"。

"中心运行得怎么样？"雷布思问。

"勉强维持着。"

"你们不是有区理事会的资助吗？"

"有一些。"雷切皱皱眉，"问这个干什么？"

"区理事会被取消后怎么办？"

"我们祈祷新的领导能够继续给我们资助。"

雷布思若有所思地点点头："我想问问你对威利和迪克西的事有没有感到惊讶。"

雷切想了一会儿。"不。"他说，"我觉得我不惊讶，尽管那比我印象中的他们更愚蠢。"

"因为威利不会蠢成那样？"

"他应该知道他们永远也逃不掉的。迪克西就不同了，有时候很疯狂，他是一个真正的精神病，不过威利能够管住他。"

"就像《穷街陋巷》[①]里的凯特尔和德尼罗。"

"这个比喻不错。迪克西会做一些愚蠢的事情，威利会给他个耳光让他清醒。迪克西不会听其他任何人的话。你有没有觉得我告诉你的都是二手资料？我刚才说过，我只见过威利一两次。"他停了一下，"你当时在场，是不是？"

"我在，"雷布思安静地说。他在椅子上动了一下，"他们只是……威利用胳膊搂住迪克西，然后背靠着护栏翻了过去，迪克西和他一起坠落，没有一点反抗。他们没有跳，只是逃走了。"

"天哪。"雷切把脚从桌子边上拿开。

"他们为什么那样做？"

雷切站了起来，绕着桌子游走。"我觉得你应该知道为什么，或者至少知道一点线索：他们不愿意进监狱。"

"我知道。"雷布思说。这两个人宁愿死也不愿进监狱；另一个人宁愿死也不出来。雷布思用一根手指摸了摸嘴巴，感觉到了疼痛和压迫感。他几乎喜欢上了这种感觉。

雷切把一只手放在他的肩膀上："你有没有见过心理顾问？"

"什么？"

"警察不是有顾问的吗？"

"我为什么要见顾问？"

---

① 《穷街陋巷》(Mean Street)，一九七三年的一部美国影片，描写黑社会的冷酷和下层阶级的生活，由马丁·斯科塞斯导演，影星哈维·凯特尔和罗伯特·德尼罗在片中饰演主要角色。

雷切推了推雷布思的肩膀然后把手拿开："随你的便。"他说着回到了自己的椅子上。他们在沉默中坐了一会儿。

"有没有见过一个叫保罗·达根的家伙？"最后雷布思问。

"名字听说过，不过想不起来人长什么样。也许我只是在中心听到有人说起过。"

"是他把车子借给了威利和迪克西。他还是他们的房东。"

"哦，对，是的。有时候过来的年轻人就是他的房客。"

"知不知道他们住在哪儿？"

"艾比山，就在那附近。"

"还有戴尔基第这个名字——你听说过这个名字吗？"雷切想了一下然后摇了摇头。雷布思从口袋里掏出柯丝蒂·肯尼迪的照片。"我知道这是很久以前拍的，"他说，"不过你在收容中心附近见过她吗？"

"这是市长的女儿。她失踪之后有两个穿制服的人来打听过她的消息。"

"照片有点老了。她现在看上去大不一样了。"

"那么就给我一张最近的照片。不要告诉我她的父母只有一张她过去的照片。"

一离开弗雷泽·雷切的办公室，雷布思就在想这个问题。这个人问得好。那么雷布思有几张他自己女儿的照片呢？十二岁以后的就很少。他站在短短的黑暗走廊上，墙的一半都被公告栏占据了，另外一半是用记号笔画的涂鸦。雷布思看了一下公告栏。有一张卡片是新的，边缘还没有翘起。上面的字是打印的，不像旁边那些是用原子笔写的，总的来说是张高级的卡片。

房屋廉价出租

上面有电话号码和名字。名字是保罗。雷布思把卡片取下来，和柯丝蒂·肯尼迪的照片一起放在他的口袋里。

他瞥了一眼两个开着的房间。在一个房间里，十二英寸黑白电视机前放了两个塑料板凳。里面有个小伙子，他把室内天线高举在头顶上，从三十英寸以外的地方盯着电视机屏幕；另外一个孩子坐在椅子上睡着了。另一个房间里，有三个十来岁的孩子，两男一女，正准备用一个开裂的球、两个没有橡胶的球拍，和一本平装书打乒乓球。他们的网是一排倒放的烟盒。他们打得很平淡，没有激情，也没有希望。

外面的台阶上，有两个房客想从他那儿讨点钱，被拒绝后又想讨根烟。他拿出两支烟，甚至帮他们点着了。

"迪克西很丢人，是吧？"他说。

"滚，他妈的猪。"他们边说边往房间里走。

回到自己的寓所后，雷布思终于拧开了中央暖气系统，用空咖啡罐盛着流出来的水。当他搬回这间寓所时，发现了很多的空咖啡罐。他本来想问问那些学生为什么会有成箱成盒的咖啡罐。

他再次往暖气系统里填水，不知道锅炉前面压力计上的数字达到了多少。当他再次把暖气系统打开的时候，水管里又传来汩汩的水流声，煤气喷嘴启动了，锅炉开始颤抖。

他走到起居室，站在暖气前将双手放在上面。是暖和的，不过仅此而已，虽然恒温器上显示的温度一直往上爬。阀门还在滴水。他使劲扭动开关，可是没用。他在上面系了一块抹布，并让它一直垂到咖啡罐里，这样就可以把水滴集中起来，不至于弄出噪声。

是的，约翰·雷布思曾经处理过这种事。

他坐在椅子上，没有开灯，望着窗外的雅顿大街。他想起了梅齐·芬奇，想起了她的母亲和他自己的母亲。屋顶和停着的汽车的行李箱盖上都覆上了一层霜。一群学生在回住处的路上笑着。雷布思给自己倒了一杯威士忌，在心里告诉学生们他们是多么幸运。外面的所有人都是幸运的。所有在外面露宿的人，敲诈香烟的人，处心积虑想出人头地的人。阿利斯特·弗劳尔，在他的睡梦中痛苦挣扎；吉尔·坦普勒，在她的睡梦中心如止水；弗兰克·劳德戴尔，身上的石膏隐隐作痒；特蕾莎·麦克奈利，在电视机前跷着双腿；柯丝蒂·肯尼迪……不管她在哪儿。他们都是幸运的。

爱丁堡真他妈是个幸运的城市。

碎片 ─────

14

接下来的那个星期二，雷布思早早地去上班了。

不过还没有早到第一个抵达办公室。吉尔·坦普勒已经到了，办公室的门虚掩着，她正忙着看文件。雷布思敲了敲门，然后把门推开了。

"你来得很早。"她揉揉自己的眼睛。

"你呢？整晚都在这里？"

"感觉像是。咖啡闻起来不错。"

"需要我给你拿一杯吗？"

"不用，你的倒一半给我就行了，"她递过来一个干净的杯子，他把自己杯子里的一半咖啡倒了进去。他站在垃圾篓旁边，可以看到她在看什么。她正努力让自己熟悉每一个正在进行的案件，弗兰克·劳德戴尔留下的所有事情。

"任务不轻。"他说。

"你可以帮我。"

"怎么帮，老板？"

"你的笔录交得太慢了，尤其是麦克布莱恩和帕蒂福特的案件。我希望今天早晨就看到它们。"

"你知道我打字有多快吗？"

"尽力就是。"

"你能不能只挑一个？今天我要参加一个葬礼。"

"我要你在午餐之前把两个都弄好，先生。"

雷布思看着身后开着的门，仍然没有其他人来上班。"你知道，"他平静地说，"我开始认为你在针对我了。"

她停下抬起头来："你说什么？"

"自从到这儿来之后，你对待我的态度——坦白地说，糟透了。一开始我以为只是做给别人看的，不过现在我不那么确定了。我知道你要向所有人证明什么，但是那不——"

"小心点，督察先生。"

雷布思盯着她。终于，她低下头开始看她面前的文件。"谢谢你的咖啡，"她平静地说，"我仍然需要在午餐之前看到笔录。"

于是他回到自己的桌子上开始工作。他不喜欢打笔录，总是需要咬文嚼字，艰难而又乏味，一字一句都必须写得恰到好处。一份辛辛苦苦完成的报告仅仅只是由于表面上一个小失误就被检察官驳回，没有一个警务人员愿意看到这样的结果。你本来在等待着，准备开始预先询问证人的程序，结果却等来一句话——"无法继续审理"。

报告审核人员——他的工作是直接和政府联系——受到的攻击最多。雷布思是麦克布莱恩和帕蒂福特两个案件的报告审核人员，他的工作就是让检察官受理这两个案件。他相信确保他干好工作确实是吉

尔·坦普勒的责任，可是她的态度仍然让人难过。就他所知，她远远
不是能代替弗兰克·劳德戴尔的受欢迎人选。就算劳德戴尔没有获得广
泛尊敬，至少他是一个男人；还有，他是"他们中的一员"。吉尔·坦
普勒是从法夫来的，而且她是个女人，甚至从不打高尔夫球。

女警员们看上去好像非常高兴——有意见的只有男性。雷布思注
意到，希欧涵·克拉克在一个女人手下工作后变化很大，也许她从吉
尔·坦普勒身上看到了自己将来的样子。不过吉尔必须小心点，有陷
阱在等着她，她必须谨慎地选择心腹，到现在为止，实在看不出雷布
思能带给她什么好处。他觉得她对他这样苛刻，是因为她不能表现出
软弱的一面。

到现在为止，他们看上去好像走上了一条单行道。

他把完成的笔录拿到她的办公室，结果发现她在和法梅尔·沃森
开会。他把报告放在她桌上显眼的位置，然后走到盥洗室去更换领带，
把蓝色的换成黑色。雷布思在镜子中打量自己的时候，布莱恩·霍尔
姆斯走了进来。

"要去参加宴会？"

"从某种意义上可以这么说，布莱恩。"

当然，厨房里有足够的酒可以办一场比较古老的乡间音乐会，不
过这是给死者守夜，而不是狂欢。

当雷布思到达特蕾莎·麦克奈利的寓所时，那里已经挤满了中年
夫妇和他们不高兴的小孩，还有一些有幸得到座位的长者。起居室的
中间坐着一位全身上下都是黑色却涂着鲜红色指甲油的寡妇。窗帘是
拉着的，周围寓所的窗帘也是——这标志着团结。苏格兰人总是聚在

一起互相鼓励。

雷布思挤过低声细语的人群，然后伸出一只手。"麦克奈利夫人。"

她也伸出手，轻轻地握了握他的。"很高兴你能来。"

然后他又走了，在听到她和别人说"这就是去学校里的那个警察，他看到小沙格平躺在地上，头少了一半"之前转身离开。一般情况下人们都会撤到厨房里，开始灌威士忌。可是这里只有开放式的小厨房，和起居室之间只隔着早餐桌，所以人们只好挤在那里，整个地方就像高峰时间满载的公交汽车。他们传递着干净的杯子，然后传递着威士忌；甜和不甜的雪利酒是传给女士的；软饮料是给小哀悼者的，尽管你并不是真的需要有足够的年纪才能喝酒精饮料。

雷布思端起一杯酒向身旁的矮个子男人致意。这人七十多岁，穿着战争年代的黑白套装。脸消瘦，嘴唇不停在动，说话声音很小。

"干杯，小伙子。"

"干杯。"他们喝了一会儿，品尝着廉价的威士忌。品酒比说话要好，这就是葬礼上往往喝掉很多威士忌的原因之一。

"灵车十分钟后到。"那个男人告诉雷布思。

"好的。"棺材当然是紧闭的，不能让特蕾莎·麦克奈利在她丈夫破碎的遗体上大哭。

"牧师来了。"

这个老人的眼光很准，眼镜片也非常厚。雷布思看着牧师穿过房间，走到特蕾莎·麦克奈利面前。他一身黑色，带着白色的围领，前方的哀悼者给他让路。牧师们不交朋友，或者说不轻易交；这方面他们和警察相似。人们总是担心在他们面前说错话。不过这些教士们有一个技巧：他们有办法在其他人都听不见的情况下，只让与他对话的人听见自己的声音。

那个老人正在开另外一瓶不同牌子的威士忌。"她把房间布置得很好看，不是吗？我已经有两年没来这儿了。"

雷布思点点头，他注意到巨大的电视机已经被搬走了，这样能腾出更多的空间。他猜电视机肯定放进了卧室。他又巡视了一遍送葬者中的男性成员，看有没有惯犯或者熟悉的面孔，有没有人可能帮小沙格弄到枪。

"唉，"那个老人继续说，"现在这儿变漂亮了。新的地毯和壁纸，真的很不错。"

还有新电视机，雷布思想。新的前门，还有看上去并不过时的床上用品。钱。这些钱到底是从哪儿来的呢？

"还有大厅里的新地毯，"那个老人的声音压得更低了，"我想她是为了小沙格而把这里装扮一新的。你知道，让他出狱回家后觉得很受欢迎。我的意思是说，从监狱小房间出来之后你会想要点漂亮的东西。"

雷布思更加认真地看了看他："你自己在里面待过？"

"很久以前啦，小伙子。五十多岁的时候。那个时候的索腾和现在不一样，一切都不一样。我提醒你，我可不是说那时的环境比现在更糟。"他把他们的杯子加满，塞好瓶塞，然后把酒瓶传给下一个人。雷布思想，在他周围不知道还有多少个惯犯。当他的嘴离酒杯仅有一寸远的时候，他停住了，因为又有一个人走进了房间。

她个子不高，穿着一身黑衣，戴着小礼帽，帽子上的黑纱遮住了眼睛，但没遮住嘴巴。她身后是一位个子高得多的年轻女人，穿着简单的海军蓝套装，臀部剪裁又低又紧。看上去好像应该在里面穿紧身衣，可是梅齐没有，或者不如说，她里面没有穿任何雷布思看得见的东西。

不过，现在他对和她在一起的那个女人更感兴趣。那是海伦娜·普罗非特。雷布思转向了厨房水槽边，那儿有个脸色红润的人，怕热没穿夹克衫，而是穿着鲜红色的背心，正在分发饮料。

"给我两杯雪利酒。"雷布思朝着那个男人低声地说。他的话被传了过去，过了一会儿雷布思拿到了雪利酒。他把自己的威士忌放在餐桌上，然后把酒拿到了起居室。

海伦娜正在和特蕾莎·麦克奈利低声地谈话，于是雷布思就拍了拍梅齐·芬奇的肩膀。当她转过身的时候，他把酒递给了她。

"谢谢。"她闻了一下，然后把酒递给海伦娜·普罗非特。

"有意思，"雷布思说，"你从来没有提到你认识海伦娜·普罗非特。"

她笑笑，喝了一口雪利酒，脸颊鼓了鼓。

"太甜了？"

"不好喝。有没有其他的？"

"威士忌，黑朗姆，软饮料。也许还有一些伏特加。"

"伏特加好一些。"她看了一下厨房里拥挤的人群，然后改变了主意，喝光了杯里的酒。

"那么，"雷布思低声问，"你是怎么认识海伦娜·普罗非特的？"

"和这个房间里的大部分人差不多。"她又笑了一下，然后朝着寡妇说，"特蕾莎，介意我抽烟吗？"此时她已经把烟盒从口袋掏出来了。

"抽吧，梅齐。"特蕾莎停顿了一下，"小沙格也会这样的。他自己也喜欢抽烟。"

好像得到了信号，很多手都纷纷伸进口袋和提包。烟盒打开了，香烟四处散发。雷布思接了一支梅齐的烟，她帮他点火。

"打火机很漂亮。"他说。

"别人送的。"她把它放到口袋里之前又看了看黑金条纹的小打火机。

"那么,"雷布思说,"普罗非特小姐过去住在这里?"

"楼下。"

越来越多的人前来默哀,还有很多人在做离开之前的告别。雷布思和梅齐发现他们正在离麦克奈利夫人和普罗非特小姐越来越远,最后他们到了壁炉跟前。雷布思拿起一张哀悼卡,上面的字很简单:"来自所有沙格在索腾的老狱友。我们会记住他的。"

"真感人。"梅齐·芬奇说。

"感人,也有可能让人恶心。"

"为什么,督察?"他注意到她把"督察"两个字说得很大声。离他比较近的哀悼者都在上下打量他,他知道周围的人马上都会知道了。

"要看他为什么自杀了,"他说,"也许和索腾有关系。"

"特蕾莎告诉我他得了癌症。"

"那只是可能的原因之一。"他看着她的眼睛,"我还能想到其他的原因。"

她不经意地看向了别处:"比如说?"

"内疚、羞愧、尴尬。"

她愠怒地笑了:"在沙格·麦克奈利的字典里可没有这些。"

"自我怜惜?"

"这个好像更适合。"

雷布思看见一个戴着小礼帽和纱巾的人在向门口走。"我马上就回来。"他说。

他追上时,海伦娜·普罗非特就在前门。

"普罗非特小姐？"

她转过身。

"我想我们最好谈谈。"

他把她带进了麦克奈利的卧室。

"不能以后再谈吗？"她问道，看了看周围，她可不喜欢这样的环境。

雷布思摇了摇头。电视机确实在卧室里，过道变得狭窄，他们进去时很不方便。"你在躲着我。"他说。

她叹了口气："汤姆告诉我他已经都告诉你了。"

"你那天晚上认出麦克奈利先生了？"

"当然认出来了。"

"他认出你了吗？"

她点点头："我确定他认出我了。"

"他之前知道你和议员很接近吗？"

她透过纱巾盯着他："'接近'是什么意思？我是他的辖区秘书，仅此而已。"

"我就是这个意思。"

"他怎么可能知道？不，我认为他不知道。"她突然意识到他在想什么了，"他的自杀和我一点关系也没有！"

"我们必须调查这些事情。你当时为什么什么都不说？"

"我……"她在床边坐下，手放在大腿之间，然后突然又站起来。雷布思注意到床单扬起来了，这是张水床。海伦娜·普罗非特很不安，扶了一下帽子，把纱巾往下拉了拉，但是这可藏不住什么东西。

"和梅齐·芬奇有关吗？"

她想了一下，郑重地点了点头，突然大声地哭了起来。雷布思抚摩着她的肩膀，可她躲开了。一个哀悼者打开门朝里面看了看。雷布思感觉外面还有其他人，他们都想看哭泣的场面。

"她没事的。"他紧紧地关上了门。海伦娜·普罗非特从衣袖里掏出一块手帕擦擦鼻子。雷布思把自己的手帕递给她，她取过来擦了擦眼睛，还回来的时候白色的棉布上留下了眼影的痕迹。门再次被推开了，穿红背心的男人站在那里。

"怎么回事？"

"没什么。"雷布思说。

那个人怒视着他："我们知道你是谁。你最好离开。"

"你想怎样——把我扔出去？"

满是汗水的脸上挤出一丝冷笑："你们这群人都是一样。"

"你们这群人也一样。"雷布思使劲推门直到它关上。他又回到海伦娜·普罗非特那里。

"你想隐瞒什么？"雷布思试探地问，"事情最终会水落石出的，你知道。"

"我四年前就从这所公寓搬出去了，"她说，"从那以后我只回来过一两次。我应该多回来几次，梅齐的母亲希望我经常去看她……"

四年前。"在麦克奈利强奸了梅齐之后？"他猜测道。

她深呼吸了几次想让自己平静下来。"你知道的，我们什么都没做，没有一个人做了什么。我们都听到了叫声——我知道我听到了——但是没有人打电话报警，直到梅齐跑到特蕾莎家里。是特蕾莎自己报的警，说自己的丈夫刚刚强奸了邻居家的女儿。我们听到了叫声，可是我们只是继续做自己的事情。"她又擦了擦鼻子，"这座该死的城市里人们不都是这样吗？"

雷布思想起了他最近用的词：内疚、羞愧、尴尬。

"你觉得羞愧？"他问。

"可以这样说。我无法忍受再在这里住下去了。"

他点点头："梅齐明知道麦克奈利还会回来，却继续住在这里，你觉不觉得奇怪？"

她摇摇头："梅齐的母亲永远不会搬走。另外，梅齐和特蕾莎，她们一直很亲近，尤其在那之后。"

雷布思试着想象走出监狱面临这样的境地是什么样子。麦克奈利不在的时候特蕾莎和那个年轻女人是不是更加亲近了呢？

"告诉我那天晚上发生的事。"

"什么？"她把手帕再次塞进衣袖里。

"发生强暴案那天晚上发生的事。"

"跟你有什么关系？"她的脸由于生气而变得通红，"跟你没有关系。已经过去很长时间了，人们都忘记了。"

"忘记，普罗非特小姐？"雷布思摇摇头，"我不这么认为，远远没有忘记。"

他转身离开了房间。

他朝起居室里看了看，房间里弥漫的烟就像冬天的雾。他看到了梅齐，正坐在寡妇那把摇椅宽大的扶手上，跷起腿来。她握着特蕾莎·麦克奈利的一只手轻拍着，而特蕾莎歪着头，倾听梅齐跟她说的一切，一边听一边努力挤出微笑。雷布思本来觉得特蕾莎·麦克奈利"脾气不好"，甚至"厚颜无耻"。可是任何一个词用在这里都不合适。也许因为这是在葬礼上，气氛庄重悲伤，但他不这么认为。

"车来了。"窗户边有人说，看来灵车就要到了。牧师站起来说了几句话，一只手端着威士忌，脸比过去更红了。雷布思推开人群回到大厅里，从开着的门里挤了出去，然后走下楼梯。穿背心的人靠在护栏上。

"我希望能再见到你，老兄，在一个没有目击者的地方。"

这句威胁在楼梯间里回荡。雷布思没有停下来。当他开车离开的时候，正好给灵车留下了停车位。

15

雷布思不是唯一对沙格·麦克奈利的自杀案件感兴趣的人。报纸上也有相关新闻，他迅速浏览了一遍，首先看看有没有提到他。没有他的名字，这让他松了一口气。玛丽·亨德森只是作者署名栏中的三个名字之一，无法看到她的供稿从哪里开始，到哪里结束。不过，她采访了雷布思的女儿萨米；虽然没有提到萨米的名字，不过提到了她为之工作的机构的名字：苏格兰刑满释放人员福利机构，或者称之为SWEEP。

警察叫它"黑乌鸦"。

SWEEP，和文章里提到的另外一家福利机构一样，担心麦克奈利刚被释放一周就自杀的事实证明"系统内部"在关心和帮助刑满释放人员重新适应社会方面存在问题——这肯定是萨米说的话。警察、监狱监管人员和社会服务部门都受到了指责。爱丁堡监狱的监狱官能做的只是告知媒体在囚犯们重新回到社会之前他们做了哪些准备工作。

一位"SWEEP 发言人"坚持声称刑满释放人员——SWEEP 从来不称他们为"犯人"——和被释放的绑架受害者或者人质一样有心理问题。雷布思能想象萨米说出这样的话；他以前听到她说过。

几个月前，他很惊讶地收到了女儿写来的一封信，说她已经在爱丁堡找到了工作，并且就要"回家"了。他打电话向她确认，结果她的意思只是说她要回到爱丁堡。

"不要担心，"她告诉他，"我不指望你帮助我。"

她找到的工作就在 SWEEP。自从她看望了一个在监狱里的朋友，看到里面的情形是那么——就像她自己说的——"寂寞"之后，她就在伦敦找了一份为囚犯以及刑满释放人员服务的工作。

"那你的这个朋友，"雷布思曾经不明智地问她说，"为什么进了监狱？"

于是他们的谈话陷入了僵局。

她不想让人去车站接她，不过他还是去了威弗利。她把迷彩旅行包和磨损的红色帆布背包扔到站台上。他想走上前去迎接她，可能的话就伸开双臂拥抱她；或者更想站在那里，等她跑上前来拥抱他。可是她不希望有人接她，所以他就站在那儿，暗自希望她能看到他。

她没有看到他；她只是带着极大的喜悦之情环顾着广场四周，把帆布包斜挎在肩上，手里提着旅行包。她很瘦，穿着黑色的紧身裤袜，马汀大夫鞋①，宽大的灰色 T 恤和黑色的马甲。她的头发现在长长了，用鲜艳的头绳扎成马尾。一只耳朵上戴了好几个耳环，打了鼻钉。她二十岁了，已经把自己当做一个女人，从站台上信心十足地迈开了大步。他跟在她后面从斜坡道上走出了车站。迎接她的是个明媚的冬日，

---

① 由德国医生克劳斯·马汀设计，气垫鞋底的皮革短靴。从二十世纪六十年代起便受到朋克和摇滚青年的追捧。

他觉得她不会怕冷。

后来，她去了佩兴斯家里吃饭。雷布思曾经建议佩兴斯准备一餐素食，当然只是为了预防万一。

"我一直给十几二十岁的人做素食。"她回答说。

"我觉得你可能会那样做。"

从那次见面以后，事情变得不同了。佩兴斯和雷布思渐行渐远，萨米和佩兴斯却越来越亲近。直到有一天，雷布思离开了，让租他公寓的学生搬出去，他自己搬了回去。

两天后，他持有的那一把佩兴斯家的钥匙变成了萨米的，她把自己的东西搬进了客房里。这不是永久的打算——两个女人都这么说——只是暂时想这么做。

萨米现在仍然住在那儿。

第一天晚上，雷布思和萨米就许多事情展开了充满了火药味的争论。监狱和刑满释放人员；对和错；社会和个人。萨米一直使用"系统"这个词；而雷布思有意用"罪犯"这个词激怒她。虽然他对她的某些观点表示赞成——考虑成熟，论证有力——他还是发现自己站在了她的对立面。他总是做这样的事，不仅仅是针对她。他瞥了一眼桌子另一端的佩兴斯，看到了一个疲倦的微笑。她以前告诉过他：他喜欢和人作战，其实只是为了得到响应而已。

"知道为什么吗？"她说，"因为对你来说矛盾比共识更有意思。"

"不是的，"他告诉她，"我只是魔鬼的拥护者，就这样。"

所以他不在乎那个疲倦的微笑，继续和他女儿的争论……

他把报纸合上，折叠一下，然后扔进废纸篓里。吉尔·坦普勒走进了办公室。他已经等了她将近十五分钟了，但她没有道歉。

"你忘了告诉我，"她说，"你女儿在 SWEEP 工作。"

"这不重要。"

"你应该告诉我。"

他明白了她想说什么:"你的意思是,在你接受采访之前?"

"一些女记者,在采访过程中态度都很好,到最后问道:'告诉我,你对你手下一名警督的近亲与 SWEEP 关系这么紧密,有什么看法?'"

是玛丽·亨德森,雷布思想。也许她并不关心答案是什么,只是为了让接受采访的人感到窘困,看能不能泄露什么。

"你跟她说了什么?"

"我说无可奉告。然后我直接走到总督察沃森那里,问她到底是什么意思。"她停了一下,"居然是你。"

"所以我该说点什么?"

她用一只手使劲捶着桌子:"你该从我的办公室滚出去了!"

雷布思滚了出去。

雷布思和索腾监狱长的会面安排在了下午的晚些时候。

警卫室先打了个电话,然后让他进去。有人在大门的另一头接他,然后把他带到了监狱官办公室。接待室里有位秘书坐在电脑旁边,正在打电话,不过还是向他点头让他坐下。

"你看,"她对着话筒说,"Ctrl,Shift 和星号键应该可以把它清除掉,但是没用。"她听着,然后把话筒夹在脸和肩膀中间,这样她就可以用两只手敲键盘,"不行,还是不行。等一下,可以了。谢谢,再见。"她放下电话,然后生气地摇着头。"有时候它们带来的麻烦远远大于它们的价值,"她对雷布思说,"监狱官两分钟后就回来。"

"谢谢,"雷布思说,"打字对我来说是高科技的玩意儿。"

"他们一直送我去上课，可是过了半个小时我就完全糊涂了。"

雷布思刚刚经过的门突然开了，监狱长走了进来。雷布思站起身，和他握手，然后监狱长把他带到里面的书房里。

"请坐，警督。"

"很荣幸您能见我，先生。"

监狱长挥了挥手："很少有'外面'的自杀案件需要向我了解情况，不过已经有记者就此对我进行轰炸了。麦克奈利的死好像激起了大量的争论，他们最近一定缺少新闻。"他坐了回去，手放在肚子上。"现在呢，"他说，"你又来找我。"

监狱长是个五十多岁的英俊男子，他的眼睛透过金属框架的眼镜凝视着雷布思。他身体庞大，但不肥胖，开始变白的头发浓密而健康。西装看上去价格不菲，衬衫洗得很干净，整洁的蓝色领带非常光亮，让雷布思错以为是丝绸。他把自己当成了"经营人的人"，是提倡改革苏格兰刑法制度的人物之一：改革就是要结束外出倒粪便以及合住牢房的制度，在大厅里增加设备，重点加强职业培训、教育和辅导。不是每一个视力有问题的大学生都知道，他们的布莱叶盲文教材可能就是由索腾盲文部门转录的。

不过事情不只有好的一面：索腾有毒品问题，有 HIV 阳性的囚犯。不过至少他们有全职的医务人员去解决这些问题，或者至少是试图去解决。

雷布思以前从来没有见过监狱长，虽然看到过他办理公务，在媒体上也见过他。他的名字叫吉姆·弗莱特，但人们常叫他"大块头吉姆"。

"呃，您是对的，先生，"雷布思说，"我来儿这和您谈谈有关休·麦克奈利的事。"

"所以我收集了这个。"弗莱特敲了敲桌上的马尼拉纸文件：爱丁堡监狱，C大厅，第一一一七号囚犯，休·麦克奈利的记录。吉姆·弗莱特打开了文件："我做了记录，和一些看守还有曾和麦克奈利住一起的囚犯谈过。"他朝雷布思笑了一下，"我想我准备好了。顺便问一下，你要不要来点喝的？"

"不用，谢谢。这不需要很长时间。为什么麦克奈利这么早就被释放了？"

"也不是很早。我们考虑到了他良好的表现，还有他的疾病。"

"你知道他有病？"

"癌症晚期，处在临死前的阶段，我们准备把他转到TFF招待所去。"

"那是什么地方？"

"自由培训基地①。在没有人监督的情况下去一个地方工作。但是麦克奈利先生是C类囚犯，通常只有D类囚犯才可以享受自由培训。不管怎么样，他的待遇不差。"

"他为什么是C类囚犯？"

弗莱特耸耸肩："和一个狱警打架。"

"我记得你提到过他的表现良好？"

"打架是不久之前的事。这个人快要死了，警督。我们知道不会在这里见到他了。"

"他像是会自杀的人吗？"

"至少我没发现。我只是很高兴他是在'外面'结束自己的。这就成了你的问题，而不是我的。"

_____

①原文为 Training For Freedom，首字母缩写为 TFF。

"斗殴呢？他有没有受到威胁或者暴力袭击？"

"你什么意思？"

"他是个定了罪的强奸犯，他的受害者在受到他伤害的时候从法律上讲还是个孩子。我和所有人一样听过这种说法：如果你是个性侵犯者，而且你没有被放在一个单独的牢房里的话，你就会挨打；人们在你的茶里撒尿，你是受排挤的，你的精神上会有很大的压力。"

"什么精神？"弗莱特苦笑了一下，"我不知道有这样的事，就算这种事情发生，也会得到解决。"

"我认为受害者不会那么频繁地抱怨。"

"你认为你对我们这么了解，警督，也许你应该坐到桌子的这一边来。"

"不了，谢谢。"

"告诉你，他在这儿的时候，没有任何迹象表明他会朝自己的脑袋开枪。"

雷布思想了一会儿："你认识他吗？"

"不，我不认识他。他只在这里待了十一个月。"

"他之前在哪儿？"

"格伦诺切尔。"

"他在那里的时候有什么问题吗？"

"根据记录来看是没有问题的。你看，警督，我知道你在想什么，你想得出什么结论。但他并不是因为发生在他身上的事才自杀的。听到他出事的时候，和他住一起的囚犯同所有人一样惊讶。麦克奈利以前坐过两次牢；禁闭对他来说好像不是陌生或新鲜的事。"

雷布思又想起了威利和迪克西，想到他们如果进了监狱会发生什么事。

"当然，"弗莱特说，"实事求是地说，是疾病把他拖垮并导致自杀的。"

"那么，先生，他以前入狱不是因为强奸未成年少女吧。"

弗莱特盯着雷布思，然后瞥了一眼手表，提示他时间不多了。

"最后再问两个问题就好了，先生。他出狱的时候身上有多少钱？"

弗莱特需要查一下文件才知道这个问题："有八镑六，这是他进来时候的个人财产。"

"还有别的吗？"

"别的嘛，他和其他刑满释放人员享受一样的救济金。这个问题好像有点奇怪。"

"他的公寓有最近重新装修过的迹象；我在考虑这些钱是从哪里来的。"

"最好问他的妻子。还有别的问题吗？"

"谁是他外面的联系人？"

"你是指负责他的社工？"弗莱特又查了一下文件，"社会服务部门的詹妮弗·本恩。"雷布思在他的记事本上写下这个名字。

"那么，如果没有其他问题了，警督……"

监狱长准备走了。他绕过桌子朝雷布思微笑，雷布思立刻觉得这个人在隐瞒着什么。在谈话的时候他就一直心神不宁，好像在准备回答什么令人尴尬的问题。结果担心的问题没有出现，于是他的笑容有着掩饰不住的轻松。他态度的突然转变出卖了他。

雷布思试图搞明白会是什么问题。走出秘书室，当大块头吉姆和他握手时他仍在想这个问题。我已经让他漏网了。他向自己的汽车走去的时候还在脑海中回放他们的会面。

"我怎么会知道。"他对自己说。可是当他坐在空空的车里时，他知道他必须查个水落石出。

　　当天晚上，他去了爱丁堡仅有的两个前科犯可以进入的收容中心之一。这让他想起了弗雷泽·雷切那儿大部分的建筑和摆设，两者很相似。除了这里是彩色电视机，而那里是黑白的。

　　没有人可以帮助他。休·麦克奈利从来没有到过这附近，这里的人都这么说。他不想纠缠着问下去，也不想让自己这次并不受欢迎的到访拖长，不过他在走之前还是迅速看了看四周。

　　在大房间的一个角落里，一个斜挎着巨大帆布包的女人正弯着身子想和椅子上懒洋洋的男人说话。那男人看了她一眼，对她不感兴趣。最后那个女人放弃了，在一个小本子上写了什么，然后又合上，放进了帆布包里。那个男人斜过身子低声对她说了什么，她听着，脸红了，然后站起来准备离开。

　　雷布思就跟在她的后面。她突然停了下来以免撞到他。

　　"你该不会是詹妮弗·本恩吧，是吗？"

　　"我就是。"

　　"今晚真幸运。"他看了一下她，又朝别的地方望去，看到坐着的那个男人正用手挡住他的额头，试图不让雷布思看见他的脸。"哎呀，皮特。"

　　那个人抬头看了看，好像认出了雷布思："晚上好，雷布思先生。"

　　"你出来多长时间了？"

　　"三个星期零两天。"

　　"你已经准备再回去了？把那位女士的钱包还给她。"

　　那位社工惊讶地看着皮特把一个鼓鼓的黑色皮钱包从他牛仔夹克

的口袋里掏出来。她一把抓过来检查着里面的东西。

"谈话要收费吗？"雷布思问。

她摇摇头。

"好，那我们就随便聊聊吧。"

当他们走到前门的时候，詹妮弗·本恩已经恢复了平静。

"我们要去哪儿？"

"一个更欢迎我的地方。马路对面有个酒吧。"

"我不喜欢酒吧。"

"那么去我车里？"

她的身体转向了他："我可以看看你的证件吗？"

"我以为那里发生的事已经足够做我的证件了。"

可是她没有动，于是他就掏出了他的警官证，她很仔细地拿着看。

"好了，"她说，把它递了回去，"我们可以在这儿谈。"

"这儿？"他们正站在人行道上。她把羊毛围巾围在脖子上，戴上羊皮手套。她还不到三十岁，卷曲的金色头发，戴着镜框很大的眼镜。"这儿太冷了。"雷布思抱怨说。

"那么最好快点。"

他叹了口气："你过去是沙格·麦克奈利的社工？"

"是的。"

"我正在对他自杀的案子进行调查。"

她在摇头："我恐怕帮不了你。他从来都不按约好的时间和我见面，我们从来没有见过。"

"你汇报过这件事吗？"

她点点头："不过我认为那也没什么用。你会对一个身患绝症的人施加什么惩罚呢？"

说完这句话她就转过身朝她的车子走去。雷布思想，她确实问了一个很好的问题。

16

第二天早上，雷布思被叫到沃森总督察的办公室。

他到的时候吉尔·坦普勒已经在那儿了。她背对着文件柜站着，双手交叉放在胸前。房间里没什么空地了，桌旁的地板上放着三个印有"帕诺科技"标志的纸箱。

"我的新电脑，"法梅尔解释说，"坐下，约翰。"法梅尔看上去好像有什么坏消息要宣布。雷布思以前见过这种事；同样的表情，同样的音调。

"我还是站着好了，长官。"

"有没有什么应该让我们知道的事情，约翰？"

"没有，长官。"

"什么都没有？"

"我什么都不知道，长官。怎么了？"

沃森向吉尔·坦普勒看了一眼："昨天晚上艾伦·甘纳给我打了个

电话。他可不常给我家打电话的。"

甘纳是警察局副局长。

"我是不是该把它当做一个坏消息？"雷布思终于还是决定坐下来。

"皇家警察督察局正在考虑调查我们。"

"我们？"

"B部门。"

"那正是我们。"

"这不是开玩笑的事。"

这的确不是玩笑。皇家警察督察局独立于警察部门，直接向苏格兰事务大臣汇报工作。皇家警察督察局的职责包括检查警察规范和指出需要改进的地方。它每年都对八个区域的警察进行调查，不过只有四个区进行过完全的"基础"调查。他们监测犯罪数量的上升，破案率的下降和公众的投诉。圣雷纳德没有问题：有记录的案件数量保持稳定，虽然也没有下降；最近彻底破案的案件次数则有所增加。不过皇家警察督察局的调查的确能给一个警察局带来大麻烦。有很多很多问题要回答；初步检查，然后再全面检查……这座房子里的每个人都知道，皇家警察督察局有时候会碰到一些事情，而这些事情不弄清楚会更好一些。或者，就像法梅尔说的——

"你知道这些浑蛋，约翰。如果他们想找我们的碴儿，肯定能找到。我们不是泡在防腐剂里工作的。"

"那是因为我们和一些不是每天早晨都把耳朵洗干净的人打交道。你是什么意思，长官？我们被选中了又怎么样？这是运气问题。"

"啊，"沃森说，举起他巨大的食指，"我只是说他们准备选我们。"

"我不明白。"

法梅尔在他仅有的范围之内——他的椅子里——动了一下。他身材不瘦，这也不是把大椅子。"老实说，我也不明白，副局长说话非常小心。我觉得他的意思是，我们在做一件捣乱的事情。如果我们停止，接受检查就会是另一个部门而不是我们。"

"他真的那样说了吗？"吉尔·坦普勒问。

法梅尔耸耸肩："这是我自己的理解，就这样。现在，接了他的电话之后，我思考过了。我问我自己：是谁在惹他们生气？哦，我知道有个警察提起过可卡因。"

"最近没有人追踪可卡因，长官。"

沃森坐着一动不动。

"好吧，"雷布思说着又站了起来，"我昨天去见大块头吉姆·弗莱特了，差不多是在甘纳给你打电话前两个小时。"

"为什么？"吉尔·坦普勒问。她看上去很气愤，因为他没有事先告诉她。

"为了麦克奈利。"

"自杀案？"

雷布思点头，而法梅尔皱起了眉。

"长官，有些事情……我不知道，我只是觉得那里有什么事情。为什么他径直走到沃伦德学校，在议员面前让自己的脑袋开花，而这个议员却说他根本不认识死者？那个寡妇怎么突然有那么多钱可以花？这只是其中两个问题；我还有更多的问题。"

"那么，"法梅尔说，"这也许能解释第二个电话。也是昨天晚上打来的，也是打到我家里。是德里克·曼多尼打来的。"

"我不知道他是谁。"

"曼多尼议员是洛锡安和边境联合警察委员会的主席。"

雷布思现在明白了：吉莱斯皮向他的朋友诉苦了。

"他问了有关你的情况，约翰。"

"多谢他的关心。"

"显然你已经惹恼了吉莱斯皮议员。我应该提醒你的是，在这个案件中，议员也是受害者，他是经历了恐怖事件的人。"法梅尔听起来好像是在直接引用德里克·曼多尼的话。

"雷布思警督，"吉尔·坦普勒说，"有没有理由相信这不是自杀？"

"没有，"雷布思承认说，"我确定是自杀。"

"那么我认为没什么问题了。"

雷布思把身体转向她："我觉得有问题！"他把大拇指戳向自己的胸部强调这一点，"而现在每个人都想把它隐藏起来！"

她把头转了过去。

"约翰，"法梅尔警告他说，"你超出底线了。我看了看你在上面投入的时间。你浪费了一些时间……事实上是很多时间。这是一年中最太平的时候。"

雷布思迎上了法梅尔的目光："您必须在这件事情上支持我，长官。"

"我要告诉你的是你得休息一段时间，就这样。"

"您到底在害怕什么？副局长？曼多尼？还是皇家警察督察局？"

法梅尔不理他。"休息一个星期，十天……清醒一下，警督。"

雷布思两只手狠狠地捶在桌面上。相框里法梅尔的全家福掉了下来，落在了一个纸箱上面。吉尔·坦普勒蹲下把它捡了起来。

"你必须支持我。"雷布思重复道。他知道无法指望吉尔；他眼睛直盯着法梅尔，可是法梅尔不看他。

"我在命令你，警督。"

雷布思走出房间的时候踢了一脚地上的一个箱子。

＊　＊　＊

当他后来考虑这件事的时候，雷布思并不责怪法梅尔。他只是在保护自己，吉尔也是。现在雷布思是个自由人，至少是相对自由。除了自己，他不能给任何人惹麻烦，这样很好。他清理了自己的桌子，把所有东西都推到抽屉里，放不下的就扔进废纸篓。他没和任何人打招呼，径直离开了圣雷纳德。

只不过有两个问题——任何一个都不能轻视——当他点了半杯"喀里多尼亚-80"①和双份麦芽酒坐在牛津酒吧里的时候还在想着它们。

第一个问题是：警察的例行公事让他的日常生活有了形状和内容；他有了固定的作息时间，有了早上按时起床的理由。他讨厌自己的空闲时间，十分害怕星期天。他活着是为了工作，从某种意义上讲，他工作也是为了活着：可恶的清教徒式职业道德。除去工作，他的一天就失去框架，变得软趴趴的，就像从模子里倒出来的果冻。另外，没有了工作，他哪有理由不喝酒？

这让他担心，因为没有什么可以阻止他对小沙格的鬼魂挥手拜拜。不是人人都会悼念他。在牛津酒吧从七点待到十点都没有问题，听听彩票销售处的闲言碎语，尝尝水果馅饼或者肉馅饼，这都太容易了。

然后是第二个问题，和第一个也不是完全无关。

既然现在他手上有这么多时间，为什么不去跟牙医预约呢？

此刻唯一能做的就是继续工作。另外，在人们知道他已经休假之前，他必须尽快有所行动。第一步就是再去多弗彻大楼的 C 部门一趟。

---

① Caledonian 80/-，苏格兰著名啤酒。喀里多尼亚啤酒厂一八六九年成立于爱丁堡，是苏格兰历史最悠久的啤酒厂之一。喀里多尼亚-80 多次获得苏格兰冠军啤酒金奖。

又是戴维森警督值班，这让雷布思松了口气。

"我可以闻出来是你。"戴维森在把他带到刑事调查组房间里的时候说。

"什么？"

"酒的气味。你怎么可以这样折磨我？我还有两个小时才下班。"

雷布思发现刑事调查组办公室里只有他们俩。

"我需要麦克奈利的笔录，就是那个犯强奸罪的人。"

"干什么？"

雷布思耸耸肩："我就是想看看。"

戴维森从一个抽屉里拿出了一串钥匙。"你知道，约翰，这里东西太多了。"他走向一个橱柜，然后打开，"我觉得大概找不到了。所有东西现在应该都已经存档了。"

每个架子上都堆满了报告。每个文件夹侧面都贴着很宽的标志，那是写报告的警官名字。文件夹侧面朝上，底部朝外，上面写着犯人的名字。没有麦克奈利。

于是他们又疲惫地走到另一处，找到另一串钥匙，打开一间储藏室，里面放着十二个高高的双层文件柜。戴维森站着想了一下，然后指向了其中一个柜子。

"那里可能有我们要找的年份。"他打开那个柜子的锁。一股纸张发霉的味道，比他们之前找过的橱柜的气味要重得多。戴维森的手指掠过了一排排的文件夹。"麦克奈利，"他终于找到了，拉出两沓厚厚的 A4 纸，递给了雷布思。两份文件都没有装订，而是用回形针夹着。蓝色封面的边缘已经退色了，侧边贴着戴维森的姓名。雷布思打开一份开始阅读。

"休·麦克奈利起诉案，此人生于一九四四年一月十二号。"他翻看了两份文件，大量的证人陈诉，一点都不奇怪。

"自己看吧。"戴维森说着，重新把柜子锁上了。

雷布思在回家路上停下来买了一罐咖啡、一个面包卷、一块熏肉和两条四包装的 EXPORT 香烟①。他准备打一场持久战。

房间里非常暖和。他将暖气下面接水的罐子倒空，换了一个新的，然后把音响打开。他就着一杯啤酒服下三片阿司匹林，然后在卫生间的镜子里看自己的脸。鼻子周围和下面的皮肤发炎了。某一颗牙齿失去了感觉，完全麻木，但摇晃它的时候旁边的牙齿却发出了刺耳的声音，好像串联在同一条线上一样。他手掌上的脓包已经退去了，现在只能看到一长条橡皮膏，在橡皮膏下面，发动机的编号依然可见。

我的身体状况很好，他想。我他妈的是一个完美的标本。

他把啤酒带到起居室，拿着报告坐进椅子，读了起来。

他从证据摘要开始看，几乎忽略了下面的物品清单和证人名单，跳过了警员进出记录，开始看陈诉和磁带转录的内容。证人包括了邻居，受害者，被起诉者的妻子，两个酒吧接待员和一名法医（后来证明是科特医生），是他检查了从受害者和被起诉者身上提取的样本。梅齐·芬奇在医院做了检查，当天晚上其他时间都在医院里接受观察。值得注意的是，她的母亲——对此事一无所知——当时正在同一家医院，只是母亲在楼上一层。

休·麦克奈利在多弗彻的医学检查室做了检查。检查过程中他不停地反抗："我都用了避孕套了，他妈的，还能有什么问题？"

---

①日本烟草产业株式会社（JT）旗下的一种香烟品牌。

这些话让所有人对他敬而远之。

受害者的陈诉是这样的：梅齐一个人在公寓里，她母亲在医院里进行一个小手术。那段时间，她的母亲差不多只能待在家里了，照顾她是梅齐的全职工作。（没有人问过她整天和一个残废的人待在一起是什么感觉，或者她母亲被带到医院时她是什么感觉……雷布思想起了自己和她的会面——烈性啤酒，假日心情。）梅齐和麦克奈利先生很熟，认识他很多年了。她不仅把他当做一个邻居，还把他当成家庭中的一员。

麦克奈利告诉她，他是来问候她母亲的。尽管他身上有酒气，她还是让他进了房间，并且给他泡了杯茶。他问她有没有更刺激的。她知道母亲衣柜下面有一瓶威士忌。自打她父亲去世后就一直放在那儿。梅齐去拿酒，麦克奈利跟在后面。他把她脸朝下推到床上，用一只手压住了她的头……

后来，他嘀咕着说了些什么。她想可能是道歉的话，也可能根本不是。他走了出去，门还半开着。她可以听到他在楼梯间走路时沉重的脚步声。她跑向麦克奈利夫人的门前使劲敲着，直到有人来开门。是麦克奈利夫人自己报的警。

根据麦克奈利自己的供认，他离开房间后准备去洛锡安路，到他经常光顾的两家酒吧去喝点东西。两个吧台服务员可以证明。然后他买了炸鱼，在走到公寓大门的时候就吃完了，在那里他被等在车里的两名警察逮捕，带到了多弗彻大楼警察局接受审讯，之后就是指控。

麦克奈利的说法是：他确实是到梅齐·芬奇的家去问候她母亲的，不过也希望和梅齐发生关系。他们之前发生过一次关系，那时她母亲在另外一个房间睡着了。这两次都是梅齐主动的。麦克奈利知道她是个"好女孩"，可是在家里太闷了。他知道自己青春不再，也不是什么健美先生，但她的家庭生活解释了她为什么想和他发生关系——"我敢说不止我一个"。梅齐自己什么也没说，从来没有解释过，麦克奈利也不会为此生气，"只要她跟我睡就行。"

在起居室里说了一分钟的话，梅齐就提议去她母亲的卧室，理由是她母亲有张双人床，而梅齐只有一张单人床。（麦克奈利被要求描述梅齐的卧室时完全没说错，虽然这不能证明什么，因为他后来承认一个月前他去她的卧室帮她换过一个灯泡。）

案发当晚，他们去了她母亲的卧室，在那里——麦克奈利的说法是——他们发生了性关系，是"背入式"。当问到为什么是那种姿势的时候，麦克奈利说他想可能是梅齐不想看到他"又老又丑的样子"。（雷布思庆幸他没有审问麦克奈利；他可能会揍他的。）麦克奈利说之后他很快就离开了她的房间，因为梅齐不喜欢他在那里逗留。他提到一点：避孕套是梅齐自己提供的。"我不可能出门的时候口袋里还装着避孕套，特蕾莎肯定会发现的。"

是的，他是个被选择的对象，休·麦克奈利先生。

强奸案通常很难定案。苏格兰法律要求有证据，不光是一个人对另一个人的指控。关于强奸的指控，几乎没有绝对的证据。但是在这个案件中有女孩的叫声，公寓里有人——虽然不是所有人——听到了叫声。她制造了铁证，就像戴维森评价的，她是个"有力的好证人"。她可以走到证人席上——由于情感上的原因，不是所有的强奸案受害者都会那样做，但是她会去的。她要"把那个老浑蛋送进监狱"。

她做到了。

问起叫声是怎么回事，麦克奈利开始的时候说她是个"会叫的人"——换句话说，就是她在高潮的时候会叫出来。戴维森在空白处用铅笔写了句注释，可能本来打算擦掉的："什么样的年轻女孩会和你这样的人有高潮？"麦克奈利后来改变了主意说没有叫声，根本就没有叫声。这对控方来说是个极好的消息，她有很多证人随时可以证明他们听到了叫声。

那一点，雷布思想，虽然在整个案件中微不足道，但几乎改变了陪审团的意见。大部分情况下是他的话反驳了她的话；可是有证人能够证明有叫声，比如海伦娜·普罗非特。

普罗非特小姐做了陈诉，但是没有被传到法庭上作证。那可能是检察官的决定。检察官办公室的人可能事先就认识普罗非特小姐，并且提到了她胆小，容易激动，不可能在法庭上表现得很好。检控官选择了最佳的邻居出庭，这是他们特定技巧的一部分。

雷布思低头想再找瓶啤酒，但发现全都空了。他打开冰箱找到了一罐，但已经过期两个月了。摸起来很凉，打开时还有很多汽。这些天来他只用嘴巴的一边喝酒，另一边不能碰太热或太冷的东西。他把啤酒放下，去煎了一些熏肉，切了两个面包卷。他就在厨房的桌上吃着面包卷。

这件事一定很严重，他想。索腾的监狱长，副局长……也许还有皇家警察督察局。他们只是不希望他出现。为什么？这就是问题所在。这一定和麦克奈利有关。在雷布思看来，和麦克奈利在索腾度过的日子有很大的关系。

他回到起居室，拿出了麦克奈利之前定罪的清单。这没什么大不了，他想，继续喝着啤酒。不过他还算是幸运的，罚款和记过都很轻，本来那些罪名够得上拘留了。他坐过一次一年的牢，一次十八个月的——两次都是因为入侵家庭盗窃——就这些了，其他都只是罚款和警告。

雷布思坐了回去，忘记咽下嘴里的啤酒。他在想一些事情，一些他不愿意想的事情。只有一个充足的理由说明小沙格为什么一直这么幸运，法官为什么一次又一次对他网开一面。

有人说了话。

通常情况下是谁在法官面前说话？警察。

他们为什么要这样做？

雷布思咽下了啤酒。"他是个线人！小沙格·麦克奈利是某个人的线人！"

第二天早上，他醒来准备去上班——然后想起来他没有班可上了，没有地方欢迎他。只是他需要问他的同事一些重要的问题。

昨晚他醒着在床上躺了半夜，看着街灯琥珀色的光照在天花板上，头脑中翻滚着各种影像。他不能摆脱麦克奈利是某个人的耳目的想法。所有的好警察都有耳目；他们随处可见：草民，举报者，告密者，线人。他们有上百种头衔，上百种职位描述。

这是讲得通的；它可以解释那些宽容的判决。不过麦克奈利跨越了界限——没有法官会在强奸案中听取网开一面的请求。离开街道四年，告密者就失去了他的作用；周围有了新的土匪强盗，这些人他过去不认识，也不可能会认识。街上的四年是很长的一段时间，那里的世界变化太快。

雷布思躺在床上的时候，手表上蓝色的数字显示当时大概是凌晨三点。他又想起了一些其他的事情。它——无论"它"是什么，无论人们害怕什么——一定和麦克奈利有关，是的，不过议员也牵涉其中。雷布思曾经把议员漏掉了。他一直忙于跷跷板一边的事情，议员却在另一边稳坐不动。议员，和麦克奈利不一样，还活着，所以可以回答

133

问题。雷布思过去一直在死者身上找线索，现在到了把注意力放到活着的人身上的时候了。

到时候了。

17

议员汤姆·吉莱斯皮住在一个有着大窗户的半独立式住宅里，离雷布思的公寓步行不到五分钟。这座房子被分成了两套住房，一套在楼上，一套在楼下。吉莱斯皮住楼下。房子前有修建整齐的草坪，低矮的石墙，上面还有黑色发亮的尖头护栏。雷布思打开栅栏门走向前门，黏土色的粗盐被踩在脚下，冰雪最严重的时候，它们一直铺满了整个路面。冰已经开始化了，但太阳照不到的角落里还有脏兮兮的冰，整个城市的路面上都闪耀着结晶盐的光芒，踩在上面像踩在冰上一样危险。

雷布思摁门铃的时候可以看见窗户后面的动静。这是一个老式的门铃，里面的铃在响。雷布思听到里屋走廊的门开了，然后是开锁声。议员亲自打开了沉重的门。

"早上好，吉莱斯皮先生，能和我谈谈吗？"

"我非常忙，警督先生。"

雷布思听到里屋传来了抱怨的声音，然后听到一个女人在打喷嚏。吉莱斯皮的胳膊拦在过道上，不让雷布思进去。台阶上并不热，可议员先生满头大汗。

"我很理解你，先生，"雷布思说，"不过只需要一分钟就好。"

"你有没有和海伦娜·普罗非特谈过？"

"是的，谈了，顺便说一下，谢谢你安排了联合警察理事会来对付我。"

吉莱斯皮并不准备为此道歉。"我提醒过你，我有一些朋友。"

里面传来了叫喊声，就像一只哈巴狗屁股上被踢了该死的一脚，然后是一个女人在发火。

"汤姆！汤姆！"

吉莱斯皮装作没听见。

"我想你得进去一下。"雷布思说。

"你看，这真不凑巧。"

"汤姆，怎么回事？"

吉莱斯皮怒骂着，转身跑向屋里。雷布思面前的门正要缓缓地合上，他一把推开进了客厅。

"又卡住了，"那个女人在说话，"为什么你不自己来干这个？"

接着吉莱斯皮开始说话，但他试图压低声音："不要让他进来！快去！"

一个女人从前门踉跄着出来，好像被人从后面推了一下。她撞上了雷布思，许多空文件夹掉在了石砖地板上。

"该死的。"她说。门在她身后关上，雷布思看到里面像一个有窗户的办公室。他瞥了一眼，看到一张桌子上放了台电脑，抽屉里堆放着文件。他不知道声音从哪儿传来，也看不到吉莱斯皮，但是听到了议员正在捶打或者脚踢机器。

他帮着那个女人整理文件夹。"颜色很好看。"他说。

"什么？"她把几丝凌乱的头发拨到耳朵后。她个子很高，骨架不小，五官分明。浓密的黑色头发齐肩长，梳向一边，有点老气，不过眼睛却充满活力，闪闪发光。她好像被什么事情打扰了，但身上穿的优雅的珍珠色丝绸衬衫和苏格兰格子呢绒长裙依旧精致整洁。

"那些文件夹，"雷布思解释说，"我买的一直好像都是蓝色，灰色或绿色的。这些……呃，它们颜色可真丰富。"

她看着他，好像他是疯子一样。那只不过是文件夹。

"在乔治路上的一个文具店买的。"她说。

雷布思点点头，想掩饰自己其实正在记忆文件夹上的字母。倒不是 SDA/SE 这几个字母有多难记。

"什么东西卡住了？"雷布思问她。

她是一个有教养的女人，在家里和学校都接受过礼仪培训。她不能无视这个不经意却善意的问题。

"碎纸机。"她说。

雷布思点点头，声称自己的碎纸机也出现过问题。

"您一定是吉莱斯皮夫人？"

"是呀。"

"他需要你帮忙，是吗？"

她有点想笑。"赶鸭子上架。"

"我以为议员先生有个秘书。"

她的笑容突然不见了，想要编几句谎言。这时吉莱斯皮推开门走了进来。雷布思向房间里窥视，看到了几个装满细长碎纸条的纸箱子，那些应该就是被粉碎了的文件。

吉莱斯皮轻轻地，然而坚决地将妻子推进办公室里，关上了门。

"我不记得自己请你进来了，警督先生。"

"也许你需要和你的朋友曼多尼议员再谈一次。"

吉莱斯皮掏出一块手帕。"既然你在这儿了，那到厨房来吧。"他用手帕擦了擦额头，"我很渴。"

他带着雷布思穿过长长的走廊，经过了客厅和餐厅，再往左绕过楼梯间，又穿过了一个稍短但是更黑暗的走廊，终于来到了厨房。到处都是松木：除了地板之外，其他表面都是松木的，地板刚刚打过蜡并上了漆。后面还有一个温室，从那里可以看到宽敞的后花园，盛开的玫瑰花丛和成排的月桂树，还有一个砖砌的小露台。

吉莱斯皮在忙着摆弄水壶。

"我就不给你准备喝的了，警督先生。我知道你急着要走。"

"事实上我今天不忙，吉莱斯皮先生，不过我也不打算留下来喝咖啡。"雷布思停顿一下，"谢谢你的好意。"

吉莱斯皮打开一个橱柜，盯着里面的马克杯和玻璃杯。他在通过反光看我，雷布思想。

"你到底想干什么？"吉莱斯皮伸手去拿一个马克杯。

"狗屎。"雷布思说。

吉莱斯皮摸到了杯子可又把它放了回去："你刚才说什么？"

"狗屎，议员先生。人行道上，草地上……到处都是。真不雅观。"

"你是不是想告诉我你来这儿不是为了公事？"

"我说我是了吗？不是，我是以私人名义来的，一个来向他所选举的代表申诉的选民。"

吉莱斯皮打开咖啡壶盖，把一包袋装咖啡粉倒进去。做完这些动作后，他恢复了平静。

"那么，雷布思先生，"他说，"人们往往只在夏天抱怨这件事，那时的狗屎最难闻。我可从来没有在冬天收到过申诉。"

"那么我就代表沉默的大多数人说话吧。"

吉莱斯皮挤出一个微笑："你到底想怎样？要是我愿意的话，可以把你的到访理解为骚扰。"

雷布思身经百战，已经不需要别的什么了，不过他正在享受自己造成的麻烦。如果你不会享受，那还要假期做什么呢？

"我已经说得很清楚了。"他回答说。

吉莱斯皮把开水倒在咖啡粉上："哦，你让我觉得奇怪。"

"为什么？"

"因为我以为你和所有人一样知道小路上的狗粪是警察的事情。找出狗的主人然后起诉是警察的工作。"

"议会什么也不做？"

"相反，我们有狗监管部门，他们的职责就是教育狗的主人要履行自己的职责。监管部门也帮助警察的起诉工作。监管部门是 EHD 的一部分。

"环境健康部①？"

"是的。我可以给你他们的号码。这是我能做的最基本的事……为一个选民。"

雷布思笑着摇摇头。他把手伸进口袋里装出要离开了的样子。可是他却停在了议员的旁边，然后压低了声音。

"你有多害怕呢？"

"什么？"

---

①原文为 Enviromental Health Department，首字母缩写为 EHD。

"在我看来你非常害怕。"

议员又开始出汗了。他张嘴想说什么，但又改变主意集中注意力搅动咖啡。

"最近街上这些狗屎，"雷布思继续说，"你要当心不要踩到上面去。否则可能弄到自己的屁股上，对不对，议员先生？"

"出去，听到没有？"

雷布思转身要走。吉莱斯皮伸出手拦住了他。"警督先生，你在犯一个错误。"不是威胁，只是简单地陈诉事实。

"跟我说说。"

吉莱斯皮想了想，咬着下嘴唇，又摇摇头。雷布思盯着他，希望他能改变主意，但是吉莱斯皮害怕了。他的眼睛和脸上的神色都写明了"胆怯"。

这个人被吓坏了。

"我带你出去。"吉莱斯皮把雷布思带回到走廊上。他的一只手上还拿着咖啡壶，另一只手拿着两个杯子。透过办公室的门他们又听到吉莱斯皮夫人在咒骂那台机器。她好像在踢它。

"你妻子的脾气不小。"雷布思说。他看到吉莱斯皮没有空手，就做好事为他把办公室的门打开。

"他走了没有？"吉莱斯皮夫人吼道。

"我这就走，吉莱斯皮夫人。"雷布思说着把头伸进了门缝，好好地打量了她一下，"见到你很高兴。"

她的脸红了，气氛变得尴尬。"对不起。"她说。

"没必要。"

雷布思离开了，他可不管他们会说什么。

18

雷布思花了半个下午才相信他所做的事是对的。

确切地说，他花了十分钟下定决心，然后花了两个小时喝酒，把自己喝到拥有足够信心的地步。

不过他不单单在喝酒，他还在搜查；眼睛和耳朵都在寻找有关瑞可·布里格斯的消息。

瑞可是东海岸上最出色也是最差劲的破门盗窃者。他可不是笨手笨脚的：他只需几分钟就能进出大部分人的家，不管屋里人在睡觉，躺在电视机前，还是开派对狂欢。瑞可的问题是，他太引人注目了，警方可不喜欢那样。瑞可曾经是哈茨[①]的球迷，一九七七到一九八〇年期间他没有错过任何一个赛季，除了他在彼得黑德服刑的那段时间。

[①]中洛锡安哈茨足球俱乐部（Heart of Midlothian Football Club），简称哈茨（Hearts），是一家苏格兰足球俱乐部，苏格兰足球超级联赛球队之一。

某晚他走在雷斯路上，哈茨输给希伯尼安①后他感觉头晕目眩。于是他走进了一家文身店，打算给自己弄个文身。

第二天早晨，瑞可看着卫生间镜子里自己的脸，脸颊两边都文上了哈茨的标志：褐红色的心中间有个十字架。过了两天后他突然开始厌恶曾经深爱的队，这实在很可笑，因为他现在是乔治区②的活广告了。

显然，那些文身独一无二，在警察看来就和指纹一样。意识到这一点后，瑞可每当工作时都会戴上滑雪面罩，这样就突出了他脸上的另一特征——胡夫大金字塔形状的鼻子。这个同样相当容易被人注意到。

雷布思曾经试图劝说瑞可·布里格斯金盆洗手，而且小有成效。这些天来，瑞可一直专注于传授手艺给他的学徒。他甚至还传授过雷布思几招开锁秘诀，这些秘诀在警察放错钥匙或者其他时候都能帮得上忙。

雷布思是在尼尔科森大街的一家酒吧找到瑞可的，这里的顾客往往愁眉苦脸，基本上是因为刚在隔壁半瞎的理发师那里理过头发。瑞可是怎么在四周那些糟糕的发型中混得如鱼得水的，这是个谜团。

"你好呀，瑞可。"雷布思说，顺势坐到瑞可旁的木凳上，"最近怎么样？"

瑞可在填字游戏那一页折起了他的日报，用半支从彩票经销站拿来的铅笔敲打着，这种笔写十分钟就会坏掉。

"八个字母，"瑞可用撒在路上的粗盐一样的声音说，"M 什么 R 什么 O．'在荒无人烟的岛上'。"他看着雷布思。

---

① 希伯尼安足球俱乐部（Hibernian Football Club，简称 Hibs，昵称为 Hib-ees），是一家苏格兰足球俱乐部，苏格兰足球超级联赛球队之一，和哈茨俱乐部同属爱丁堡。
② 爱丁堡西部的一个地区，哈茨足球俱乐部的主场所在地。

"MAROONED①。"

"谢谢，那样的话我得要双料酒。"瑞可轻声笑着，"你以前没听过这种说法吗，雷布思先生？"

"自从'双管枪'在我们的追踪表上高居榜首之后就没有听说过。"

雷布思点了饮料，瑞可正用手摩擦着脸的两边，他总觉得只要经常摩擦就会把文身擦掉。

"那么，雷布思先生，你有工作给我做？"

雷布思点点头，不敢说太多。他周围的人发型可能很糟，可是并没有人被剪掉耳朵。

"待会儿告诉你。"

他们默默地喝着酒。整个酒吧都很安静。稍远处，一个顾客对服务员点头示意把饮料加满，服务员点头回应。无声的交流，雷布思想。就像僧侣们。剃度之后，和尚的形象其实也不错。

他们出了酒吧朝快乐园大街走去。向右走的话，他们就到了圣雷纳德，但是相反地，他们向左边的牛门和卡侬格特区走去。他们边走边聊，走到了商业街上的一个地方，然后打算喝酒庆祝一下交易达成。

六点时分，头顶一片漆黑，除了嵌在上面的一弯弧形的月亮，像是大拇指的指甲。雷布思和瑞可坐在雷布思停着的车子里，开着引擎以保持暖气正常工作。他们在吉莱斯皮家对面的路上，雷布思正在描述他家的外形和格局。雷布思比他承认得要紧张：如果瑞可被抓住并且招认，那么雷布思最终会成为大块头吉姆·弗莱特的顾客。瑞可问

———————————
①意为"孤独无人之境"。

143

了一些问题，雷布思尽可能地回答了他。

"我要从温室进去，"瑞可决定，"你确定没有警报器？"

"没有警报器。"雷布思说。

人行道上的人们正在匆匆赶路，缩着头以防遭受冰冷的寒风。爱丁堡的风就是这样，总是从头部的高度横着吹。雷布思对这次行动非常犹豫，但又没别的办法。他想起了另外一些要问瑞可的问题。

"你认识什么刚从索腾出来的人吗？"

"我不和重罪犯打交道，警督。"

"你当然不，你已经改过自新了，我们都知道。"雷布思的声音平静而坚定，"只是，如果你真认识什么人，我想和他们谈一谈。没什么大事，只是随便聊聊关于索腾本身的事情。"

"有没有现金奖励？"

"够你们两个买酒喝。"

"那好，我去打听一下也不会有什么害处。"

"一点害处都没有。"雷布思表示同意。他朝吉莱斯皮的房子看去，"你什么时候进去？"

"凌晨两点应该行。不过最好不要在这儿待得太久，我不想引起注意。"

瑞可是正确的。在曼彻蒙特，你不能总是占着别人的停车位，这里几乎没有足够的空间留给居民，更不要说外来人员了。雷布思换到一档。

"我们去弄点吃的。"他说。

"嘿，等一下。"瑞可的手指向了那个房子。前门开了，吉莱斯皮夫人突然出现，手里提着两个黑色垃圾袋，她的丈夫提着另外两个跟在她后面。他们打开大门，把垃圾袋扔到外面的人行道上。好事降临到雷布思头上了。他前后看了看，没错，几个袋子已经在外面了。

"垃圾处理日？"瑞可问。

"瑞可，看样子我已经不需要你帮忙了。"

结果是，瑞可帮他把东西装进了后备箱。

雷布思给了瑞可一些报酬，又载他回到了城镇中心。此刻雷布思正一个人坐在房间里。其中一个垃圾袋里只有空罐子，口袋和盒子，现在它已经被扔到雷布思公寓外了。但另外三个袋子还打开着放在雷布思家的起居室里。他把一个袋子倒到地板上，一条条的白纸堆成了山。雷布思捡起一条。A4纸的长度，宽不到两毫米。他听过被粉碎的文件可以还原的故事。需要的只是耐心——巨大的耐心。他确信有聪明的办法来做这种事——紫外光谱分析、水印配对或者分批整理——但是他只有眼睛。他不能走到豪登赫尔把这些东西交给实验员，会有人问东问西。他坐在地板上，捡起几张纸条，试图把它们对在一起。

四分钟后他意识到这是不可能完成的。

他坐着抽烟，凝视着那些纸条。它们也许能告诉他一切。抽完烟，他倒了杯酒，打算再试一次。没过多久他就开始发脾气了。他把厨房的桌子拉过来，自己坐到上面，把卧室的台灯也拿来插上。碎纸机被卡住过；所以有可能还有纸条没被分开。

他连两张连在的纸条都没有找到。

他骂了一会儿就开始在房里四处走动，把咖啡罐里的水倒掉，放回暖气下面，然后穿上外套出去买烟和威士忌。走到拐角处的时候，商店已经打烊了。手表显示现在是十一点十五分；他简直不相信已经这么晚了。

他走到最近的酒吧，使劲穿过烟雾弥漫的嘈杂人群。女服务员给他换了买烟的零钱，但是不肯卖给他外带的酒精饮料。她解释说那要等到酒吧关门前才可以卖，并提示他附近有一家有酒精贩卖执照的炸薯条店，但是得开车去。因此他冒着寒冷的风回到家中，寻找没喝完的酒瓶。还有四分之一瓶百加得，是为紧急情况——比方说万一他能把某位女士带进他的卧室——而准备的。他想了想，单喝百加得让他不舒服，然而把百加得和其他任何念头混在一起让他更不舒服。

　　这意味着，他想，我不是一个真正的酒鬼。

　　他还是把百加得的瓶盖打开了，闻了一下又盖上。只有在更绝望的情况下——比如凌晨四点钟——他才会动这瓶酒。他想起了冰箱。打开冰箱，他清理掉了冰碴儿，找到两盒冰块、一盒炸鱼条……还有一个小瓶子。是一瓶波兰伏特加；某个邻居去罗兹旅行后带给他的，感谢他帮忙喂养了一个星期猫。

　　雷布思找来一只玻璃杯，倒酒，为团结一致而干杯。这酒和他喝过的其他酒一样柔和。一九八四年的陈酿，三分之一升。他拿着玻璃杯和酒瓶进了起居室，把《颓废大街》①放进音响。它总是那么动听。

　　他又重新着手工作。这次他决定把第一个袋子放一放，先从第二个袋子开始看。他把第一个袋子里的东西重新装好，然后把第二个袋子里的东西倒出来。

　　他家门铃突然响了起来。

　　已经过了午夜时分了。

　　大门有时候是不锁的。无论受不受欢迎的访客，在走到公寓房门之前都不需要通告。

---

①《颓废大街》(*Exile On Main Street*)，滚石乐队的第十张录音室专辑，发表于一九七二年。

周四晚上的这个时候？

雷布思看看乱七八糟的地板，踮着脚走向客厅前门，这时候正好门铃又响了。他听到了至少两个人说话的声音，比耳语声要响一些。突然，有一只手推开了他的信箱。雷布思站到门的一边，背靠着墙。

"也许他出去时没关灯。"

"哦，也许他醉了，在睡觉呢。"

雷布思轻轻地拉开插销，然后猛地打开门。希欧涵·克拉克本来在窥视信箱，此刻站了起来，可雷布思的眼睛却在布莱恩·霍尔姆斯身上。

"喝醉了，是不是，布莱恩？我很高兴你这么抬举我。"

霍尔姆斯只是耸耸肩："我在假期里通常都这样。"

雷布思站在过道上，双手抱在胸前："那么你们来做什么？拉票，民意调查，或者只是路过？"

"我们本来在工作，"布莱恩·霍尔姆斯解释道，"出去买点吃的，当我们没有话题可聊的时候，就谈到你了。"

"说我什么？"

"我们正纳闷，"希欧涵·克拉克说，"到底发生了什么事。"

雷布思笑了。"我也纳闷呢。"他退后几步，"你最好还是进来吧。你是第一个到的，我还没准备好派对上的零食。"他注意到布莱恩·霍尔姆斯身后放着一个棕色的手提袋。

"我们自己带了。"霍尔姆斯把袋子举了起来，雷布思听到瓶瓶罐罐的碰撞声。

"随时欢迎你来，布莱恩，"雷布思边说边把他们带进屋里。

** * ***

他们坐在起居室里，盯着那堆纸条。希欧涵·克拉克喝了一大口咖啡。

"这些是你偷的？"

雷布思摇摇头："一项公共服务；我给清洁工帮了个忙。"

霍尔姆斯看着希欧涵："我们的确说过我们是来帮忙的。"

"是的，不过这个……"她摆动着胳膊，"我怀疑'蓝彼得'①是否能把这些东西整理出来。证据都成了碎片。"

雷布思伸出一只手安慰她："你看，这是我的问题，不是你的。如果你跑回家我不会失望。事实上，回家对你来说更好。"

"我们知道。"霍尔姆斯说。

雷布思看看他："你什么意思？"

希欧涵·克拉克做了解释："法梅尔今天下午和我们谈话了。基本上是警告我们不要插手。他说你在休假，不过这并不会阻止你到处打探。"她抬头看了看，"这是他说的，不是我。"

"我们有了新的任务，"布莱恩·霍尔姆斯补充说，"案头工作。我们得在实现完全计算机化管理之前，重新整理文件系统。"

"就是要让你们有事可做？"

"是的。"

"不要和我来往？"

他们两个都点了头。

"理所当然地，你们就直接来我这儿了？"雷布思站了起来，"你们可能会毁掉你们的职业生涯！"

---

①《蓝彼得》(*Blue Peter*) 是英国广播电视公司（BBC）为儿童和青少年摄制的探险剧集，一九六三年开播以来广受好评，至今长盛不衰。

"我在刑事调查组可不是为了整理一大堆废纸的。"希欧涵·克拉克反驳说。她看着摆在面前成堆的碎纸条，想着自己说的话，大笑了起来。

他们都笑了。

他们把赌注押在了第三个袋子上。

"看，"希欧涵·克拉克说，"不光是白色的纸。"

雷布思从她那儿拿了一张，是黄色的卡片。"这是文件夹，"他说，"他们把文件夹都粉碎了！"

"一定是用机器干的。"布莱恩·霍尔姆斯补充说。

"说得非常好，布莱恩。"

文件夹是个突破口。纸的问题在于实在太多了。卡片就没这么多，而且可以按照颜色分类。每份文件夹前面都有白色的打印标签，这正是雷布思想要的。他想要把标签复原。

但是尽管他们知道了入口，却还是需要时间和精力。雷布思的眼睛很痛，他不停地揉着，但这样只会让他的视线更模糊。

"要给你们两个来点什么？"他时不时地说。他们只是摇摇头。雷布思一个人喝光了所有的饮料。当他一口气喝完 Irn-Bru①时还没意识到它是不含酒精的，但他知道自己已经喝得太多了。学生们没精打采地回到了家里，此时街道更加安静了。两点半左右，中央供暖系统停止了工作，雷布思打开了煤气取暖器。他们每个人都忙着整理不同颜色的文件夹。

---

① 一种碳酸软性饮料，被称做是苏格兰除苏格兰威士忌以外的另一种民族饮料，为苏格兰最畅销的软性饮料之一，销量可与可口可乐相媲美。

"吉莱斯皮夫人丢掉的时候我看到了其中一个文件夹，"雷布思说，"上面有 SDA/SE 的标志。我猜想这些字母代表苏格兰发展机构[①]和苏格兰工商理事会[②]。SE 后来取代了 SDA 的位置。吉莱斯皮议员，顺便说一下，是一个工业筹划委员会的成员。"

"所以，"霍尔姆斯说，"SDA 的文件可能是完全无辜的。"

"当然他有足够的理由拥有 SDA 的文件，可是为何急于粉碎它们呢？"

霍尔姆斯也承认了这点的重要性。

"我想我们找到了一些东西，"希欧涵·克拉克说。她差不多拼完了黄色的文件夹，标签除了一两条之外，其他都是完整的。"看上去像字母 AC，"她说，"然后是个名字：哈尔戴因。"

雷布思找到电话簿。爱丁堡没有 A.C. 哈尔戴因这个人。

"奇怪的拼写，"布莱恩·霍尔姆斯说，"我从来没有见到过把哈尔达因拼成哈尔戴因的。"

"拼写错误？"希欧涵·克拉克说，"也许是议员的一个选民的名字。"

雷布思耸耸肩。半个小时之后，霍尔姆斯完成了红色的文件夹。

"'西加尔工业园'。"他读出来。

雷布思没有太在意；他就快完成最后一份彩色文件夹了，这是耀眼的绿色。

"'门森'，"他说，抬起头，"门森是什么东西？"

希欧涵·克拉克打了个哈欠，揉揉眼睛，眨了几下，然后环顾房间四周。

---

①原文为 Scottish Development Agency，首字母缩写为 SDA。
②原文为 Scottish Enterprise，首字母缩写为 SE。

"你知道，"她说，"这些纸在这儿挺好。没有它们，这地方就像个垃圾场。"

雷布思的电话响起来时是星期五早上六点。

他从椅子上摔了下来，羽绒被跟着一起滑落。电话在一堆纸条下面。

"无论你是谁，"他说，"不管你要干什么……你都死定了。"

"我是希欧涵，先生。我一直在想关于 A.C. 哈尔戴因的事情。"

"我也是。"雷布思撒谎了。

"我一直在想那个有趣的拼写。美国人的拼写方法有时和我们不一样，是不是？"

"这就是你把我叫醒的原因？"

"是的，它可能和 AC 有关。"

"是吗？"

"天哪，你脑子太慢了，先生。"

"现在是早上六点，克拉克。"

"我想要说的就是 AC 代表美国领事馆①。哈尔戴因可能是个姓，AC 是领事馆。"

雷布思坐起来，睁开了眼睛："不错。"

"我试着给领事馆打电话，但只有答录机。它有很多选择，大部分都和签证有关，我接进了领事馆本部，可还是只有答录机的声音，告诉我领事馆开放的时间。"

---

① 美国领事馆的英文为 American Consulate，首字母缩写为 AC。

"早上再试试。"

"好的，先生。很抱歉吵醒你。"

"没关系。听着，希欧涵……谢谢你帮助我。"

"没什么，真的。"

"那么你不介意做些其他的事吧？"他几乎可以看到她的微笑。

"什么？"

"那个碎纸机。我在想吉莱斯皮买了多长时间了。"

"你想让我查一下？"

"是的。"

"我会的。晚安，先生。"

"晚安，克拉克。"

雷布思放下电话后决定起床。可是半分钟后，他在起居室的地毯上睡着了。

19

星期天那天，雷布思被邀请去牛津庄园喝下午茶。

他过去四十八小时都花在 A4 纸拼图上面，所以他很高兴可以休息一下。他没有任何进展，不过这样至少可以把他的注意力从发肿的牙龈上转移开。到了星期六下午，他再也无法忍受了，打了电话给一个牙医，不过当然那个时候爱丁堡所有的牙医都在俱乐部会所，喝着第二杯杜松子酒，决定是否需要再去修复十八个龋齿，或者，在这种天气里，最多九个就够了。

星期天下午，他穿着随意但很整洁，走进车子里，结果发现车子发动不起来。也许是接触不良。他掀开引擎盖看了看，可惜他不是技工。街上只有他一个人，周围没有人可以帮他推一把好让汽车发动起来。他又回到了家里，尽管已经迟了，他还是打电话叫出租车，然后发现手上的油迹已经不小心弄到了裤子上。

出租车司机载着他向城市北部开去，他的心情并不好。

开门的是萨米。她穿着厚厚的黑色连裤袜和在大减价时买的裙子。裙子里套了一件白色 T 恤。

"你还算准时，"她说，"我们没想到你这么快就到了。"

"是佩兴斯告诉你的吗？"

他随着女儿穿过走廊来到了起居室。那只叫"幸运"的猫看了雷布思一眼，好像还记得他，接着就自己跑进了暖房。雷布思听到猫出入的小门关上的声音。现在他只需要面对两个人；事态在朝对雷布思有利的方向发展。

他知道父亲该对女儿说些什么，有时候需要一些善意的批评来表示他们的关心。可雷布思知道他善意的批评听起来会怎样：它们就像批评。所以他一直保持沉默。佩兴斯从厨房里走出来，用擦碗布擦着手。

"约翰。"

"你好，佩兴斯。"他们像朋友那样吻了彼此：嘴唇在脸上轻轻一碰，一只手放在对方的肩膀上。

"大约两分钟就好。"她说着，回头看了看厨房。他觉得她并没有真正在看他。"到暖房去。"

又是萨米领路。桌上有一块干净的白色桌布，上面已经摆了些碟子。佩兴斯把她的盆栽搬到屋里过冬，所以没有太多空间给别的东西或人了。窗台上堆着星期天的报纸。雷布思选了离花园门最近的一把椅子坐下。从暖房的窗户向外望去，可以透过厨房的窗户看到外面。佩兴斯正在水槽那儿忙着，脸上毫无表情。她没有抬头。

"喜欢这里吗？"雷布思问他的女儿。

她点点头："很好，佩兴斯也很喜欢。"

"工作怎么样？"

"很令人兴奋；有难度，但是令人兴奋。"

"你具体做什么？"

"SWEEP 很小，我们都在一起工作。我要做的是加强我们的客户在沟通方面的技巧。"

雷布思点点头："你的意思是让他们下次抢劫他们奶奶的时候有礼貌一点？"

她怒目而视，而他举起双手。"开个玩笑而已。"他说。

"也许你自己需要一些沟通技巧。"

"他从头到脚都很粗鲁。"佩兴斯说，她把茶壶端来了。

"要我帮忙吗？"萨米说。

"你就坐那儿吧，我马上就回来。"

她并没有马上就回来；这段时间里没有人说话。雷布思发现"幸运"正在花园的小路上瞪着他。佩兴斯端着几碟蛋糕和饼干回来了。雷布思的嘴在乞求他自己：不要喝热饮料，不要吃蛋糕或饼干，不要吃甜食，不要咀嚼。

"我来倒。"萨米说。幸运猫跑回到这里来找饼干的碎片，小门在它身后发出了噼里啪啦的声音。

"吃蛋糕吗，约翰？"佩兴斯说着便从碟子里拿了块蛋糕给他。他拿了他能找到的最小的一块，是一片薄薄的马德拉松糕。佩兴斯对他的选择表示怀疑：他一直都比较喜欢姜汁海绵蛋糕，而她，虽然很不情愿，还是特地买了一块。

"萨米，"佩兴斯说，"尝尝姜汁海绵蛋糕。"

"我觉得甜了点儿，"萨米回答说。"我来点饼干就行。"

"好的。"

"你们这一帮人——"雷布思开始说话。

"它叫SWEEP。"萨米提醒他。

"对，SWEEP，是谁资助的？"

"我们有慈善机构，也有人捐助，不过花在思考筹募资金计划上的时间比应该花的要多。大部分钱是从苏格兰政府办公室来的。"她转向佩兴斯，"我们有一个很出色的小伙子，他知道在申请资金时该怎么措辞，知道可以得到什么样的拨款……"

佩兴斯看上去有兴趣："他长得好看吗？"

萨米脸红了："他很棒。"

"他和苏格兰政府办公室打交道？"雷布思问。

"是的。"萨米不知道他想要做什么。和她一起工作的人不信任警察和领导人物，不相信他们的动机。她的同事在她面前说话很小心。她从一开始就对他们开诚布公，在申请表中声明了自己的父亲在爱丁堡犯罪调查部门工作。不过仍然有一些人不完全信任她。

她知道问题之一就是媒体。当媒体知道她的父亲是谁之后，他们有意引用她说的话作为新闻——她的背景使它更有意思。他们把这叫做"个人化事件"。SWEEP里有些人对她引起的关注表示反感。

她没有真的责怪他们。是系统的问题。

"再吃点蛋糕，约翰？"

幸运猫又跑去外面了，小门在它身后噼里啪啦地响。

"不了，谢谢，佩兴斯。"雷布思说。

"我想尝尝马德拉松糕。"萨米说。这样就剩了很多姜汁蛋糕。

"你的茶一口都没喝，约翰。"

"我等它凉了再喝。"过去他总是喜欢滚烫的茶。

"你怎么会突然对SWEEP感兴趣？"萨米问他。

"不是，不过我可能对苏格兰政府办公室感兴趣。"

萨米看上去并不相信他。她开始为 SWEEP 进行长篇大论的辩护，她的脸由于争论而变红了。雷布思嫉妒她的这种坚定信念。

　　他随口说了两件事，争论就开始了。他无法控制自己；他只是需要采取相反的观点。他试图把佩兴斯也拉进争论，可她只是悲哀地慢慢摇头。最后，萨米变得闷闷不乐，不再说话，佩兴斯准备发表她的总结性发言。

　　"你也看到了，萨米，你父亲是旧约派：惩罚比改造重要。对不对，约翰？"

　　雷布思耸耸肩，喝了些温茶，心不在焉地咀嚼着一片蘸了黄油的姜汁蛋糕。

　　"他还是传统的加尔文主义①者，"佩兴斯继续说，"让惩罚和罪行相符，还有其他的。"

　　"那不是加尔文主义，"雷布思说。"那是吉尔伯特和沙利文②。"他从椅子上往前倾了一下，"另外，问题是，有时候惩罚和罪行并不相符。有时候有惩罚，但是却没有罪行；还有时候有罪行但是没有惩罚；最糟糕的是——"他停顿了一下，"不公平的现象永远存在。"他看着萨米，想知道 SWEEP 会为威利·科伊尔和迪克西·泰勒做些什么，想知道在监狱里待过之后，他们身上还有没有任何值得纪念的东西留下来。

　　最后，他们开始讨论其他的事情。萨米没有说得太多；她只是一

---

①法国著名宗教改革家、神学家约翰·加尔文毕生的许多主张的统称。在现代的神学论述习惯当中，加尔文主义是指"救赎预定论"跟"救恩独作说"，主张人类不能通过正义的行为获得救赎。

②指维多利亚时代幽默剧作家威廉·S.吉尔伯特（William S.Gilbert, 1836—1911）与英国作曲家阿瑟·萨利文（Arthur Sullivan, 1842—1900）的合作。吉尔伯特负责剧本，沙利文负责编曲。他们的合作创造了内容和形式的革新，直接影响了整个二十世纪音乐剧的发展。

直盯着父亲，好像从来没有见过这样的他。外面的天空被夜色入侵了，从浅灰色变成了入夜前的深黑色。佩兴斯和萨米整理桌子时，雷布思透过窗户盯着那只幸运猫，然后走到猫出入的小门前把它锁了起来。猫看到他做了什么，叫了一下表示抗议。雷布思挥挥手说再见。

他们坐在起居室里，佩兴斯递给他一些他搬走后留下的东西：他第二好的剃须刀，几块干净的手帕，一副鞋带，一盘《电幻魔女岛》①磁带。他把所有的东西都塞到他夹克衫口袋里。

"谢谢，"他说。

"不客气。"

萨米送他到门口，挥手跟他告别。

那天晚上回到家里，雷布思坐着听亨德里克斯，面前放着有格子的便笺纸。上面有一些字：

SDA/SE（苏格兰政府办公室？）

A C 哈尔戴因（美国理事馆？）

门森（电话簿里没有？）

西加尔工业园（工业区？）

他对西加尔工业园有一点印象，因为那天早晨他开车去过那里。那儿遍布低层小工厂和小公司，壮观的帕诺科技电子公司就在对面。工业区的入口处有一个牌子，写明了那里所有公司的名称，包括德尔塔纳。他记得索提·杜加利就在德尔塔纳工作，他们向帕诺科技提供微型芯片。帕诺科技工厂更像是条生产线，把从其他地方买来的零件

---

① 《电幻魔女岛》(*Electric Ladyland*)，英国迷幻摇滚乐队"吉米·亨德里克斯的体验"(The Jimi Hendrix Experience) 于一九六八年发行的第三张，也是他们的最后一张专辑。

组装成电脑。

没有什么可以将吉莱斯皮议员和小沙格·麦克奈利联系起来。议员是一个工业筹划委员会的成员，他有足够的理由拥有ＳＤＡ、苏格兰工商理事会和西加尔工业园的文件。可他为何这么害怕，为何急于毁掉这些文件？这正是雷布思所关心的。

当他开车离开加尔——这片他并不真正了解的区域时，他意识到了其他一些事。加尔本身是在二十世纪八十年代繁荣起来的，有了新的住房，新的工业园，甚至还有了自己的火车站。而那以前，它只是个靠近机场的小地方。二十世纪八十年代的时候，机场就是它的优势所在，为它提供了优质的快速交通。如今加尔为人所熟知，很大一部分是由于大量涌向此地的现金。但是加尔还有其他方面的优势。

这儿的区议员碰巧就是市长，卡梅伦·麦克劳德·肯尼迪。

电话响了，把他从幻想中拉了回来。他抓起电话："你好？"

"你自己好吧。"是玛丽·亨德森。

"我还以为你把我忘了，"雷布思说。

"我终于找到君旗的下落了。"

雷布思拿起笔，把便笺拿近一点。

"麻烦就是，它不存在。"

"什么？"

"根本不存在。它只是帕诺科技的一个项目。你知道他们是谁吗？"

"电脑公司？"

"对。君旗是他们一直在考虑的项目。你看，硅谷和整个苏格兰电子工业的问题就是：它只是个制造商。它把零部件组装在一起，仅此而已。所有东西都是从别的地方采购的。"

"不是所有的，有德尔塔纳。"

"这是机器上的一个小齿轮。我们在苏格兰需要一个软件巨人，一个像微软一样的公司，研究、开发，和生产软件来装到这些机器里。"

"君旗？"

"是的。不过我所得到的消息是它还没有开始运作。资金方面存在问题。人才是有的，不过要把他们留在苏格兰需要花钱，花很多很多钱。"她停了一下，"我的线人觉得很好奇，你是怎么听说这件事的？"

"我看到了一份商业计划。"

"你看到了？在哪儿？在帕诺科技？"

"不是。"他能告诉她什么？在斯坦豪斯的一间二次出租的区理事会房屋里？藏在一个十来岁孩子的文件里？

"到底在哪儿？市政厅？"

雷布思开口说道："你为什么……"

然后他停下来想了想。一个开办电脑软件公司的计划，大概是在西加尔工业园……他看着便笺上写的东西。区理事会应该要讨论一下，他们需要知道这件事。汤姆·吉莱斯皮的委员会肯定会知道。如果它落户在西加尔工业园，如果它和区理事会有任何的关系，那么市长肯定会知道的。卡梅伦·麦克劳德·肯尼迪。

雷布思把地板上的商业计划拿起来，看着封面上的大写字母。玛丽正在告诉他，她没有关于戴尔基第的消息，可是他没有听到。

"CK[①]，"他平静地说。卡梅伦·肯尼迪。"天哪，玛丽，这两个孩子确实认识柯丝蒂·肯尼迪！"

---

① 市长卡梅伦·肯尼迪（Cameron Kennedy）的姓名首字母为 CK。

20

星期一早上，雷布思去了乔治四世桥大道上的国家图书馆。他经过安检，爬上巨大的楼梯。在服务台，他解释说他想查一些东西，并办了一张单日有效读书卡。然后他找到一台空闲的电脑坐了下来，阅读网上系统的使用说明。

他并没有花太长的时间搜索。关于苏格兰发展机构的内容少得可怜，关于苏格兰工商理事会的则更少。他确定在它消失之前SDA是处于苏格兰政府办公室的管辖之下，于是他往电脑里输入"苏格兰政府办公室"。有相当多的条目；他一页接着一页地看：福利、公路拓宽计划、渔业补助、量刑中的体罚部分……但是没有关于SDA或者苏格兰工商理事会的新内容。

在马路对面的中央图书馆他得到了相似的结果。爱丁堡公共资料馆让他去楼下的苏格兰图书馆，苏格兰图书馆的缩微胶片库和马路对面的高科技设施一样毫无帮助。最后，雷布思向一位图书馆工作人员请求帮助。她坐在一张桌子旁，整理剪报，分成不同的五堆。

"什么事？"她轻声说。

"我想找一些关于苏格兰发展机构的信息。"

"你有没有查过缩微胶片？"

"查过了。"

"那么，那些就是我们所有的了。"她想了一会儿，"你也许可以直接去苏格兰政府办公室。"

是的，他可以那样做。他沿着高街走，穿过北桥，到了圣詹姆斯中心的一边——他注意到安东尼不在他以往在的地方——苏格兰政府办公室藏在新安德鲁大厦里。他告诉门口的保安他要干什么，保安向他指示了接待处的方向。接待处的女人非常乐意帮忙，可是无能为力。她打电话给图书馆和发行室，可谁也帮不了忙。雷布思很难相信真的找不到 SDA 的历史记载。

"他们说没有人会感兴趣。"她解释说，并放下电话。

"但是我感兴趣。"

"你可以到皇家文书局的书店问问。"

"在洛锡安路上？"

"是的。"她看到他脸上的表情，"我这里有些其他资料你可以带走。"

雷布思不想忙了一早上一无所获，于是拿了一些小册子，其中一个是关于皇家警察督察局的介绍。雷布思在想它会不会提到受贿的事情。

"谢谢你。"他跟接待员说。接待处有一个展览，他走过去看看。新安德鲁大厦要搬到雷斯去，这项搬迁要花费几百万英镑。得知自己的纳税要花在这种事情上，雷布思一点儿没觉得好过。他离开那座大楼时，开始下雪了。

这让他有借口顺便去一下皇家咖啡馆。时间是十一点一刻，他是一天中的第二个顾客。他喜欢在这个地方空闲的时候来，因为这是他所知道的越忙越没氛围的几家酒吧之一。他的脚因为路走得太多而感到几分刺痛。他原以为最多只要走到乔治四世桥大道就够了，所以没有开车出来。

离开酒吧的时候雪已经停了。他沿着乔治大街走，这样可以避免王子大街上的购物人群，再走向洛锡安路。洛锡安路上的风是大自然的奇迹：人们在那里走路的时候身体几乎要弯成四十五度；迎面的风可以在几分钟内就让你筋疲力尽。雷布思的眼睛盯着人行道，集中精力保持两只脚交替迈步，好像在用假肢走路一样。

新会议中心建起来了：节日大剧院、会议中心、法院附属建筑、国家图书馆附属建筑，更不要说新的苏格兰政府办公室总部了。他在某个建筑的门前停了下来，深呼吸了一下。想想这些建筑的规模：新的道路，新的开发项目……有人说要在福斯湾上再建一座公路桥，可是钱从哪里来呢？他继续走，冥思苦想着进了皇家文书局的书店。他花了大概三十秒钟向服务员说明自己的意图，服务员开始摇头。

"我还没有说完。"雷布思大声说道。

那个人静静听着，当雷布思说完的时候向他建议说："你可以直接查苏格兰工商理事会。"他掏出电话簿找到地址。总部在格拉斯哥，不过在爱丁堡有分支机构：LEEL，也就是洛锡安和爱丁堡工商理事会，在干草市场还有办公室，走路去并不远，比他刚才走过的路近多了。

洛锡安和爱丁堡工商理事会的所在地是一座漂亮的新建筑物，门口有两个长相沉闷的接待员，却没有门卫。雷布思解释说他需要这个机构大体的背景知识介绍。

"阿加莎会把我们的材料拿下来，"接待他的是一个愉快的职业微笑，"您是否要坐……"

他坐了下来，阅读面前摆在桌上的那些没什么用处的印刷品。他感觉到小腿肌肉在疼痛。这个，他想，也是锻炼身体。有些人每天都要跑这么远。

电梯开了，一位年轻女士向他走来，脸上带着复制娇妻[1]般的微笑。她递给他大量的文件夹，而文件夹里是一大堆光滑的纸张。

"这些就是我们目前所有的材料了。"她说。

"谢谢你，阿加莎，干得好。"

既然他已经走到这里了，那就到多弗彻去喝杯咖啡吧。戴维森不在，不过罗伯特·伯恩斯警员在。雷布思和他一起吃了点东西，他在享受重返警察酒吧的感觉。他请求伯恩斯帮个忙。

"我想让你送我回家，拉布[2]，"他说，"身体原因。"

回到家里以后，雷布思开始阅读他手上极少的材料。他没有找到任何关于西加尔工业园的内容，也没有找到任何叫门森的人或物。他最近所有的发现都与吉莱斯皮议员一点关系都没有。不过他确定的是，柯丝蒂·肯尼迪之前就认识威利和迪克西：不然还怎么解释市长的文件出现在威利的卧室里呢？他猜测是柯丝蒂从她父亲的房间里拿的，可是为什么呢？这对她有什么意义吗？还有威利为什么要把它藏起来？

---

①《复制娇妻》（*The Stepford Wives*），一九七二年出版的美国小说，讲述了女主人公怀疑自己邻居们的妻子都是机器人的故事。由于小说的广泛影响，Stepford wife 这个词在流行文化中成为驯顺而无个性的妻子的代名词。
②罗伯特的昵称。

他的电话响了，是希欧涵·克拉克。

"你去哪儿了？"她问他。

"散步去了。"

"散步？"

"圣雷纳德那里怎么样？"

"警司在严密监视布莱恩和我，而且不断给我们活儿干。"

"所以你还不能做任何事情？"

"相反，我有更有意思的消息要告诉你。吉莱斯皮议员的碎纸机不是买的，是租来的。在斯多克桥有一家商业用品公司，他们出租各种各样的办公室器材。这提醒了我，你回来的时候有个惊喜给你。"

"什么？"

"新的电脑送到了。"

"好，我们可以对付更多的人了。"

"天哪，"她的声音听起来有点讽刺，"我今天可没听到有人说起这个。不管怎样，你的桌子上有一台，电源插上了，随时可以用。"

"吉莱斯皮什么时候租的碎纸机？"

"星期三。他跟店员说他找了好多天了，可是买的话太贵了。"

"谢天谢地他花钱吝啬，要不然我们也许永远不会知道他粉碎了一些东西。"

"想听其他消息吗？我终于打通了领事馆的电话，要求和哈尔戴因说话。"她停顿了一下，"他们告诉我哈尔戴因先生不在办公室，出去了。他的名字是理查德。我让他们把他的姓拼写给我听：的确是哈尔'戴'因。"

"你真聪明。"

"还想听别的吗？"

雷布思完全忘记了自己疼痛的小腿和疲惫的脚。"说吧。"

"我查了一下理查德·哈尔戴因先生的资料。你有没有和这里的外交官打过交道?"

"没有。"

"但我有。我穿着制服的时候开过一些违规停车罚单。我的上司说我给外交官的牌照贴罚单是浪费时间。他们从来不交罚款,因为我们不能起诉他们。"

"所以你去电脑上查了?"

"从一九八五年开始,有十八张没有交罚款的罚单。也就是一年两张,这对外交官来说是合法的。"

"但罚单总数还是很可观。警察可能要与哈尔戴因平静地谈一谈这件事情。"

"只是不要被抓住,先生。"

"你也一样,克拉克,谢谢了。"

他放下电话,手指敲打着听筒。这是个开始,绝对是个开始。他又把听筒拿起来,拨通了萨米办公室的号码。她不在。跟他说话的女人听起来心神不安。

"我是他父亲,"雷布思说,"发生什么事了吗?"

"她现在情绪很糟。我们找人把她送回家了。"

"她为什么会这样?"

"因为她的房东。"那个女人吸了一口气。

"她的房东怎么了?"

"哦,她很不高兴,也让萨米很不安。"

雷布思不再假装镇定了:"因为什么事不高兴?"

"我喜欢猫。"那个女人说。

"什么？"

"猫。是她房东的猫。昨天晚上被什么人的狗咬得粉碎。"

雷布思终于鼓足了勇气给佩兴斯打电话，是萨米自己接的电话，这让他松了一口气。

"我听说了，"他说，"佩兴斯怎么样？"

"她出去了。她……太可怕了。"

雷布思忍住了："发生了什么事？"

"幸运在花园里，肯定有一只狗翻墙过来了。幸运跑向它出入房子的门想躲进去，可是门被锁上了……"她降低了声音，"事情就是这样。"

"哦，天哪。"雷布思说。

"问题是，爸爸，佩兴斯责怪我。"

"我肯定那不是——"

"她说肯定是我把门锁上的。自从我回来后她几乎没和我说过一句话。"

"锁一定是自己合上的。"

"我不知道。我只知道不是我锁的。"

"你看，萨米，我打电话的原因是——"

"什么事？"

雷布思注视着他面前的记事本："你能告诉我 SWEEP 在苏格兰政府办公室的联系人是谁吗？"

那天下午他和市长约好了见面。

167

雷布思在电话里没有说具体的事；他只告诉秘书说这是"调查"的一部分——他很小心地没有在前面加上"警局官方"这个定语。秘书记下了他家的号码，然后再打给他。市长可以在四点钟的时候见他五分钟。

"五分钟应该可以了。"雷布思说。

在他经过市政厅大门的时候，他朝下看着地面，意识到正下方是玛丽金窄巷，爱丁堡被掩埋的瘟疫之街①。他们把这条街道掩盖起来，在上面建造新的东西。这就是爱丁堡的风格：掩埋，然后忘记。

市长从办公室里走出来和他见面。他看上去很疲惫，苍白的脸上有很深的纹路，方形的下巴松弛了，黑发中夹杂着几缕银丝，眉毛又浓又黑。这是一张特点鲜明的脸，可能在上一代的采煤区能找到这样的脸。

"警督。"他们握了握手。他转身对他的秘书说："我去散个步，五到十分钟后回来。"他又转向雷布思，"我喜欢在下午的时候出去一会儿，这能让我更清醒。你介意吗？"

雷布思说他不介意。

街上好像没有人认出卡梅伦·肯尼迪。他们穿过高街朝圣吉尔大教堂走去。雷布思跟着他走进了这座古老的大教堂。里面没什么人，除了三个拿着旅行手册围在一起的游客。雷布思和市长走到中间的过道上。

"我能帮你什么忙，警督？"

"哦，先生，是关于你女儿的。"

市长脸上有了生气："你找到她了吗？"

---

①爱丁堡被掩埋的地下街道，相传在十七世纪大瘟疫期间，大量病人和尸体被遗弃在那里。现已作为旅游景点重新开放。

"没有，先生。不过我知道她最近去过哪里。你记得那两个捣蛋鬼吧？"

"那当然。你见到了那场可怕的撞车，不是吗？"

雷布思点点头："问题是，这根本就不是一场恶作剧。"

"你什么意思？"

"哦，在电话里和你说话的那个女孩……"

"哎，我觉得她不是柯丝蒂。"

"应该是。有证据证明她认识那两个死去的男孩。"

市长看着他："什么证据？"

"我们在一间卧室里找到一些东西。"雷布思掏出那份商业计划递给市长，"这是你的，不是吗，先生？"

市长仔细地看了看："你说你从哪里找到的？"

"它藏在其中一个男孩的卧室里。你还记得你是何时何地弄丢的吗？"

"不知道，我……有一段时间了。我想我把它带回家了……"

"可能是柯丝蒂在离开时带在身上的。"

市长缓慢地点点头。

"问题是，为什么？我的意思是，这对她来说重要吗？"

"我不觉得有什么重要的。"

"我也不觉得，我希望你能帮助我。看一下最后一页，好不好？"

市长翻到最后一页，看上去很吃惊。

"那是你写的吗，先生？"

"不是。"他眼睛睁得大大地注视着那个名字。

"是柯丝蒂的笔迹吗？"

"我不知道。"

"那么，你知道它是什么意思吗？"

市长缓慢地摇摇头，合上那份报告。"警督，我……看上去我可能对柯丝蒂的事情太大惊小怪了。我相信她过得很好。"

"你在说什么？"

"我在说我很感谢警察为了找她而做的努力，可也许我们该收手了。"

雷布思眯起了眼睛："为什么是现在？"他想把报告拿回来，可是市长把它装进了自己的口袋。

"没有什么特别的原因。"

"和那份报告有关？"

"你看过了？"

"是的，先生。"

"这只是一份商业投资的初步报告。"

"是不是在西加尔工业园？"

市长点点头。

"帕诺科技一个新的下属机构？"

"你知道得很多，警督。"

雷布思耸耸肩："我只是好奇柯丝蒂为什么要拿它，为什么要把它藏起来。它似乎很重要。"

肯尼迪笑了："它没有什么重要的，警督。它只是份计划，只是将来有可能发生而已。天知道我们会怎么做。"

"为什么，先生？"

"创造就业机会，当然。"

"告诉我，君旗计划是否呈交给任何一个委员会讨论过？"

市长在一个座位上坐下，雷布思坐在他前面。

"我不认为那跟我女儿有什么关系。"

雷布思耸耸肩："我只是好奇。"

"很快就会谈到它了，是的。"

"由吉莱斯皮议员的工业委员会讨论？"

"是，首先是他们。你看，我真的不觉得这跟柯丝蒂有什么关系。我承认她可能是从我家的办公室把文件拿走的。我觉得这不算什么，这只是一种叛逆的做法——她拿走了它，因为她可以这么做。"

"她叛逆吗，先生？"

"所有青少年不都叛逆吗？"

"但不是所有青少年都吸毒，先生。"雷布思盯着血液涌上脸的市长。

"你刚才说什么？"

"这就是你为什么不能给我们她的近照的原因。有毒瘾的人照相都不好看。"

市长迅速站了起来："你好大的胆子！"

游客们停下了翻阅旅行手册的手。

"那么告诉我我在撒谎。"雷布思平静地说。市长张开嘴，又合上。"如果你跟我说我在撒谎，那我就收回我说的话。"

卡梅伦·肯尼迪的眼睛在暗光中闪烁。他看着周围的一切，看着墙上无精打采悬挂着的磨损的旗帜，看着祭坛、窗户和屋顶，然后他又看着雷布思，摇摇头，走开了。

雷布思一个人坐了几分钟，手放在膝盖上。他觉得一点都不舒服，不过这也不是什么新鲜事。

21

SWEEP 在苏格兰政府办公室的联系人叫罗里·麦卡利斯特，他同意第二天中午吃饭的时候和雷布思见面，并且建议去雷斯街顶头的一家意大利餐厅。

雷布思在十二点半到，而麦卡利斯特已经到了很久。他拿着一支优雅的铬合金原子笔，都快把《苏格兰人》上的填字做完了。他站起来和雷布思握手；雷布思注意到他喝的是矿泉水。

"选工作午餐。"当服务员递给雷布思一份巨大的菜单时，麦卡利斯特提议说。于是雷布思就点了这个。

罗里·麦卡利斯特快四十岁了，逐渐稀疏的头发修剪得很整齐，脸上似乎还有点婴儿肥和粉刺。他眯着眼睛看着雷布思，好像他本来近视，但又爱慕虚荣所以不戴眼镜。黑色的羊毛套装和米色衬衫及灰色领带很配，领带在喉咙处系得紧紧的。

十足的公务员形象，雷布思想。麦卡利斯特的口音是受过教育的爱丁堡口音：有鼻音，抑扬顿挫，每个音节的结尾都不放过。

"那么，警督，"他说，把报纸放到桌下面看不到的地方，"你的电话很神秘。你到底想要知道什么？"

"我想要你告诉我关于苏格兰政府办公室的事情，麦卡利斯特先生。我还想知道有关 SDA 和苏格兰工商理事会的事情。"

"那么，"麦卡利斯特开始打开一袋点心，"让我想一想，我们先点菜，好吗？"他用平静而坚定的声音向服务员点了菜。雷布思知道这种人：只有在表示同意的时候大声说话，不同意的时候从来不；当麦卡利斯特生气的时候，雷布思相信他的声音会很低。

"西红柿汤不错，"他告诉雷布思，"小牛肉也不错，不过鸡肉也很好。至于酒嘛……"雷布思耸肩同意麦卡利斯特的任何选择。"半瓶白葡萄酒，半瓶红葡萄酒。"公务员合上酒单，一份交易成功地完成了。他向餐厅里的另外两个食客招了招手，他们穿着的好像是制服。餐厅很快就满了，一半的食客都像是从新安德鲁大厦搬过来的人。

"好了。"麦卡利斯特搓了搓手，"你想知道苏格兰政府办公室的事情。那么，我是从最下面还是最上面开始说呢？你先来见我，那么就是更关心底层。"他笑了笑，好让雷布思知道这只是个笑话。萨米曾经说过麦卡利斯特是个有雄心的人，聪明，并且乐于奉献。

还有乐于助人。

"那么，"他继续说，"也许我要从上面开始讲——最上面，当然，就是那两个人中的一个，至于是哪一个，就要看你的位置。你可以说苏格兰事务大臣是苏格兰政府办公室的头儿，对于公众来说你是对的。可是政客们来得快去得也快，苏格兰政府办公室却是永恒的。"

"你的意思是真正的头儿是最高级别的公务员？"

"没错，那就是常务次官，更多情况下都叫他常务官。"

"为什么要用两个头衔？"

麦卡利斯特大笑起来，声音听起来像猪在食槽里。

"别问了，接受就行了。"一篮面包卷来了，他拿起一个分成三份，"现在，苏格兰政府办公室负责苏格兰政府的大部分职能，除了国防、外交政策和社会福利。我们在白厅有个前哨，不过大部分人都驻扎在这里，要么在圣安德鲁大厦，要么在新圣安德鲁大厦。"

"圣安德鲁大厦是……"

"在雷根路上。你知道吗，它看起来像国会大厦。"

"哦，发电厂。"

麦卡利斯特同意这个形象的说法："那里是事务大臣和他的助手们办公的地方。我们中剩下的被贬到新安德鲁大厦那个蛮荒之地——一直要等到维多利亚码头修建好。"

两碗看起来很稀的西红柿汤到了。

"事务大臣的跟班包括像苏格兰检察总长和副检察长这样的人：他们都是部长级，这是毫无疑问的。"

"毫无疑问。"

"外加一个国务部长和三只小猫。"

"小猫？"

麦卡利斯特用纸巾擦了擦嘴角："不要告诉任何人我这样叫他们：国家议会副部长。"

"我记得你说过只有一个。"

麦卡利斯特摇摇头。"不要把议会和常务弄混淆了①。常务官是其中唯一的公务员，他是唯一——"

---

①议会的英文是 Parliamentary，常务则是 Permanent，二者发音相近。

"'常驻'的？"

麦卡利斯特点点头。他喝了一点汤，嚼着面包卷，准备再一次大吃起来。酒来了，他给自己倒了一杯白葡萄酒。雷布思选了红葡萄酒。

"现在，"麦卡利斯特说，"我们来讲各个部门。"他扳着手指一一列举："SOID, SOED, SOEnD, SOHHD, SOAFD, 还有——最丢人的——中央服务部。"

雷布思笑了："麦卡利斯特先生，我觉得你故意糊弄我。"

麦卡利斯特看上去吃了一惊："没有，我告诉你……"

"你看，我真正需要的是关于 SDA 和苏格兰工商理事会的详细情况。"

"我们会说到那儿的，别着急。"服务生过来把盛汤的碗撤走。"今天加了点胡椒。"麦卡利斯特告诉他，不是抱怨，只是简单的陈述。

还没等到雷布思意识到他们已经转移到他感兴趣的部分，那位公务员的下一篇长篇大论已经讲了一半了。

"……所以在 LECs 出现之前他一直在 SOHHD。SDA 和 HIDB 变成了 SE 和 HIE，并且那个可怜的一直负责 RDGs 和 RSA 的人发现他自己……"

"请继续。不过还是讲英语吧。"

麦卡利斯特再次从鼻子里发出大笑："也许我不太和公众打交道。我习惯和理解这些缩写的人说话。"

"我可不理解这些缩写，所以照顾一下我。"

麦卡利斯特做了一下深呼吸。"SDA，"他开始说，"一九七五年由威尔逊创建，有人说是为了平息那段时期的民族主义。当时的预算是两亿英镑——那时候可不是小数目。它代替了已有的三个古老实体，其中就有 SIEC——苏格兰工业园集团。苏格兰工业园集团给出的是两

175

千五百万平方米的工厂空地。"

"听起来很多。"

"简直太多了，根本用不完。SDA 很忙。有人估计过它支持的项目已经多达五千个。记住，SDA 并不只负责整个苏格兰地区，还有HIDB——高地和岛屿发展董事会。事实上高地和岛屿发展董事会的历史要久远得多。"

通心粉上桌了。麦卡利斯特撒了点帕尔马干酪在上面，用叉子吃起来。

"跟着就有人想出了一个好主意：把 SDA 除掉。"他摇了摇头，"你知道有句老话叫旧的不去，新的不来吗？SDA 当时的状况很好。好几个团体和委员会对它进行过调查，对它的状况列出了一系列清单，证实它运作良好。它确实在格拉斯哥花园庆典上出现了问题，还有一次是与一位叫做奎伦的承包商的交易中有些污点，可是苏格兰工商理事会的蓝图在这之前就已经构建好了。

"四月一日那天——注意这个日期——一九九一年，SDA 与 HIDB转变成了苏格兰工商理事会和高地与岛屿工商理事会。本质上来看，这个改变有两层意义：新的机构接管了培训机构在苏格兰的职权，更重要的是，SDA 的中心职能发生了偏移。"

"为什么会这样？"雷布思一口酒都没有喝，他需要集中所有的智慧。

"权力偏向了一系列私人掌权的地方企业，简称 LEC。"

"就像洛锡安和爱丁堡工商理事会？"

"是的，LEEL 就是其中之一。"

"有没有哪一个是苏格兰政府办公室控制的？"

"哦，有的，苏格兰工商理事会是 SOID 赞助的。"

"苏格兰政府办公室工业部？"

麦卡利斯特默认了。

"这就引发了，"雷布思说，"资金问题。"

"哦，资金问题我可以讲上一下午，这可是我的专长。"

"那么苏格兰工商理事会的年度预算是多少？"

麦卡利斯特鼓起了腮帮："大概四点五亿。"

雷布思咽下最后一口通心粉："天哪，听起来可真不少。"

"嗯，这些钱要分着花的：包括企业、环境、青少年和成人培训，还有管理费用。"

"这么一分解，这钱看起来花得还挺值的。"

麦卡利斯特笑得几乎呛着了："你说话就像个公务员！"

"我只是在讽刺。告诉我，麦卡利斯特先生，你为什么答应见我？"

这个问题让麦卡利斯特很吃惊，他需要时间来准备答案。"我以前从来没有和警察会过面，"他说，"我想我只是好奇。另外，能与真正对我们所做的事情感兴趣的人见面，那是令人高兴的，不管他目的如何。你知道吗，这个国家里大概只有三分之一人知道有个叫苏格兰政府办公室的东西。三分之一！"他坐回座位张开了双臂，"我们有几百万的预算！"

"告诉我，"雷布思平静地说，"有没有任何不正当……的行为？"

"在苏格兰工商理事会？"

雷布思点点头。

"没有，一点儿也没有。"

"那么 SDA 呢？"

一个服务员过来收走了他们的碗，另外一个服务员上了主食和配餐的蔬菜。麦卡利斯特大口地吃起来，在回答雷布思的问题之前他把第一口食物咽了下去。

"如果有的话，警督，现在也销声匿迹了。当SDA变成苏格兰工商理事会的时候，财务程序也跟着变了：有新的机构和新的账本，就像把黑板擦干净了一样。"

"那如果真的发现了不正当行为会怎样呢？"

麦卡利斯特用叉子做了一个清扫的动作："掩盖起来。"

雷布思考虑了一下：把黑板擦干净，把错误掩盖起来……区理事会现在也要消失，就像SDA当年那样。

"你知道吗，麦卡利斯特先生，你好像对我为何想知道SDA和苏格兰工商理事会的事情并不十分好奇。"

麦卡利斯特边咀嚼边说："只要你想告诉我，你就一定会说的。可在那之前，我觉得这跟我没有任何关系。我不是个好奇的人，警督。在我的工作范围内，这通常算是种优势。"

过了一会儿，雷布思问他："董事会成员是谁任命的？"

"在苏格兰工商理事会和高地与岛屿工商理事会，是事务大臣任命的。"麦卡利斯特把最后一点酒倒进了杯子，"当然不只是他一个人任命。他还要听取常务官的建议。那毕竟是常务官的工作：提建议。当然了，他也得实行一些政策。"麦卡利斯特瞥了一眼手表，向服务员示意。"我不知道你怎么样，"他对雷布思说，"不过我觉得我可能吃不下布丁了。"他轻拍着自己饱足了的胃。服务员走了过来，麦卡利斯特要了杯浓缩咖啡。

"这是不是就是你要调查的，警督？关于SDA里的不正当行为？"

雷布思笑了："我还以为你不好奇呢。那你说说看，门森这个词对你有什么意义？"

麦卡利斯特试图把它写出来。他拿了一根塑料牙签，放进嘴里忙活起来。这个场景竟然让雷布思的牙齿感到不安。

"我好像确实知道……但想不起来了。要我帮你查一下吗？"

"我会十分感激的，先生。还有一件事，SDA 或者苏格兰工商理事会和美国领事馆有没有关联？"

麦卡利斯特好像对这个问题感到吃惊。"哦，有的，"他的咖啡端来时他才终于开了口，"我的意思是，我们确实试图说服一些美国公司建在这里，所以跟领事馆多接触接触是有好处的——可以说这是关键。尤其是在二十世纪八十年代的时候。"

"为什么会那样？"

"微电子行业正在兴起。硅谷坐落在苏格兰，而且发展势头很好。我有没有提到过 LiS①？它的一部分属于 SDA，还有部分属于苏格兰政府办公室，负责吸引国外的公司落户于此。它的大部分成功案例都源于美国公司，基本都是二十世纪八十年代初期到中期。有种说法是，它的成功与其说是靠着巧妙谈判和经济论证，倒不如说是靠着一种非正式的默契呢。"

"此话怎讲？"

"呵呵，很多美国公司的高管或多或少都是苏格兰人；要么在这儿出生，要么有苏格兰血统。LiS 的目标就是那些人，做他们的工作，设法让他们在这里开工厂，还要让他们说服苏格兰其他身份显要的人物。看看 IBM 的例子。事实上，这不算是 LiS 的成功；IBM 在苏格兰有四十年历史了，它是在格里诺克创建的，现在他们还在那儿——工厂很壮观，长约一点五英里呢。那么最初到底是什么把他们带到格里诺克来的呢？这正是我要告诉你的。不是经济方面的原因，也不是劳

---

① 即"定居苏格兰"（Locate in Scotland）的缩写。

动力的原因，而是情感。IBM那时的领导人迷恋上了苏格兰西部海岸的风光，就是这样。"麦卡利斯特耸耸肩，吹了吹咖啡。

雷布思打算后退两步："是不是很多企业都是那样的？你认识一些人吗？"

"哦，当然。"

"有贿赂的吗？"

"这我不能说。"

为什么不能？雷布思想，你已经什么都说了。两点半了，餐厅里只剩下他们两个人。

"我的意思是，"麦卡利斯特说，"一个人说是贿赂，另一个人则说'经济资助'。看看柏高大坝①的丑闻。制度总是有改变但不被打破的空间。比如地区选择性援助就是自主决定的。若申请人和决策者是同一所学校毕业的，当然会对结果造成影响。这个世界就是这样运行的，警督。"他在杯子里捣鼓着咖啡的残渣，然后拿了块杏仁饼干。

雷布思埋了单，他们一离开，服务员就把门锁上了。麦卡利斯特的脸通红，两颊红色的毛细血管清晰可见。雷布思现在已经问过问题了，急于去别的地方。麦卡利斯特身上有他不喜欢的东西。他知道用长篇大论来掩盖事实有多么轻而易举；承认一件事可能意味着掩盖另一件事。他在审讯室里遇到过比麦卡利斯特更聪明的人，不过不太多……

两个人再一次握手。

"我很感激您为我的麻烦事抽出时间，先生。"雷布思说。

"没什么，警督。我感谢您的午餐。另外，谁知道呢，也许某一天

---

① 英国政府耗费超过二点三亿英镑在马来西亚建造的水利工程，当时有针对资金来源的一些指控。

我会需要你的帮助。"麦卡利斯特眨了眨眼。

"也许吧。"雷布思说。

毕竟，世界就是这样运作的，公务员说得没错。雷布思转过身朝着麦卡利斯特的反方向走去。

22

"我所拥有的，"雷布思承认说，"只有问题和未了结的事，没有哪一个可以让我更进一步弄清楚麦克奈利为什么要自杀，或者为什么议员这么害怕。另外，市长看到纸上潦草地写着的'戴尔基第'之后，突然就不要我们再找他的女儿了。"

他往圣雷纳德打电话，和布莱恩·霍尔姆斯说话。暖气漏水的情况更严重了，他的嘴巴也更痛了。他身后的起居室里全是装满纸条的垃圾袋。他感觉所有问题的答案都在那儿，只是他无能为力。

"那又怎样？"霍尔姆斯说。

"谢谢你的信任票。"

"你指望我说什么？"

雷布思揉着鼻子周围的皮肤，他可怜的牙齿感受到了更大的压力。"我打电话的原因，"他说，"是想问一下达根的情况怎么样。"

霍尔姆斯揉搓着一些纸："这个我可以帮你。保罗·达根是爱丁堡的拉切曼①。他瞒了理事会很多年，和自己的父母住在一起，不付给他们一分钱的房租，但是他已经申请并且也分到了四处理事会的房产……这是我们现在能查到的数目，可能还有其他的。他不介意分到那些难以出租的房间，这是他的成功秘诀。"

"他怎么做到的？"

"一连串的假名字，还有被他拖到房屋办公室和他一起参加面谈的女孩，陪同的还有几个小孩。那些女孩是他的朋友，小孩也不是他的。"

"但是在会谈的时候他就成了他们的父亲？"

"这样他就有了优势。一旦他分到房子，他所做的就是把它租出去。我很奇怪他能找到房客。和他拥有的其他房子比起来，索腾监狱里的房间简直就是宫殿。"

雷布思把手伸进裤子后面的口袋，掏出他在威弗利来访中心拿的卡片。保罗，廉价房屋出租。

"你觉得为什么，"雷布思问，"威利和迪克西可以挑选达根最好的房子？那么大的房子，他可以让更多的人挤进去。"

"一点没错，我在格兰顿查到的房子里，起居室、厨房、浴室里都有睡袋。"

雷布思看着卡片上的电话号码："也许我要和我们的贫民窟小房东朋友谈一谈。法梅尔一直给你找活儿干吗？"

"他总是问我知不知道你在干什么。"

"你是怎么告诉他的？"

"我可以什么都不说。我只希望你自己知道你在做什么，先生。"

"好的，布莱恩，万事开头难。"

---

①指彼得·拉切曼（1919—1962），伦敦臭名昭著的房东，在诺丁山地区拥有大量房产。他的名字成为重租剥削房客制度的代名词。

雷布思挂断电话拨通了卡片上的号码。

"你好？"是一个女人的声音，礼貌但是不年轻了。

"呃，保罗在吗？"

"我帮你叫他。"

"谢谢。"

她放下听筒。他能听见她叫她儿子的声音，她儿子可能在卧室里数着袜子里的零钱。终于，听筒被接了起来。

"喂？"

"保罗？"

"你是谁？"

"我叫约翰，我看见你在收容中心贴的广告了。"

"哪一个？我贴了十来个广告。"

"威弗利后面的那个。"

"哦，知道了。"

"我需要租一间房。"

"你有社会保障金吗？"

雷布思随口编了个谎言："我会付给你现金，如果你不放心的话。"

"不是，只不过你找我的时机不合适，约翰。这段时间我压力有点大，你应该明白我的意思。"

"我很明白压力是什么。"

"所以这段时间我没有做什么新的生意。"他停顿了一会儿，"你刚才是不是说现金？你需要租房单吗？"

"现金，不需要租房单。"

"那么，约翰，我们是不是可以见一面？"

雷布思微笑了，但没发出声音："地址是什么？"

"没有地址。你知道雷斯警察酒吧吗？"

雷布思不再笑了，他沉默了一会儿。可是达根误解了他的沉默。

"不想去那儿，是吧？有麻烦，是吗？"

"有一点。"

"我们在外面见面吧。我可以带你去附近的房子看看，就在海边。那个地方现在发展得很快，顺便说一下。"

雷布思几乎佩服起这个人来。"什么时候？"

"五点整。"

"我会去的。"雷布思说。

他又给霍尔姆斯打了电话："拉切曼的房子中有没有靠近海边的？"

"雷斯？没有。"霍尔姆斯说，"离雷斯最近的地方是在格兰顿，为什么问这个？"

"你们还没有找到所有的地方，就这样。"

五点差五分时，他走在警察局对面的路上，然后停在一座废弃的楼房门口，离人行道只有两步之遥。雷斯地区还在跌跌撞撞地向前发展，匆忙翻新的建筑物里新开了时髦的咖啡馆和餐厅，而它们往往是从大面积的未出租的建筑里划出来的。这些新兴商业场合总是给人一种临时搭建的感觉，似乎总是"刚刚开业"。雷斯的繁荣逐渐开始波及海边，不过也就到此为止了，只有几家仓库被改建，还有两间高档的酒吧。现在发展有了新势头：新的苏格兰政府办公室总部建在了维多利亚码头，那里的船员之家已经变成了豪华饭店。

但是雷斯仍然保留了它古老而独特的魅力。它仍然是这个城市里唯一能在白天看见妓女的地方，她们穿着短裙和破旧的夹克衫在那里受冻。雷布思在去伯纳德大街的路上碰到过几个，她们正准备带客人回家做生意。

他在门口站了一刻钟，保罗·达根才出现。这个年轻人穿了一件长到脚踝的黑色羊毛大衣，领子竖了起来。他脚上穿的是白色运动鞋，非常新，经过的汽车前灯照在上面闪闪发光。

雷布思从马路对面走过来的时候，达根一点都没有注意到；他在等一个完全不一样的人。

"在等我吗？"雷布思说。

过了一会儿达根才弄清楚情况："天哪，你要干什么？"

"是我打的电话。我们不知道你在海边还有房子。"

"我不知道你在说什么。"

"不要这样，保罗，我们谈一谈。"

"在那儿？"

雷布思朝警察局的方向看去。"不，"他说，"不是在那儿。这是我们两个之间的事，懂吗？"

雷布思一手抓住达根大衣的袖子，迈开了步子。

"我们要去哪儿？"达根问。

"我们只是走走，就这样。我有个问题要问你。我们知道你有四五处房产，而且我们知道索腾的房子是其中最好的，你本可以要贵得多的租金。那么你为什么只选了那两个房客？"

达根停了下来："这是不是个圈套？你带了录音机吗？"

雷布思笑了起来："对付像你这样的小蝌蚪？别紧张，小伙子，你是理事会的麻烦，不是我的。"

雷布思又开始向前走，达根赶上了他："那么你要干什么？"

"我对威利和迪克西感兴趣，就是这样。你告诉过我你是他们的朋友，所以我现在对你也有点感兴趣了。"

"那就是我为什么给他们那间房子的原因，"达根不假思索脱口而出，"他们是我的朋友。"

"你给他们的？他们不付房租吗？"

"哦……哦，不是的，他们付房租。我的意思是——"

"不要多费事了，小伙子，别试图把一个谎言跟另一个谎言混在一起，这样你永远都跟不上。我猜他们是给你打工的。他们具体做什么？"

达根咬着嘴唇。"他们帮我收房租。"他最后说。

"然后就可以免费租你的房子？这样合理一些。别人看到你的时候，只不过看到一个皮包骨头的年轻孩子，一个傻小子。对付那些房客，你需要助手，不是吗？以防万一有人不付房租。"

达根点点头。

"他们干这个很合适，"雷布思继续说，"威利很有头脑，他可以和不付房租的人理论；如果不奏效的话，疯狂的迪克西就要发挥作用了。是不是这样的？"

"是的。"

雷布思吸了口气，像是在思考。"绑架是谁的主意？"他随随便便地问道。

"我已经告诉过你了，我一点都不知道那件事！他们只是向我借车！"

"一定是威利的主意，"雷布思继续说，无视达根的话，"迪克西没有那个脑子。"他转向达根："当然，除非这是你的主意。"

达根要抗议，但是想想还是放弃了。他们继续默默地走着。

"好吧，只有我们两个人知道，是吧？"

雷布思耸耸肩："我已经说过了，我不是针对你，保罗，除非你对我撒谎。对我撒谎是不明智的。"

"我知道他们要干什么。"

"你当然知道。像你这样的小气鬼没有回报的话是不会借给人任何东西的。"雷布思掏出柯丝蒂·肯尼迪的照片，"你看到过她跟威利和迪克西在一起，对不对？"

"没有。"

"那么戴尔基第呢？"

"呃？"很明显这个名字对达根来说毫无意义。

"别这样，"雷布思说，"我知道你见过她。你花了很长时间在收容中心——"

"不，我没有。"

"你自己告诉我说你在留言板上有很多广告。它们是怎么到那儿的，有魔法？"雷布思把照片推向达根，"你见过她。"

"没有。"

"你撒谎。你在害怕什么，保罗？"

达根刚刚意识到他们已经来到了海滩，就在酒吧对面的街上，都快走到水边了，再往前几步就是码头入口处。雷布思停下来拽住了达根的胳膊。"看着她！"他叫道。

达根把头扭过去。

"看着她！"

达根瞥了一眼照片，然后又看着别处。他的眼睛在街灯下闪着光。

"她和威利很熟，熟到把自己的东西丢在他的卧室里。她认识他……我他妈的非常肯定你也认识她！"

达根眨了眨眼睛，平静地问："她把什么丢在他的卧室里了？"

"你只要告诉我她在哪儿。"

达根开始摇头，雷布思拽着他的大衣袖子把他拉到水边。街上空空荡荡，只有几辆汽车，可他们的主人都在酒吧里。

"想潜水吗，保罗？一年中的这个时候一定非常刺激，如果你没有沦落到在下水道里和老鼠做伴的话。"

"这件大衣很贵的！"达根大声叫道。

"你在监狱里用不着它，小伙子。你将会和几个大浑蛋一起在床上取暖。"

"够了，够了！"

雷布思松开了手。达根朝街两边看了看。

"想跑你就跑，保罗。我会找到你的。"

"上帝呀，冷静一下，好吗？是，我见过她。她和威利还有迪克西在一起混过一段时间。"

"多长时间？"

"一个星期，也许要长一点。"

"她现在还来吗？"

"我没见到过。我只见过她一两次。"

"在索腾的房子里？"

"不，不是，在收容中心里。"

"可是你不知道她在哪儿，也不知道她在做什么？"

达根摇摇头。

"好，这就是我们要做的：你要帮我找到她。"

"什么？"

"像你这样的人，有很多关系……应该比较容易。"

"你不知道你在说什么。"

雷布思指着水："你还可以有另一种选择。"他拿出照片，"把这个拿着，可能会有用。"

"没用。"

"为什么？"

"她才不是那个样子。我们在各大报纸上看到这张照片的时候都大笑起来。我的意思是说，我相信她在吸之前也许是那个样子。"

"吸毒？"

"从她的样子看吸了很多。"

雷布思皱了皱眉头："你觉得她吸了很长时间了？"

"很长了。也许差不多有一年了。"

"一年？"

达根耸耸肩："只是猜测，我又不吸。"

"我想你是不介意房客吸毒的，是吧？"

达根挺直了肩膀："你觉得这样说是不是好些——我在做着理事会应做的事情：为那些无家可归的人搭起一个屋顶。"

"社会良心先生，他们下一步会把市委会的钥匙给你。别让我再看见你，把照片拿着，背面有我的电话号码。如果一两天里我没有你的消息，我们就得再谈一次。也许就在你家里，让你的爸爸妈妈都听着。你觉得那样如何？"

达根没有回答。他把大衣整理好，因为一边的领口都扯到肩膀上了。然后他把照片装进了口袋。雷布思看着他离开，回到车流中。

所以，现在他明确知道市长为什么没有他女儿最近的照片了。他不知道达根为什么那么关心柯丝蒂把什么丢在了威利·科伊尔的卧室里。不过就这一问题，雷布思也慢慢开始有了某种想法。

23

 他开车去了牛津酒吧，多克和索提在那儿各就各位。他们给雷布思留了位子，多克给他点了一品脱啤酒。

 "哎，多么好的朋友。"雷布思边说边举起了酒杯。他转向了索提·杜加利："我那天去过西加尔工业园了。"

 "是去办公事吗？"

 "算是吧。你能告诉我一些那地方的事儿吗？"

 "是一个工业园。我在那儿工作。还要知道别的吗？"

 "那儿的商业活动。他们和苏格兰工商理事会有来往吗？"

 索提点了点头。"洛锡安和爱丁堡工商理事会。"他说，"我们德尔塔纳的老板非常强调'员工参与'，所以每个星期我们都要在餐厅坐二十分钟，听他喋喋不休地讲顾客的满意度、内部投资、生产率之类的事情。他总是讲洛锡安和爱丁堡工商理事会的事情。"

 "那么德尔塔纳得到过洛锡安和爱丁堡工商理事会的投资？"

"约翰，工业区的每个人都享有某种形式的福利：搬迁资金、创业资金、再教育资金，随你怎么标名称。"他举起了酒杯，"上帝保佑苏格兰工商理事会。"

"为什么对这个感兴趣？"克拉瑟医生问。这可不是他们经常会讨论的事情。

"它可能跟我调查的案子有点关系。"虽然实际上并没有案子，而且他也不应该去调查。

"别管德尔塔纳的事。"索提·杜加利警告他。

雷布思笑了。"有没有听说过门森？"他问。

"一个测智商的机构？"

酒吧里传来了笑声。"测量你的智商用六英寸的尺子就够了，索提。"

索提发出刺耳的笑声，说话者知道这是他不高兴的表现。雷布思还在盯着他看。

"老实说，"索提告诉他，"听来有点耳熟。我觉得它像是一家公司。"

"在工业园里？"

杜加利耸耸肩。酒吧服务员正在听电话，他的目光和雷布思的相遇了。

"找你的，约翰。"他把电话递了过来。雷布思还有一个问题要问索提。

"君旗呢，有没有听说过？"

"这是什么，'智多星'吗？"

雷布思从服务员手上接过了电话。"喂？"

"是你吗，约翰？"

雷布思听出这声音——但他认为这简直不可能，这个声音的主人不会直呼他的名字。

"是你吗，弗劳尔？"

"是的。"

阿利斯特·弗劳尔警督——这个小杂种——竟然叫雷布思"约翰"。事情一定有哪里出了岔子。

"什么事？"

"只是问问你能不能顺便来局里聊一聊。"

"聊一聊？你有没有准备好茶和饼干？"

弗劳尔大笑起来，好像他之前没听过更好笑的笑话一样。雷布思觉得更加奇怪了。

"什么时候？"他问。

"随你。"

雷布思说半小时后见。

警察局安静得像午夜时分。为了让刑事调查组有事做，大部分成员都去了车祸现场。车祸发生在某个居民区里一家较为高档的印度餐厅外面。所以此时办公室里没有别人，只剩下了阿利斯特·弗劳尔。

"约翰，假期过得如何呀？"

"我没办法把自己晒黑。"

雷布思看着阿利斯特·弗劳尔。他有上百个理由不喜欢甚至厌恶这个人——事实上弗劳尔的确在浑蛋列表上名列前茅。他的眼睛总是不停地转动，像是在找一个角度或者机会；眼皮膨胀，好像周围的皮肤永远都肿着。这也许是遗传，也可能是饮酒过度，总之他的眼睛一直都是一条缝，永远看不到他的眼神，这让雷布思很不满。

　　弗劳尔在警局有很多朋友：间谍，基层官员；一些和他很像，或者说希望成为他的人。这让雷布思觉得恐惧。但是今晚弗劳尔没有同盟。他坐在一张桌子上，脚搭在椅子上。雷布思路过自己的桌子，看到了一台新电脑，但他对此一点都不感兴趣。

　　"有人说会有茶和饼干。"他说。

　　"等一下我们可以去餐厅。"

　　"等到什么时候？"

　　"等到我给你看过一些东西之后。过来。"

　　他把雷布思带到了牢房。那里有个人，长头发，胡子没有刮，满脸闷闷不乐的表情。

　　"他是谁？"

　　"他叫特里·肖兹，"弗劳尔解释道，"从纽卡斯尔来的。我们发现他正要离开布莱斯登大街上的一所房子……胳膊下还夹着房子里一半的东西。"

　　"那又怎样？"雷布思关闭了牢房门上的探视口。

　　"于是我们就到了他住的地方。那里还有一些其他的东西。此人的花招是这样的：他把在别处偷到的东西拿去纽卡斯尔卖，而在纽卡斯尔偷的东西，他就拿到这里卖。"

　　"这可耗费了大量的警力资源，弗劳尔。谢谢你告诉我这些。"

　　雷布思开始往楼上走，弗劳尔跟在后头，他递给了雷布思一张折起来的纸。

　　"这是乔迪斯在他房间里找到的所有东西的清单。他们把其中一些还给了被盗的人家，可实际被窃情况和清单并不一致，看来他已经变卖掉了一些东西，其中包括一支猎枪。"

雷布思逐渐明白了他要说什么。

"肖兹来这里已经三个星期了。我想他应该把它卖给了沙格·麦克奈利。"

"你有没有问过肖兹?"

"他承认了。"

雷布思停了下来:"也许我应该和他谈谈。"

弗劳尔拦住了他:"我觉得那没什么好处。"

雷布思不想和他吵架,继续往前走。

"我以为你会高兴的。我的意思是,他提供了问题的答案,不是吗?"

"它只解决了其中一个问题,不过却引出了另外两个问题。想知道是什么吗? 第一,你为什么这么关心这件事? 第二,你为什么想让我'高兴'?"

他们回到了刑事调查组办公室。

"好,"弗劳尔说着往他的桌子走去,"我就知道你会纳闷。"

"我的确想知道,弗劳尔。你想干什么?"

弗劳尔手伸进一个抽屉拿出一瓶威士忌,向雷布思示意。雷布思摇了摇头,弗劳尔往一只摔坏了杯柄的马克杯里倒了一半酒。

"你为什么这么多疑? 你在怀疑什么,雷布思?"

"你,首先就是你。"

弗劳尔喝了一大口威士忌,然后点燃一根烟。"这很公平,"他承认,嘴里吐出了一串烟圈,"好了,我跟你直说了吧。有人让我跟你谈谈,不然我不会这么做的。"

"这样更符合事实。"雷布思坐在桌子边上,"那么这个人是谁?"

"一个很重要的人物。"

"法梅尔?"

弗劳尔笑了笑，呼气的时候还带着明显的噪声。看来这个人比法梅尔位置要高。高得多。

"那么，"雷布思问，"这个匿名的后台想告诉我什么呢?"

弗劳尔看着烟头："想让你知道你正走在出去的路上。"

"出去?"

"从警察局出去。"弗劳尔停了一下，"最起码。"

"为什么?"

"你不需要知道为什么。"

雷布思认为这归咎于他即将要做的事情，而并非已经完成了的事情。

"那么我应该怎么做?"他问道。

"不要再多管闲事。"

"管什么闲事?"

"麦克奈利，看在老天的分上。"

"他有什么——"

"你看，我只是个传话的人，懂吗?"

"如果正好……"

弗劳尔的眼睛眯得更小了。"你明白吧，"他最后说，"如果是我的话，我会任由你执迷不悟，接着你的职业生涯便会一落千丈。但我只是帮某个人的忙，他想要给你最后的警告。听到了没有? 最后的警告。"他站起来，把烟头扔进了垃圾桶。

"相当方便，"雷布思说，"枪的来源突然就弄清楚了……是谁，弗劳尔? 是副局长? 大块头吉姆·弗莱特? 他们要隐藏什么?"雷布思站在离弗劳尔几米的地方，"这和你有什么关系?"他用手指戳着弗劳

196

尔的胸部。

"再碰我一下，你就死定了。"

"告诉你的朋友，如果他要威胁我，他应该亲自来。没有人会害怕传话筒。"

然后他转过身走掉了。不过他还是担心。他们来真的了——无论他们是谁——但他还远远没有找到问题的答案。如果他更近一步，那他们会有何反应？他突然在门口停下了。

"顺便说一下，"他说，"你的烟头刚才把垃圾桶烧着了。"

弗劳尔转过身，看到垃圾桶里确实在冒烟。他伸手拿起离他最近的液体洒向了垃圾桶。

他忘了他杯子里的是威士忌，不是咖啡。

雷布思到家的时候电话正在响。是瑞可·布里格斯。

"我和一个朋友说了几句。"他告诉雷布思。瑞可从来不喜欢在电话上说得太多。

"然后呢？"

"十一点钟在公共汽车站。"

"今天晚上？"

"今天晚上。"

"在汽车站的什么地方？"

"到那里就行。你要付他和我的那份钱。"

电话挂断了。

24

十一点差十分的时候，雷布思赶到了圣安德鲁广场汽车站，几个喝醉的人正在排队上末班车回家。车站里有个酒吧，听起来好像很热闹。一个男人从里面冲了出来，像被狙击手的子弹射中一样，在一摊油上滑倒了。但是他很快就站了起来，眼看着汽车开走，不由得出声咒骂。他裤子的膝盖部位有划伤的痕迹。

一层废气浓烟在离地面很近的地方飘散，雷布思走过等车的长椅时尽量屏住了呼吸。几个青少年在不牢固的长凳上睡着了。有个老年人看上去迷迷糊糊，从广场上过来，身上穿着连帽粗呢大衣、睡裤和拖鞋。拖鞋是全新的，可能是圣诞节礼物。

"你在哪儿？"雷布思边低声说边跺脚。他把手往口袋深处插了插，然后又掉头走回长椅这边。

"坐下来。"有个声音说。

雷布思朝下看了看那个人。他以为那个人睡着了，两只胳膊交叉着，脑袋缩进了夹克衫里。他坐在最后一排长椅上，那边有辆车，不过灯已经灭了。

雷布思坐了下来。那个人抬头看看他，油腻的棕色头发遮住了一只眼睛，没有刮胡子，右眼正下方有道小伤疤，不比划伤更严重。他的眼睛很蓝，睫毛很长。开口说话的时候，雷布思发现他的门牙掉了一颗。

"钱。"

"你是瑞可的朋友？"

那个人点点头。"钱。"他又说了一遍。

雷布思拿出两张二十的纸币递给他。"他说给他一半。"

"他会拿到的。"口音听上去是西海岸的，带着懒洋洋的拖音，"你想知道索腾的事情？"

"有个人用霰弹枪自杀了。他刚从索腾出来。"

"哪一块的？"

"C区。"

那个人摇摇头："那我帮不了你。"

一位驾驶员走向了汽车，手里还拿着钱箱。他打开门走进去，随即关上了门。汽车上所有的灯都亮了。

"你什么意思？"

"就是我刚才说的。我帮不了你。"

发动机发动，冒出了黑烟。等车的几个人加入了队列中，不知道该不该插到这两个坐着的人前面去。

"为什么不能？"

"我真不认识C区的什么人。"那个人站了起来，雷布思跟着一起起立。"我坐这辆汽车。"

"等一会儿。"

那个人转过来看着他。汽车门开了，后面的人都想进去暖和暖和。

"去问炸鱼的格里。"

"炸鱼的格里？"

"他过去在 C 区，刚出来几个星期。"

"我在哪儿能找到他？"

"他是给鱼蘸面糊的，这就是他名字的来历。"那个人爬上车，"我听说他在复活节路上的一家快餐店上班。"

酒吧关门后，苏格兰的每一家快餐店都进入了最繁忙的时间。就连特别差劲的，卖那种橡皮一样硬的面糊裹着鱼骨头的快餐店，门前也会排着长队。这是雷布思找到的第二家快餐店，他看了一眼里面陈列的食品，决定直接进去。

队伍几乎排到了门外，不过他走到了前面，不管别人怎么拿眼睛瞪他。一个十几岁的小女孩在招呼客人，嘴巴不停地说着。

"要盐和酱吗？"她问这个顾客。

"格里在吗？"

她朝柜台里面点点头。有个矮个子正把即将被放入煎锅里的鱼放进面糊里去蘸。

"你是格里？"雷布思问。那个人摇摇头，指着狭窄店面的后头。那里有个个子很高，骨瘦如柴的年轻人，正围着白色的棉布围裙打游戏。

是那种格斗游戏。敌人每次出现的时间都很短，刚刚够那位咆哮的卡通英雄把它踢出画面外。

"你就是炸鱼的格里？"

玩游戏的人二十五岁左右，黑色板寸头，戴着鼻环，赤裸的胳膊上露出了许多文身，但手背上的文身更多。右手臂上文着一块手表，指针指向了十二点。雷布思看了一下自己的手表，发现格里的表已经停了。

雷布思看见格里正从屏幕的反光里看他。"那样叫我的人不多。"他说。

"我是你一个朋友的朋友，一个你在索腾认识的人。他说你能帮我忙。我可以请你喝酒。"

"喝多少？"

雷布思之前去过一趟提款机，他往游戏机上扔了二十块钱。也许这影响了炸鱼格里的注意力，一个地雷把他的卡通英雄的胳膊和腿炸没了。"游戏结束"的信号出现在屏幕上，一个机械化的声音响了起来："给……我……钱……饿。"

炸鱼的格里拿起纸币："到我的房间去。"

他把雷布思带到柜台后面，然后对正在杀鱼的人说他五分钟后来换班。他推开一间房门，把雷布思带到了厨房兼储存室。那儿有几袋没有削皮的土豆，两台巨大的冷冻机还在嗡嗡作响。

"我希望你不是环境卫生部的，"炸鱼的格里说着便从水槽里接了一杯水大口喝起来，"其实，我能看出你是干什么的，练出这种嗅觉不需要多长时间。"

雷布思装作没听见："一个人从 C 区放出来两个星期。他把枪对准了他的——"

"小沙格。"炸鱼的格里点点头，"我认识他。一起打过几次牌，聊了聊电视和足球。"炸鱼的格里把杯子倒满。"你早晨六点钟起来，一直工作到晚上九点，直到十点才关灯。你肯定会认识一些同伴。另外我和他一起在衬垫车间工作。他说他会来快餐店看我，之后我就在报纸上看到了他的消息。"

"你知道他生病了吗？"

"他经常去看医生，不过从来不谈这个。我知道他在吃一些药，我们本想让他给我们看看那些药。他得什么病了？"

"癌症。"

"那是他自杀的原因？"

"可能是。"

"哎，如果你想知道关于小沙格的事情，应该和他的室友谈一谈。那可是个该死的家伙，傲慢自大，脾气很糟。他根本不该坐牢却还待在牢房里。"

大块头吉姆·弗莱特提到过沙格有一个室友；雷布思突然明白为什么他们谈话结束的时候弗莱特突然显得轻松了许多。

"格里，小沙格是为什么进去的？"

"入室盗窃。"

"你确定吗？"

"我听说的。"

"不是强奸？"

"什么？"

不是强奸，雷布思想，因为强奸犯一般都和其他犯人分开住。可是监狱官说漏了嘴，他说小沙格和别人住在一起。

"他不是因为强奸进去的。"炸鱼的格里说。

"你怎么能肯定？"

"我们都会知道。"

"他不可能自己告诉你的。"

　　"不，但是监狱看守会说的，总有人会说的。这在监狱里是无法守住的秘密。"

　　"除非，"雷布思平静地说，"没有人想让你知道。"

25

　　雷布思在圣雷纳德附近的电话亭打了个电话到刑事调查组，没有说明身份，只说要霍尔姆斯警长或者克拉克警员接电话。

　　这是一个浓雾弥漫的早晨，潮湿的云彩带着雾气从海边蔓延到城市。这样的早晨会让你觉得自己回到了过去的某个时代，从雾中跑出来的是一匹马和马车，而不是前灯大开的汽车。雷布思的皮肤和衣服都被打湿了。

　　"我是克拉克警员。"

　　"是我。我想让你在电脑上帮我查个名字。"

　　"哦，这儿现在有点乱。昨天晚上起火了，烧着了一个垃圾桶。这真奇怪，当时没人在这儿。"

　　"天哪。"

　　"警司命令要展开调查，同时一半的办公室都禁止入内。"

　　"不过计算机系统还是好的吧？"

"唯一损坏的就是垃圾桶和它旁边的桌子。是弗劳尔警督发现着火的。"

"真的吗？"

"他把一件大衣盖到了垃圾桶上想扑火。那是霍尔姆斯的大衣。"

"内尔在圣诞节的时候送给他的那件？"

"就是那件。你要我查的是什么名字？"

"查特斯。"他拼写给她听，"我不知道他叫什么，不过我知道他在索腾服刑。我想要他的记录。我现在在大约一百码以外的电话亭里。自助商店对面有个咖啡馆，我在那里等你。"

"我会尽快的。"

"我请你吃面包圈。"

希欧涵·克拉克终于来到了咖啡馆，她点了一个煎蛋三明治，然后递给雷布思一个马尼拉纸信封。

"有人看到你用电脑了吗？"

"我想没有。"

"回去的时候小心点。不光是法梅尔——弗劳尔也有问题。"

"什么？"

"起火只是个开始。"雷布思打开信封看了一遍里面的内容。克拉克的食物到了，她吃了一口，蛋黄不小心滴在了盘子上。

"'德伍德·查特斯，'"雷布思读了出来，"'四十六岁，离婚，以前是公司董事。被发现涉嫌诈骗，六年的刑期中有三年是在爱丁堡监狱。他的房子位于克莱蒙德，后来卖掉了。出生日期……律师姓名……没有配偶或近亲'。"雷布思快速看完剩下的一点内容，"有点空泛，是不是？"

"是有一点。"

"好像有人已经进入系统把内容删去了。是哪个局处理他的案件的？"他再一次看了一遍记录，"嗯，圣雷纳德。"

"在我们查到之前？"

雷布思点点头："我当时还在大伦敦路警局，但劳德戴尔警督也在那儿，可是这个人的名字已经出现在这里的记录中了。"他想了一会儿，"好的，我想要你做的是——"

"回到局里把笔录从地下室里找出来。"

"我知道我的要求太多了。"

"这只是我的工作。"

他知道她无论如何都会去做的。

雷布思等了一个多小时。克拉克回来的时候手上提着一个超市购物袋，然后把它放在他旁边的地板上。他为她点了一杯茶；他自己的胃已经被那东西灌满了。

"它不在它该在的地方，"她告诉他，"被人动过了。"

"有人想把它藏起来？"

"但是做得不明显。地下室里有很多报告，如果放错了地方东西很容易丢失的。"

"有其他人看见你吗？"

"布莱恩来看我在做什么。我让他帮我守着，看看有没有其他人过来。这些笔录你尽快看完，我就能尽早把它们放回去。"

咖啡馆的女老板把希欧涵·克拉克的茶端了过来，她看见雷布思从一个大手提袋里拿出一个文件夹。

"准备在这儿长坐？"她问他。

"我在帮你忙，"他说，瞟了一眼所有的空桌子，"没有人会走进一间空咖啡馆。"

"你自己不就进来了？"她回答说。

雷布思只是笑笑，翻开笔录，开始读起来。

午饭的时候，雷布思打电话约了牙医。

当他说明自己的问题后，接线员叫他先不要挂断电话。她回来后告诉他基恩医生可以在五点钟见他。

牙医诊所在因弗雷斯街区富裕的半独立式房子里，对面就是植物园的入口。雷布思在候诊室里坐着直冒汗。和他一起的还有一个女人，当那个女人先被叫到的时候，雷布思松了一口气。可是这样就只有他一个人在那儿了。他的耳朵好像变得比平时更灵敏。他可以听见锥子的声音，金属镊子掉到盘子上发出的声音。当那个女病人出来之后，她走到服务台预约下一次。牙医和她一起出来，然后转过身，微笑着来到候诊室的门口。

"雷布思先生，请过来。"

他穿着白大褂，戴着半月形眼镜，雷布思觉得他快六十岁了。

"请坐下，"基恩医生一边洗手一边说，"口腔周围肿了？"

雷布思坐在椅子上，腿跷在上面，手紧紧抓住椅子扶手。基恩医生过来了。

"现在，躺下去，尽量放松。"雷布思可以听见自己嘶哑的呼吸声。"就这样。"牙医用脚按动开关把椅子放倒，它几乎与地面平行了，然后再向上抬起。他把灯调向椅子这边，打开："我们先检查一下。"他把一盘牙医工具转过来，然后坐到了雷布思边上的一把高脚椅上。

"张大嘴巴。"

音乐在放着。广播二台，电波是一种安慰剂。雷布思睁开眼睛，注视着天花板。上面有放大的照片，一副巨大的爱丁堡的黑白图片，从北边的特里尼提一直到南部的布雷德山。他开始在脑海中想象每一条街道的位置。

"看上去有点溃疡。"牙医说。他把一件工具放下，伸手拿了另一件来敲打雷布思的一颗牙。"有什么感觉吗？"雷布思摇摇头。这时助手也进来了。基恩医生用病人听不懂的话对她说了些什么，然后就用棉球塞住了雷布思的嘴。

"我要做的是从你牙齿的后面钻孔，把脓排出去，那样会减轻压力。不管怎样，你的牙齿已经坏死了。我之后要做根管治疗，不过现在先要把脓排掉。"

雷布思能够感觉自己额头上的汗。有根管子插进了他的嘴里，把唾液什么的都吸了上来。

"先注射一点东西。要一到两分钟的时间。"

雷布思注视着天花板。那里有卡尔顿山，戴维·索塔尔①在那里结束了生命。有圣雷纳德……还有大伦敦路。海德俱乐部就在那儿。噢！那里有斯坦豪斯，威利和迪克西住的地方。他可以非常清楚地看到索腾监狱。还有沃伦德学校，那是麦克奈利自杀的地方。他能感觉到道路的交错纵横，生与死的循环相接。威利和迪克西本来就认识柯丝蒂·肯尼迪，她的父亲是市长。麦克奈利在自我毁灭的时候找了个议员作目击者。这个城市可能占据一片古老的区域，人口可能只有五十万，但是你不能怀疑它们之间错综复杂的连接，所有交错的线条

---

① 雷布思系列作品中的另一本《致命的原因》（*Mortal Causes*，1995）中的人物。

都让这座城市的结构变得更加坚固……

"现在，"牙医说话了，"你一开始可能会觉得有点不舒服……"

雷布思在街道上来来回回走着。曼彻蒙特，他居住的地方；托尔克罗斯，特蕾莎·麦克奈利的家在那里；南加尔，拍这张照片的时候发展才刚刚起步。城市周围新修建的建筑物并没有标出来，那些原本是坑洞和湿地的地方现在都变成了建筑和公路。耶稣基督万能的主啊，疼死了！

"啊，"基恩医生最后说，"好了。"雷布思可以感觉到一些污秽的东西顺着他的喉咙流了下去。鼻子下方的疼痛感正在递减，像暖气在放气一样，他想。

"钻到化脓的地方，"牙医几乎是自言自语地说，"你的疼痛感就会减轻。"

是的，雷布思想，绝对是这样。

牙医把他嘴巴剩下的地方都检查了一遍。助手的手上拿着一张卡片，正在上面写些什么。

"我今天不会往里面塞任何东西。"他对雷布思说，这让他松了口气。

最后他终于可以清洁和漱口了，助手把他脖子周围的橡皮围嘴拿掉。雷布思用舌头碰了碰嘴里各处，一颗门牙的后面被挖了一个很大的洞。

"我们必须让它流出去。一旦都流出去了，我就可以做根管治疗了，好吗？"他朝雷布思微笑，"顺便问一下，你上次检查牙齿是什么时候？"

"十一，十二年前了。"

牙医摇摇头。

"我来安排下一次预约。"助手说着离开了房间。基恩医生脱掉橡胶手套去洗手。

"现在我们都戴手套，"他说，"所以其实不需要洗手，不过已经这样做了三十年了，很难改变这个习惯。"

"你戴手套是害怕 HIV 病毒？"

"是的。好吧，再见了，您是——"

"雷布思警督，实际上。"

"哦？"

"我可以和你谈谈吗？"雷布思知道他的话听起来像在咕哝——嘴里的麻醉药让他的嘴巴失去了知觉。不过基恩毫不费力地听懂了他的话。

"你是说正式讯问？"

"算是吧。我想你认识一个叫德伍德·查特斯的人吧？"

基恩医生从鼻子里发出了嗯的声音，开始重新整理他的工具。

"这算是承认了吧。"雷布思说。

"他让我吃了很多苦头。和你一样，有一天他走进我的诊所要我给他治疗。后来我在外面遇见了他。我们又见了几次面，他向我提了个建议。"

"商业建议？"

"他需要创业初期的投资者。这个人有良好的投资记录，他曾经帮助帕诺科技融资创业，你无论如何不能说那是场失败。注意，不是他说什么我就都相信的，我让自己的会计师看了那份报告，那个计划听起来不错，做得很专业。"

"那是个什么公司？"

"德里①很会说服人。他总会把计划的消极面表现出来，不知什么原因，他越是说明它们的消极面，它们听起来越吸引人。他看起来不像是在向你推销。我们计划投资的那个公司想从经济低迷中获利，这就是它的消极面：别人的痛苦会变成投资者的钱。他为那些突然在自己的工作岗位上遭受'重组'的人提供再教育和建议。他解释说一旦公司建立并运行起来——它的名字就叫艾伯咨询——他就可以动用欧洲共同市场的拨款，苏格兰政府办公室的资金，所有的那些钱。他眼下所需要的就是启动资金。"基恩医生停顿了一下，"你知道吗？那个时候我相信他，现在我仍然相信他：如果他用那些钱开创公司，肯定会成功的。"

"但是他没有开办公司，是不是？"

基恩叹了口气："他用它还了债，去满足他奢侈的生活。他找到了十个投资人，每个人给他五千。五万英镑，警督，他在三个月内就把钱花光了。"

是的，然后他想逃跑。只不过，有一个投资人的会计比大部分人都聪明。查特斯在准备搭飞机去伦敦时被捕了。

"一旦他们开始调查他的案件——国内税收部门，商业诈欺稽查处，还有其他部门，不管你叫他们什么——发现了很多不符合的账目，德里没有对任何一个进行过解释。在整个审判过程中他都很平静。"他看着雷布思，"发生什么事了吗？"

雷布思耸耸肩："现在说这个还早，先生。"回答含糊，可基恩医生没说什么。

"不是钱让我伤心，你知道吗，"他告诉雷布思，"而是被出卖的

---

① 德伍德的昵称。

211

感觉。"

"我可以想象。"

查特斯的笔录看起来振奋人心。比如，雷布思现在知道了，当艾伯咨询和德里·查特斯的其他商业活动被调查的时候，弗兰克·劳德戴尔在商业诈骗稽查处工作。回想起来，雷布思确实记起有段时间劳德戴尔离开了大伦敦路警局。不过劳德戴尔是其中最不值得注意的部分，因为那个时候商业诈骗稽查处的领导人，警司艾伦·甘纳，现在是洛锡安和边境警察局的副局长。

还不止那些……

"基恩医生，你认不认识一个叫哈尔戴因的人？拼写是哈尔'戴'因。"

"我想不认识。"

"他是个美国人，在领事馆工作。"

基恩医生摇着头："不，我不认识他。这重要吗？"

"他是另外一个在艾伯咨询上赔钱的投资人。我以为你们可能见过面，就是这样。"

"我们可能在法庭上见过，如果有证人被传上去的话。可是查特斯在最后时刻改变了主意，他承认了罪行。"

"真的吗？知道为什么吗？"

"不知道。我的律师很吃惊。指控他的证据并不是滴水不漏，就像我说的，他有很好的记录。他有可能被无罪释放的，至少缴纳繁重的罚款之后可以解脱。可是相反，他进了监狱。我经常想他为什么要那样做。"

雷布思也在想同样的问题。"也许，"他说，"是为了保护可能在法庭上被披露出来的什么人或事。"

“可那会是什么人或什么事呢？”

雷布思只能笑笑，眨了眨眼。他拿过大衣，在走廊上穿好。助手已经回家了，她的桌上有一张预约卡片，基恩医生把它拿起来，递给了雷布思。

“几天之后见。”

雷布思看着卡片。背面有很长的预约表，一共六个，包括日期和具体时间。

“基恩医生，”他说，“确切地说，我有几个牙要填充？”

“十五个。”牙医实事求是地说。然后他把雷布思送到了门口。

26

那天晚上，雷布思去拜访特蕾莎·麦克奈利。

大门没有锁，他上了楼梯进入她的公寓。他听见里面的音乐声，非常欢快的音乐，还有人应和着拍子鼓掌。雷布思按下门铃，等了一会儿，又按了一次。音乐声关小了，从门后面传来一个声音："谁呀？"

"雷布思警督。"

"等一会儿，好吗？"过了很长时间她才来开门，而且还挂着门链，"你想干什么？"

她身后起居室的门关着，在走廊的地毯上有一箱混合装的酒。特蕾莎穿得很随便——一件大大的T恤，黑色紧身裤，戴着金色的耳环——她好像干了什么体力活一样，正在出汗。

"我可以进去吗？"雷布思问。

"不行，你不能进去。什么事？"

"是关于小沙格的。"

"他已经死了，都结束了。"她准备把门关上，但雷布思用手挡住了。

"钱是从哪里来的，特蕾莎？"

"什么钱？"

"你在房子上花的钱。"

"你没有权利——"

"也许没有，不过在你告诉我之前我会不停地回来找你。"

"那么你就一直等到世界末日吧。"

雷布思笑了："末日比你想象的要近。"他从门上把手拿开，这一次她没有关门。

"你什么意思？"

"里面谁和你在一起？"

"没有人。"

"没有人？"

特蕾莎·麦克奈利也没有勇气再重复一遍谎言了。她直接把门关上了。

雷布思站了一会儿，听听里面的动静，然后走到梅齐·芬奇的公寓。他按了她家的门铃，但是她不可能应答，因为她正藏在特蕾莎·麦克奈利起居室的门后。

第二天早上，雷布思打电话到美国领事馆。

"这不是答录机吧，是吗？"雷布思问。

"不，我不是。"

"好，你能不能帮我接通哈尔戴因先生的电话？"

"您的名字是？"

"约翰·雷布思警督。"

"等一会儿，别挂断，警督。"

他没有等太久。

"警督，我能为你做些什么？"是流畅而文雅的美国口音。雷布思不确定"常春藤联盟"①具体是什么意思，但是哈尔戴因的口音让他有了一点概念。

"哦，先生，您需要付您的违章停车罚款了。"

一阵自信的笑声："天哪，就为这个？好，当然，如果你坚持的话，我不想让它成为一次外交事故。"

"但是你可以，你是不是这个意思？罚单不是我打电话来的主要原因。我想和您谈谈关于德伍德·查特斯的事。"

"上帝呀，他这次又做什么了？"他停顿了一下，"不要告诉我说现在我可以把我的钱拿回来了。"

"我们可不可以私下谈一谈？"

"我想可以的。你能到这儿来吗？"美国领事馆，哈尔戴因先生最方便的地方。

"'北英国'，"雷布思提议道，"喝杯早晨的咖啡。"

"它现在已经不叫北英国了，是不是？"

"关于苏格兰，您还需要了解很多，哈尔戴因先生。十点半怎么样？"

"好的，警督。我期待和你见面。"

雷布思的下一个电话是打到圣雷纳德的，他叫希欧涵·克拉克接

---

①常春藤联盟（The Ivy League）通常是指美国东部八所学术水平高、历史悠久的大学：布朗大学、哥伦比亚大学、康奈尔大学、达特茅斯学院、哈佛大学、宾夕法尼亚大学、普林斯顿大学及耶鲁大学。

电话："过得怎么样？"

"坦普勒女士一早就把我叫到她的办公室，想知道我有没有和你联系。她问了很多问题。"

"让她问。你就告诉她我在兰萨罗特岛。"

"好的。"

"听着，哈尔戴因的违章停车罚单，具体位置在哪里？"

"我想我把它们写下来了。"

他可以听见她翻记事本的声音。

"起火案调查得怎么样了？"

"不知道怎么起火的。一定是上帝干的。他们在垃圾桶里没有找到烟头也没有火柴。"

"当然找不到，弗劳尔在报告之前已经收拾好了。"

"找到了：王子大街，詹姆斯·克雷格步行街，还有皇家马戏广场。就只有这些了。没有日期。最后两个是同一地点多次罚单。"

雷布思向她道谢后挂了电话。他在地图上找到了詹姆斯·克雷格步行街的位置，就在新安德鲁大厦的旁边。所以哈尔戴因确实和苏格兰政府办公室有过交往。王子大街的罚单可能只是意味着他去那里购物。雷布思不确定皇家马戏广场代表着什么或什么人。他想起了议员的文件夹：SDA/SE；A C 哈尔戴因；西加尔工业园；门森。

他还是不知道门森的任何事情。他希望哈尔戴因能有所帮助。

雷布思坐在巴尔莫勒尔酒店——以前叫"北英国"——的大厅里，他对服务员说他在等一位客人，不过还是先点了些东西：两份不含咖啡因的咖啡，还有蛋糕或饼干什么的。

"水果烤饼怎么样，先生？"

"好的，随便。"

"谢谢您，先生。"

雷布思很高兴自己身上穿的是他比较体面的一套西装。这家饭店变了很多。上次他在这里喝早咖啡，是和吉尔·坦普勒一起来的，那个时候他们还是"搭档"。墙上现在已经有了裂缝，整个地方也好像退色了，还有一点破旧。

那个美国人一走进来，雷布思就认出他来了。他个子很高，打扮非常讲究，身穿一件米色的巴宝莉雨衣。哈尔戴因的头发是金色的，但是发量不多，几乎能看到粉红色的头皮了。他四十岁左右，眼镜框上有类似龟壳的环形花纹，脸型瘦削，额头光滑突出。

"雷布思警督？"他和雷布思握手，雷布思示意他坐下。

"这地方对你来说够冷的吧？"雷布思问。

"我是在伊利诺斯州长大的。"哈尔戴因脱下大衣，"我们的冬天你们是无法想象的。"他回忆的时候禁不住打了个冷战，然后笑了起来。这对他来说已经成了一个恼人的习惯。

雷布思也有恼人的习惯：他总是把舌尖伸到牙齿的洞里面，试着把里面的脓液吸出来。他开始喜欢那个小小的钻孔了。

"您认识一个叫基恩的医生吗？"他问这个美国人。

哈尔戴因做出怀疑的口形："不介意给点提示吧？"

"他是个牙医，是德里·查特斯案件的另一个受害者。"

哈尔戴因坐在舒服的椅子里："他骗走了我五千镑。那仍然让人感到难过。我是个外交官，不是百万富翁。"

"你在领事馆做什么的？"

"我有个工业审议项目。在有些国家，这是个双向的过程，可是没有太多的苏格兰公司准备在美国开厂，所以我主要关注那些准备在这里落户的美国公司。现在没有原来那么忙了。"他左右看看，"服务员总是很慢。"

"我已经点过了，希望你不会介意。"

哈尔戴因耸耸肩。

"你是怎么知道德里·查特斯的？"

"在一次聚会上别人介绍我们认识的。现在不记得是谁介绍的了……"

"你还记得是谁组织的聚会吗？"

"哦，是苏格兰政府办公室的什么事情，所以我才会去那里。"

"查特斯先生呢？"

"哦，他是个生意人。你对他破产之前的事了解多少呢？"

"几乎什么都不知道。"雷布思说了谎，他想知道哈尔戴因会说哪件事。

"他经营几家公司，而且都盈利，可是总是想扩大规模。我想他只是厌烦了，就那么简单。他喜欢建立一些东西和经营一些项目，可是后来他就失去兴趣了，开始寻找新东西。他对他所做的事情很在行。不过，正因为如此，他让我投资的时候我没有过于谨慎。"

"你跟他熟吗？"

"不熟。当他谈论生意的时候他很正常，可他不善于交际。我感觉正常的礼节性谈话会让他觉得很无聊。他是真正的二十世纪八十年代产物，撒切尔夫人的一头牛。"

咖啡、一碟附带黄油的水果烤饼、果酱和成块的奶油装在一个盘子里送上来了。

"嘿，看起来很棒，谢谢。"哈尔戴因对服务生说。他马上接过来，把杯子拿出来，开始倒咖啡。趁他倒咖啡的时候，雷布思问了他一个问题。

"有没有听说过叫门森的什么人或东西？"

"再说一遍。"

"门森。"

哈尔戴因摇摇头，递给雷布思一个杯子和茶托。他倒咖啡的时候一滴都没有洒，甚至一下都没停。

"如果你是在协助美国公司，哈尔戴因先生，那是不是意味着你和苏格兰工商理事会有交往？"

"一直都有。"

"在苏格兰的分支呢？"

"我和他们都有交往，警督。事情是这样的：你刚刚开始建立起一种工作关系，然后政府把一切都改变了：改变了名称，规则和游戏者。SDA 变成了苏格兰工商理事会，HIDB 变成了 HIE，我就必须从头开始，重新建立人际关系，让人们知道我是谁。"

"这是艰难的工作。"

"但是必须有人做，对不对？"哈尔戴因往半张烤饼上涂奶油，"我喜欢这些点心，"他说着吃了很大一口。

"你在这儿有一段时间了？"雷布思问。

"九年了，断断续续地。中间他们确实让我回到美国待了两年，可是我想方设法又回来了。我喜欢苏格兰——我的祖先是从这儿来的。"

"我曾经听到过一种谣言，"雷布思说，"在美国公司高层有一种类似苏格兰黑手党的组织，迫使人们在苏格兰开办公司。"

哈尔戴因用餐巾擦掉嘴边的奶油。"有类似这样的事情，"他说，"我能说什么呢？这并不违法。"

“什么样才算违法呢，哈尔戴因先生？”

“贿赂，金钱交易。”

“在这儿开公司很便宜，是不是？”

“某些地方，某些类型的公司吧，当然。到处都有很多的资助，有些来自欧洲经济共同体，有些来自英国政府国库。”

“还有德洛雷安丑闻①。”雷布思说。

“可是那个家伙确实有一辆很拉风的车。”

“他从英国的纳税人手上拿走了数百万。”

“你仍然需要纳税，警督。就算德洛雷安不拿走那些钱，其他人也会拿走的。”哈尔戴因又耸了耸肩。他的外在表现——无论是声音还是面部表情——总是有点夸张，比你从苏格兰人脸上看到的要夸张。

“所以苏格兰黑手党的故事是真的了？”

“我猜是的。我对你已经尽量坦诚了。”

“我很感激，先生。”

“嘿，你还对我的那些违章停车罚单念念不忘呢。”他又咻咻地笑了，“这是什么咖啡？”

“去咖啡因咖啡。”

“事实上它还不错，不过我真的怀念咖啡因的刺激。服务员！”

一个年轻人跑了过来。

“帮我来双份浓缩咖啡好不好？谢谢。”哈尔戴因又转向雷布思，“那么我们在这儿干什么，警督？我们好像并不是在谈论德里·查特斯了。”

---

①约翰·德洛雷安（John DeLorean，1925—2005），美国工程师，德洛雷安汽车公司的创始人。他被指控参与毒品交易为公司筹集资金，指控未能成立，但德洛雷安汽车公司很快就倒闭了。

"只是正在进行的调查的一部分，先生。我不能向你透露——"

"哦，这不太公平，是不是？一点都不英国化。"

"你现在不在英国①，哈尔戴因先生。"

"可是我已经告诉你我的故事了，现在你应该告诉我你的故事。"

雷布思看到哈尔戴因花他的钱吃得很开心。突然他开始怀疑哈尔戴因的故事有多少是可信的。谎言往往用薄薄一层真实的东西包裹着，雷布思知道他一会儿就得审查这个包装。

"不要这样，警督，"哈尔戴因坚持道，"你在调查德里的事情，我只知道这么多。可是他仍然在服刑，对不对？所以他敲了什么？在牢房里开了间皮包公司？"

"皮包公司？"

"你知道的，那种仅仅存在于纸上的公司。"哈尔戴因突然停下了，从口袋里掏出一块手帕。

他在故意拖延时间，雷布思想。为什么要拖延时间？蒸馏咖啡到了，哈尔戴因品尝了两口，重新镇定下来。

"我来之前坚信，警督，"他最后说，"我不需要和一个不是在执行公务的人说话。"哈尔戴因看见雷布思脸上的表情，笑了："我想看看你是不是你自己说的那种人。我们美国外交官这段时间都特别小心。你的上级告诉我你在休假。"

雷布思咬了一口烤饼，什么也没说。

"作为一个休假的人，警督，我看你显然太忙了。"哈尔戴因喝完了他杯子里的东西，"我很想说见到你是件高兴的事，可是实际上非常令人沮丧。"他开始把胳膊往大衣袖子里伸了，"我不希望你再来打扰我，

---

① 由于苏格兰和英格兰之间存在历史性的矛盾，民族情绪较重的苏格兰人通常不认为自己是英国人。

警督。我今天寄了一张支票支付违章停车罚款。据我所知，你没有别的理由可以找我了。"

"你认识住在皇家马戏广场的什么人？"

哈尔戴因被他的问题弄得措手不及："在新城区？"

"我只知道一个皇家马戏广场。"

哈尔戴因做出在思考的样子。"没有人，"他饶有兴致地说，"我的上司可能要搬到那些区域去了，不过我没有。"

"哪些区域？"

哈尔戴因不打算回答这个问题。他站了起来，正式地鞠了一躬："我希望你不介意埋单，警督。"然后转过身离开了。

雷布思让他走了。他有太多的事情要思考，还有很多咖啡没喝完。

27

    雷布思有两个选择：他可以回家，等法梅尔或者吉尔来抓他；或者去圣雷纳德把问题解决。他选择了后者。

    他在大楼里还没待到三分钟，法梅尔就看到他了。

    "到我的办公室来——现在。"

    雷布思注意到法梅尔的电脑安装好了，而且正在运行。它已经占据了他的桌子，所以他的全家福被移到文件柜的上头了。

    "事情进展顺利吧，长官？"雷布思问。可是法梅尔不想扯太远。

    "你到底在玩什么把戏？我命令你休假！"

    "我在享受每一分钟，长官。"

    "到外国领事馆面前把你自己变成讨厌的人，这就是你的乐趣？"

    "我没有钱出国去玩。"

    "根据你现在做事的方式，恐怕你马上也玩不起了。"

    "这只是件没有了结的事情，长官。"

"什么没了结的事情？"

"这不单单是警察的事情，长官。"

法梅尔向他怒视着："我希望上帝证明这是事实。"

"我发誓如此，否则宁可一死，长官。"

"你离惩戒只有一步之遥，离停职只有两步。"

离天堂还有三步，雷布思想。他告诉法梅尔他能理解。

在办公大厅里，他检查了留言。有六条，贴在他的新帕诺科技电脑屏幕上。他能听到周围键盘敲击的声音。他盯着电脑看，好像它是个不速之客，显示器上的影子也盯着他。

有三条留言来自苏格兰政府办公室的罗里·麦卡利斯特。雷布思拿起了电话。

"我是麦卡利斯特。"

"麦卡利斯特先生，我是约翰·雷布思。"

"警督，谢谢你回电话。"麦卡利斯特听起来松了口气，但是却又很急躁，不像他自己。

"怎么了？"

"我们可以见一面吗？"

"当然，但是你必须告诉我——"

"一点钟在卡尔顿墓园。"电话断了。

白天的卡尔顿墓园可以说是一片荒漠。到了夏天的时候，你可以看到游客寻找在大卫·休谟的坟墓。有点知识的或好奇心更强的人可

225

能会找到出版商康斯坦布尔①和画家大卫·艾伦②安息的地方。还有亚伯拉罕·林肯的塑像，如果还没有被破坏分子用大棒毁坏的话。

在寒冬的下午一点钟，没有人会对墓碑感兴趣。至少雷布思走过墓园大门时的第一印象是这样。可后来他看到一位绅士在仔细阅读碑文，用一把黑色的长雨伞做拐杖。他的黑发中夹杂着银发，从额头很光滑地往后梳。也许因为天气很冷，他的脸和耳朵都红了；他穿着一件黑色的羊毛大衣，腰间还系着带子。

他看到了雷布思，打招呼示意他过来。雷布思爬上石阶走向他。

"很多年没有来过这儿了。"那个人说。他本来是苏格兰口音，但现在在音调产生了变化，母音也被省略了，"我想你就是雷布思吧？"

雷布思看看那个人："是的。"

"麦卡利斯特不会来了。我是他的同事。"

走近一看，这个人的脸上有麻子，眼神有点懒散。他用一只空闲的手玩弄着塞在大衣领子里面的羊绒围巾。

"你叫什么名字？"雷布思问。那个人好像被这个直接的问题弄得有些吃惊又好笑。

"我的名字是亨特。"他说话的方式，还有他的整个气质，告诉雷布思他不仅仅是麦卡利斯特的同事，更可能是他的上司。

"哦，亨特先生，我能为你做什么呢？"

"我对你调查的事情感兴趣，警督。"

"什么事情，先生？"

"你问了麦卡利斯特一些问题。"一辆公共汽车轰鸣而过，亨特提

---

①阿奇巴尔德·康斯坦布尔（Archibald Constable, 1774—1827），苏格兰著名出版商，曾出版沃尔特·司科特的多部作品，以及《大英百科全书》四至六版的补充卷。
②大卫·艾伦（David Allan, 1744—1796），苏格兰画家，以历史性题材的画作闻名。

高了声音，"那些问题让我感兴趣。"

"为什么？"

"为什么？因为苏格兰政府办公室对此感兴趣。"

"具体对什么感兴趣？"

汽车走了，亨特再次降低了他的声音："我简短地说明一下。警督，如果你停止现在的调查，我想会更好一些。我不觉得这是合适的行为。"

"你想会更好？"

"我们的兴趣在这件事上有冲突。"亨特举起他的伞，用胡桃木伞柄碰了碰自己的下巴，"当然，我是个公务员，你是警察，我不应该干涉你的工作。"

"你说得很好，我确定。"

"可是我们两个不都是为这个国家服务吗？"亨特轻轻挥舞着他的伞，扬起地面的落叶，"目前我所能告诉你的就是，警督，你的调查有可能正在影响我们一直在进行的长期调查。"

"我还不知道调查也是苏格兰政府办公室职权的一部分，亨特先生。除非你说的是内部调查。"

"你是个聪明人，警督，我对你的智慧很感兴趣。"

"老实说，先生，我对你一点都不感兴趣。"

亨特的脸有点沉了下来："我们不要在这个问题上争论了。"他的伞扬起了更多的落叶。

"合作？"

亨特想了想："我恐怕不行，这个事情是保密的。当然以后我们可以合作。通力合作。你觉得怎么样？"他伸出手，"君子协定。"

雷布思知道自己不是君子，但还是握了他的手，只是为了让亨特安心。那个年长的人看上去并没有轻松一些，只是暗自高兴这次协商中并没有发生流血冲突——这在他的眼里就算是成功了。他转身想走。

"当我能透露一些内情的时候我会打电话给你。"他告诉雷布思。

"亨特先生，你为什么让麦卡利斯特给我打电话？为什么你自己不打？"

亨特微笑了一下："如果生活里没有一点小阴谋会是什么样，警督？"然后他小心地迈开步子。他的腿有点跛，由于虚荣而不拿拐杖，于是就用伞代替。雷布思等了半分钟，接着快速走到大门旁，窥视右边的街道。亨特沿着滑铁卢广场走着，好像那个地方是属于他的一样。雷布思紧跟在他后面。

这是段很短的路，只到国会大厦：新安德鲁大厦。这里，雷布思想起来了，是苏格兰政府办公室大部分高级官员的办公地点。他也想起来，这个地方是在原来的卡尔顿监狱的场地上建造的。雷布思经过了这座黑色的建筑，穿过马路。他站在旧皇家中学外面，猜想也许苏格兰议会的某个部门会把总部搬进来。它被当做一个备选地址。此时一个孤独的抗议者住在外面，他的标语上写着"权力下放"和"独立苏格兰议会"。

雷布思朝安德鲁大厦注视了两分钟，又回到滑铁卢大厦。他的车违章停在那里，收到了一张罚单，不过他之后会处理的。过去这些年里，他收到的罚单比哈尔戴因要多一点。说一套，做一套，他想。当警察还有一些"额外好处"，他可以免费享用咖啡馆和餐厅，有的酒吧不收他钱，面包师还会塞给他一些面包圈。他不会说自己腐败，可是外面有人说他收取了贿赂，或者准备以后受贿；还有一些人说他已经被收买了。

说一套，做一套。这样想着，他把罚单撕掉了。

回到他的公寓，雷布思整理了他手上所有关苏格兰政府办公室的信息。他在哪儿都找不到亨特的名字。文件通常避免提及相关公务员的名字，虽然它们非常乐于宣扬在位的事务大臣、国务大臣，以及副部长的名字。他们要么是议员，要么在上议院占有席位。就像麦卡利斯特解释过的，他们是暂时的官员，名义上的领导人。提到永久的权力——高级公务员——雷布思看到的只有沉默和隐姓埋名。谦逊？还是谨慎？他不知道。也许是因为其他完全不同的原因。

他拨通了玛丽·亨德森家里的电话。

"有故事要告诉我？"她问，"一个就够了。"

"关于苏格兰政府办公室你知道什么？"

"我知道一点儿。"

"高级管理人员呢？"

"自从我上次研究过之后可能发生了变化。给报社打电话吧。让我想想——给负责哪个部门的人最好呢？内务部还是议会？对了，罗迪·麦格克，跟他谈谈，就说我告诉你他的名字的。"

"谢谢，玛丽。"

"我是真的想听你的故事，警督……"

雷布思打电话到新闻办公室找罗迪·麦格克，很快就接通了。

"麦格克先生，我是玛丽·亨德森的一个朋友。她说你可能可以帮我弄清一些问题。"

"开始问吧。"是西部高地的口音。

"是关于一个人的身份问题，实际上。一个叫亨特的人，在苏格兰政府办公室工作，快六十岁了，需要用拐杖而他却用把伞代替……"

麦格克笑了："让我打断你一下。你描述的是伊恩·亨特爵士。"

"那他在家里叫什么名字？"

麦格克又笑了："他就是苏格兰政府。他是常务副官，通常人们都叫他——"

"常务官。"雷布思说，感觉一阵恶心。

"整个国家政策的发起者。你可以叫他'苏格兰先生'。"

"没有多少人认识他，不是吗？"

"他不需要。用一首老歌里的话说，他有权力。"

雷布思谢了麦格克，放下电话。他有点颤抖。苏格兰先生……他有权力。他不知道自己已经陷入了怎样的境地。

然后电话响了。

"我刚才忘了说……"玛丽开门见山地说。

"什么？"

"记得你问过我吉莱斯皮议员有没有什么问题？"

"继续说。"

"哦，我不太清楚，不过我昨天和BBC苏格兰分部的人谈了一会儿，我现在在女王大街做广播节目。不管怎样，其实有问题的不是吉莱斯皮，是他的妻子。"

"他的妻子怎么了？"

"他们说，她和其他人搞在一起。"

"你是说有外遇？"

"是的。"

雷布思想起来他第一次去议员家里的情形。看起来他们夫妇的关系有点冷淡，不过那个时候他以为是别的原因。

"那和她在一起的那个人是谁？"

"这个我不知道。"

"那么 BBC 的人是怎么知道的？"

"他没有说，只是他上次在市政厅听到的谣言。根据他听到的说法，他觉得也许是另外一个议员。"

"哦，如果你听到了别的消息记得告诉我。再见，玛丽。"

雷布思放下电话，试着把自己的思绪整理好。他盯着那几袋碎纸条，它们帮不了他。他最后又问了自己一遍那个问题。

我让自己陷入怎样的境地了？

28

　　弗兰克·劳德戴尔警督在皇家医务室一间开阔的病房里，但他的床是在靠窗的角落里，可以看见外面的草坪公园。他把自己的床和邻床之前的帘子拉了下来，这样能保留一点隐私。他床边的柜子上有瓶花，它们似乎要在医院过高的温度里枯萎了。

　　"从你这儿几乎都能看到我的公寓。"雷布思说着，看向了窗外。

　　"那一直是让我感到安慰的原因，"劳德戴尔说，"你很久没有来看我了。"

　　"我不喜欢医院，弗兰克。"

　　"我也不喜欢。你以为我在这里是因为它对我的健康有好处？"

　　他们两个都笑了，雷布思打量了一下病人："你看上去不好，弗兰克。"

　　劳德戴尔看上去像是一个试着用安全剃须刀刮胡子的婴儿，把自己的脸搞得一团糟。挡风玻璃划过的地方有很多裂口和伤疤，眼睛也擦伤了，肿得厉害，鼻子上还有难看的黑色缝针印子。他就像喜剧小品里让人发笑的滑稽病人，浑身都是石膏和绷带。

"你的腿怎么样？"雷布思问。

"痒。"

"那应该是好的征兆。"

"哦，我还可以走路……他们是这么说的。"劳德戴尔不自然地笑了，"也许我要瘸掉一条或两条腿。"

"两条会好一些，"雷布思说，"它们会让你觉得平衡。"

"要不要在我的石膏绷带上签名？"

雷布思看了看劳德戴尔腿上的石膏绷带。有几个来看望他的人已经在上面签名了。

"哪只腿？"

"随便你。"

雷布思从口袋里掏出一支圆珠笔。在粗糙的表面上写字并不容易，不过他尽量写得好看些。

"写了什么？"劳德戴尔问，伸长了脖子。

"跌跌撞撞地走过每一条路。"

劳德戴尔又躺了回去："那两个人的事有什么进展？"

他是说威利和迪克西。"我可不知道，"雷布思说，"我在休假。"

"我听说了。"

"哦？"

"你的新上司告诉我的。坦白地说，我很怀疑：如果我了解你的话，只要你还在这个城市，你就会一直在工作。她干得怎么样？"

他是指吉尔·坦普勒。雷布思点点头："她很好。"他不确定那是不是弗兰克·劳德戴尔想听到的。他拿了把椅子到床边，坐了下来："其

233

实我有一个问题，弗兰克。"

"当然你有，这是你到这来的原因。"

"不是因为市长的女儿……"

"你还没有找到她？"

"已经快了。她确实认识车里的那两个人。"

"这我听说了。"

雷布思在椅子上动了动："我实际上还没有把它告诉别人。"

劳德戴尔摇摇头："天哪，约翰……"

"就像我说的，她不是我最棘手的问题。我的问题是一个不重要的失败小角色，他叫小沙格·麦克奈利。"

"那个用锯短了的霰弹枪打烂自己头的人？"

"是的。"雷布思用舌头舔着牙齿里面的洞。"跟你说，他在索腾和一个叫德伍德·查特斯的诈骗犯住在同一间牢房里。小沙格是从另外一个监狱转移过来的，最后就住在了那间牢房。"雷布思死盯着劳德戴尔，"碰巧的是其他犯人都不知道麦克奈利是为什么进去的。顺便告诉你，是强奸。对方是未成年少女。现在，弗兰克，所有这些能告诉你什么？"

劳德戴尔什么也没说。

"它告诉我的是，"雷布思继续说，"高层里有人勾结，阻止别的犯人知道这件事。"

"给我点水，好吗？"

雷布思给劳德戴尔倒了点水。

"为什么有人要那样做？"劳德戴尔把杯子端在手里问道。

"可能的原因很多。让我先说一个很可能的原因：麦克奈利在那里是作为诱饵的。"

234

劳德戴尔喝了一口水。"一个诱饵?"他最后说。

"要么是监视查特斯,要么为了取得他的信任。现在,"雷布思把他的椅子拉得更近一些,好像担心劳德戴尔会逃跑一样,"查特斯进去的原因是诈骗,是反诈骗部门把他弄进去的。领导调查的是警司艾伦·甘纳,现在的副局长。碰巧的是给我放了个可爱假期的人正是副局长。他用皇家警察督察局威胁我,要我停止调查。"

"他最好不要那样做。"劳德戴尔停了一下,"可是皇家警察督察局是个独立的机构。副局长怎么有权控制它的决定?"

这点,雷布思承认他说得对。皇家警察督察局的管理者是公务员而不是警察。

"哦,不管怎样,"他若有所思地说,"压力确实来自甘纳,我确定是他。"

"其他警察可能会接受这个暗示,约翰。"

"我不会。现在,在最初调查查特斯案件的人中至少有两个是我认识的:你本人和阿利斯特·弗劳尔。弗劳尔也一直在警告我让我不要再调查了。这实在形成了一个有趣的圈子,你不觉得吗,弗兰克?"

"为什么来找我?"

"也许因为你是我可以尝试的唯一的人;也许因为——虽然我不愿说——我几乎完全信任你。我的意思是,你是个善于策划的人,也善于抓住机会;而且你也对法梅尔那个位子感兴趣。但在本质上你还是个警察。"雷布思停了一下,"我也一样,所以,快点,弗兰克,告诉我麦克奈利的事情。"

"我不能。"劳德戴尔看到了雷布思脸上的表情,"我不能,因为没什么可说的。你是对的,我确实参与了艾伯咨询的调查,不过仅此而已。我知道的是,如果你不仅得罪了弗劳尔,还有副局长和大块头吉

235

姆·弗莱特，你最好小心点。"

"我想不止这些，"雷布思向他透露道，"还有苏格兰政府办公室，可能还有议员或者部长。"

"上帝呀，约翰。"劳德戴尔低声说。

雷布思站了起来："也许你应该打包准备回家了，他们会把我推进医院来代替你的位置。"

"别开这样的玩笑。"

"谁告诉你我在开玩笑？"

"不要再这样跟我说了。我知道的越少越好。"

"对你还是对我？"

劳德戴尔尽量坐直身体。"让它过去吧，"他建议说，"就这一次，继续过你愚蠢的生活，当做什么都没发生吧。"

雷布思把椅子放回到原处："我不能那样做。"他又把舌头伸进洞里，脓液还没有流完。

"保重自己。"他告诉劳德戴尔。

"那可能应该是我的台词。"

雷布思还没走出病房，就听到劳德戴尔在后面喊他。他回到床前。劳德戴尔已经撑起了身体，眼睛注视着窗户外面。

"弗劳尔。"他说，并没转过身去看雷布思。

"他怎么了，弗兰克？"

"麦克奈利是弗劳尔的眼线。"

"他的密探？"

劳德戴尔点点头，眼睛还盯着窗户。

"谢谢你告诉我这个。"雷布思说完就离开了。

"我希望你真的这么想，约翰。"弗兰克·劳德戴尔平静地说。

236

走廊地毯上躺着一个信封。邮递员早些时候已经来过了，所以这
是有人亲自送来的：没有邮票，只有用蓝墨水笔写的名字。在封口处
有凸起的官方纹章——狮子与独角兽，中间夹着一面盾牌。雷布思知
道这是苏格兰办公室的标志。他用手掂了掂信封，又薄又轻，可是很
结实。他把它放在椅子扶手上，走进厨房往一杯威士忌里加了一些水，
在一个抽屉里找到了一把小刀，然后把杯子和小刀都拿到了椅子那里。
他在用小刀打开信封之前喝了满满一口威士忌。

是张白色的卡片。一封邀请函，上面镶着金边，印着精致的黑色
凸起字体。

伊恩·亨特爵士
恭候您的光临

时间：星期六，三月四号，中午十二点
地点：露水庄园，佩斯郡

卡片的顶端加上了用蓝色墨水笔写的雷布思的名字。没有要求答
复的话，只有一个地址，也没有电话号码。雷布思把卡片翻过来，看
到它还附有一张标明庄园位置的地图，大概在佩斯和奥赫特拉德中间
的地方。现在离星期六只有两天了。

雷布思把邀请函拿到壁炉那里，把它靠在壁炉上方光秃秃的墙上。
他之前去过的住宅都是普通住宅。他觉得露水庄园肯定和那些都不太

一样。

　　雷布思在准备前往牛津酒吧的时候还没有决定到底去还是不去。

　　克拉瑟医生不在那儿。他打电话说他就算来的话也会很晚。酒吧服务员把雷布思的啤酒放在他面前，这时索提·杜加利进来了。

　　"外面真冷。"杜加利说。

　　"不过这里有八十先令①。快点，乔恩，给他倒点毒药。"

　　杜加利坐到雷布思旁边的凳子上："我有些东西给你。"

　　"什么？"

　　"你还记得你问我关于门森的事吧？"

　　是的，雷布思记得。他还问过罗里·麦卡利斯特，只是麦卡利斯特已经被人吓跑了。雷布思怀疑自己能否再次听到他的消息。

　　"怎么了？"

　　"我想起来那是什么了。"杜加利一本正经地说。他的酒来了，他又要了一些薯片。

　　"说说看？"雷布思问。

　　"咸味薯片，乔恩。"杜加利对服务员说。电视的音量被开大了，为了听体育报道。杜加利转向雷布思："它是家公司。"他喝了一口啤酒，"再来一包加盐的。"他告诉服务员。

　　"你说是家公司？"

　　"嗯？"杜加利的注意力已经转向电视了。雷布思把他从凳子上拉起来，拖到门口，来到了冰冷黑暗的卡斯特大街上，车辆经过时发出

①即前文提过的八十—鲍伯（80/），苏格兰传统啤酒。

238

轰鸣。

"这里太冷了！"杜加利抗议说。

"告诉我。"杜加利留恋地看着酒吧的门。"就在这儿告诉我。"雷布思坚持着。

"记得我在一家半导体公司工作过吗？"

"它叫门森？"

"它不叫这名字。不过他们公司有条政策，对解聘的员工进行二次培训。"

"所以呢？"

"所以我就是被解聘的人，这个机构会安排新工作什么的。它举行一些讲座，或者至少原本的计划是那样。它原本计划举办所有那些吸引人的培训项目和活动，不过一半以上都没有落到实处。那一帮家伙就叫门森。"

"它现在还在吗？"

杜加利耸耸肩："我从那以后被解雇两次，从没有再碰到它。"

"它的总部在哪儿？"

"在剧院旁边，在雷斯大道的顶头。"

"你还有没有其他关于它的信息？有文字信息吗？"

杜加利盯着他："我需要问一下我的秘书。"

他讽刺得太用力了，结果很不成功。

雷布思笑了："愚蠢的问题，唐尼①。对不起。"

"我现在可以回到里面去了吗？"

"当然。"

---

①杜加利的昵称。

"有什么问题吗？"

"什么意思？"

"你刚才叫我唐尼而不是索提。"

"这是你的名字，不是吗？"

"我想是的。"杜加利一边说着，一边推开了门。

29

雷布思喝酒的原因之一是为了入睡。

他不喝酒的时候要想睡着实在很困难。他凝视着黑暗，希望它能有个实在的形状让他更好地去理解。他试图找到生活的意义——他早期在军队里灾难惨重的日子；他受挫的婚姻；他作为父亲、朋友、爱人的种种失败——往往以泪水收场。偶尔他也能在没有喝酒的时候进入梦乡，那样他就会噩梦连连，梦见垂老和死亡，腐败与凋零。黑暗在梦中有了形状，但是他不敢看它们。他盲目地奔跑着，有时候还会撞上它们，感觉黑暗就在他周围凝结。

喝醉的时候，他是不做梦的，至少在醒来之前是这样。他可能满身是汗，但是不会颤抖。所以每天晚上结束时他都要喝几杯，往往只是坐在椅子上喝——既然这里已经让他很舒服了，干吗非要去卧室呢？

他坐在椅子上，不去关心窗外的世界，这时蜂鸣器突然响了。他直起身打开台灯，眨眨眼看看手表。一点半。他像刚学会走路一样踮蹒着来到走廊，接起了通话器。

"你好？"

"我是佩兴斯。"

"佩兴斯？"他想都没想就让她进了大楼，然后迅速回到起居室把裤子穿上。当他又走到门口时，她已经到了他门前。她走得很慢，好像是故意的。她的头低着，眼睛看着台阶，并没有看他，头发也没有打理好。

"发生什么事了？"

她径直站到他面前，他可以看到她有多生气。她太生气了，反而变得异常平静。

"我本来在床上躺着，"她平静地说，"我不知道发生了什么事……突然我看到了它。"

"什么？"

"你知道'幸运'死了吧？"

"知道，我很遗憾。"

她点点头："哦，谢谢你去过我那儿，我很感激。我在想，这对它太残忍了。萨米说她把这件事告诉你了。我不知道为什么后来你突然不和我们联系了，然后我就想起来了。我真傻，居然忘记星期天的时候你在。你正好坐在暖房的门的旁边。"她的声音更平静了，"你把'幸运'锁在外面的。"

"佩兴斯，我——"

"你没有吗？"

"你看，太晚了，为什么不——"

"你没有吗？"

"天哪，我不知道……好，是的，如果这样让你觉得舒服一点。"

他用一只手摸着脸，"是的，它发出的吵闹声让我非常烦躁，于是我就锁上了门，后来就忘记了。我很抱歉。"

她从肩上背着的包里拿出一个小塑料袋："这是给你的。"当他伸手去接塑料袋的时候，她往他的左脸狠狠甩了一巴掌，转身就下楼了。

"佩兴斯！"

她停都没有停，只是继续走远。他把塑料袋拿起来，打开朝里看。仅仅是很少的零碎的东西。

是"幸运"的尸体碎片。

到了早上，他把塑料袋拿到了后花园。

后花园实际上是一片快要废弃的公共绿地，四周的花是由住在雷布思楼下的科克伦夫人照管的。房子后门里面有一个上了锁的内嵌式橱柜。这是个公共储藏柜，只是雷布思没有任何想放在公共地方的东西。但他还是把橱柜的锁打开，从里面拿出已故的可爱的科克伦先生留给他的铁锹。

他把塑料袋放在花旁，抬头四处看了看，确定窗户里没有人在看他后，举起了铁锹。

当铁锹碰到土壤时，他感觉到冲击力从手腕一直撞入脊柱。他又试了一次，铲掉了薄薄一层冻土。他蹲下去看他的劳动成果。地面像太妃糖一样，冷冻的太妃糖。

"老天哪。"他说着又干了起来。他可以看见空气中弥漫着自己呼出的白气。后面的房子里，有人站在厨房的窗旁做着早点。虽然天还没有亮，可雷布思知道他们可以很清楚地看到他。

这种暴露在外的感觉最终让雷布思说服自己放弃了。

于是他开车去了牛门。车停好后，他把塑料袋带到了停尸间。

"警督，"其中一个员工说，"今天需要我们做什么？"

雷布思把塑料袋递给他，说了声谢谢，转身离开了。

他早已安排过与霍尔姆斯和克拉克在大学附近一家时髦的咖啡馆里见面，可这地方白天不营业，他们就走到了尼尔科森大街，找了一家干净明亮的咖啡店。

他问他们圣雷纳德现在怎么样。他们表示自己仍然被严密监视，不过还算能应付。

"好，"他说，"我需要你们帮我做些其他的事。我想了解一家公司的情况。它可能已经不存在了，不过大概在一九八六年到一九八七年间是存在的。"

"一家有限公司？"

"不知道。"

"董事是谁？"

雷布思只能耸耸肩："我所能告诉你们的只有它的名字：门森。"

克拉克和霍尔姆斯互相看了一眼。"议员的文件？"他们异口同声地说。

"这是家再就业培训公司，很明显经营不善。它在雷斯大道有间办公室，就在剧院旁边。我想让你们查一下任何你们可以找到的注册公司目录，任何在苏格兰的再就业培训公司。"他朝女服务员点了点头示意点餐。"现在只管点吧，"他告诉他们，"相信我，你们将要做的事情绝对值得一顿大餐。"

他自己去查了雷斯大道。

剧院旁边是家酒吧，还有一个报刊经销处，它们之间有一扇门，关得不很严实。外墙上挂着两块商业牌匾，还有其他牌匾被拆掉后留下的空间。雷布思推开门，发现没有一个铰链是牢固的，然后他走进了一个没有灯的走廊，里面的气味比大多数酒吧还难闻。上去的石阶已经很旧了，墙上有涂鸦。

在二楼，他碰到了两扇牢固的门，一扇门上有一张卡片写着'联合针织公司'，另外一扇门上是一个更陈旧的铭牌：J. 约瑟夫·辛普森联合咨询公司。雷布思爬上三楼，可是那里的门都没有写名牌，而且锁得紧紧的。他又回到了二楼，敲着辛普森联合咨询公司的门，然后把门推开。

他来到了走廊上，感觉和自己的公寓很像。房间被租出去了，其中一个房间的标牌上写着接待处。那个房间的门本来就开着，雷布思走了进去，桌子上的打字机后面坐着一位正在打电话的老人。雷布思对于男秘书并不吃惊，可是他从来没有见过这样年迈的男秘书。桌子上，椅子上，地毯上都摆放着纸质的材料。

那个人被雷布思的进入吓了一跳，把电话"啪"地挂掉了。

"抱歉打扰了。"雷布思说。

"没关系，没关系。"那个人装作在整理几张纸，"我能为你做什么，先生？"

这个人让雷布思想起了查尔斯·劳顿①。他身体圆胖，下巴的肥肉重重叠叠，还有肿胀焦虑的眼睛和肥胖出油的皮肤。他穿着可能是四十年前流行过的套装，还有马甲。那一刻雷布思觉得这个人就是伊恩·亨特爵士臃肿、邋遢的哥哥。

———————————
①查尔斯·劳顿（Charles Laughton, 1899—1962），英国著名演员。

雷布思出示了自己的证件："我是雷布思警督，先生。我对一家曾经在这里办公的公司感兴趣。"

"这里？"

"在这幢大楼里，大约八年前。那时候你在这儿吗？"

"极有可能在。"

"公司的名字叫门森。"

"奇怪的名字。"那个人默默地重复了几遍，"不知道，"他说，"我没有听说过。"

"你确定吗？"

"完全确定。"

"也许我可以和你的老板谈一谈？"

这个人笑了："我就是我的老板。乔·辛普森为您服务。"

"我很抱歉，辛普森先生。"

"你以为我是秘书？"辛普森感觉很可笑，"哦，我明白了。我的最后一任秘书待了两天就走了。没有希望，这些女孩是中介找的，她们总是等着下班，别指望五点以后她们还会多待一分钟。"他摇着头。

"你不记得八年前你的秘书是谁，辛普森先生？"

乔·辛普森摇晃着手指："你认为她的记性比我本人的要好，不过那样你就错了。另外，我的确不知道。在这张桌子旁边坐过的女人太多了。"他再次摇了摇头。

"那么，辛普森先生，八年前在这幢大楼里有什么公司？"

"哦，当然有我的，还有首都纺织公司。"

"现在的联合针织公司？"

"经营首都纺织公司的女人一九八九年离开了。这个地方一年中大部分时间都是空的。然后开了一间电脑陈列室——但只维持了三个月的时间。这个地方又空了，直到伯内特夫人来。她就是联合针织公司的。"

"那么楼上呢？"

"哦，很多年以前那里是办公室。现在它们只是仓库，这样持续了十年或者更长了。"

雷布思无路可走了，虽然没有去过楼上，但他很肯定自己已经进了死胡同。他又试着把门森这个名字拼出来给辛普森听，甚至写在纸上；那个老人能做的就是摇头，肯定并且确定地说出"不"。雷布思谢过了他又回到了楼梯间，靠在扶手上。在爱丁堡有很多这类的小租户公司，规模小，流动性大，没有名字，他无法看到它们是如何盈利的。他想起自己甚至还不知道约瑟夫·辛普森联合咨询公司是做什么的。不过他愿意打赌辛普森根本就没有"联合咨询"的人，也许从来都没有。

正当他要离开的时候，联合针织公司的门开了，两个女人走了出来。她们看了雷布思一眼，继续她们的谈话。其中一个女人穿着一件大衣，手里提着两个鼓鼓的但不重的塑料袋。雷布思推测那是毛线。另外一个女人穿着针织的两件套，红黑相间，还戴了一串珍珠。她脖子上绕着一条线，上面挂着一副眼镜。她身材娇小消瘦，可能跟雷布思年纪相仿。

"好，再次感谢你。"她对要离开的顾客说着，然后转向了雷布思："有什么可以帮忙的吗？"

"伯内特夫人？"

"是的。"她听起来有点不安。

"我是雷布思警督。"他再次出示他的证件。

"有人进来盗窃吗？那些仓库应该有铁门，可是他们还是有办法

247

进去。”

“不，不是入室盗窃。”

“哦。”她看着他，“你看，我正要把水壶放上，要不要来喝一杯？”

雷布思欣然接受了她的好意。

联合针织的布局和乔·辛普森的一样：四间房，分享一条走廊，其中一间房作为办公室。伯内特夫人在里面的水槽旁，往水壶里灌水。雷布思朝其他房间看了看。毛线，很多很多的毛线。装得高高的架子用来陈列这些东西。成箱的针织样式，还有一个有机玻璃盒里装满了成对的针织棒。墙上和门上贴满了针织样式的放大照片。照片上的女人微笑着，很淡定。她看上去像是十五或二十年前的模特。墙上的杆子上缠绕着大团的白色毛线。雷布思喜欢这个地方的气味，它让他想起了他的母亲，还有他所有的阿姨和她们的朋友。他母亲曾经因为他拿针织棒当鼓槌而责备他。

他转过身看见伯内特夫人站在门口。

“你刚才看上去非常平静。”她说。

“我感觉到了。”

“茶马上就好。”

“你知不知道隔壁的辛普森先生是做什么的？”

她轻松地笑了：“这个问题我已经想了很多年了。”

“很多年？”

“他是不是告诉你我是新来的？他不记得我，不过当这里还是首都纺织公司的时候我就在这儿工作了。我当时没有自己的公司，只是个员工。可是当我准备自己开公司的时候发现这个地方倒可以用——唉，我没办法控制自己。”她叹了口气，“感情，警督。怀旧之情——永远摆脱不了。没有太多的顾客愿意从王子大街跋涉过来，我要是在更靠近中心的位置开店会好一些。"

雷布思想起了IBM是怎么在格里诺克落户的故事:也是怀旧之情,不过规模很大。

他跟随伯内特夫人来到办公室。"那么八年前你在这里工作吗?大概是一九八六或者一九八七年?"

她往两个杯子里倒了水。"哦,是的。"

"当时是不是有个机构叫门森?"

"门桑?"

他拼写给她听。

"没有,"她说,"那个时候只有辛普森先生和首都纺织公司。你确定是在这个地方?"

雷布思点点头,看着她从茶叶袋里倒出了茶叶。

"加牛奶和糖吗?"

"只要牛奶,谢谢。"她把杯子递给他。"谢谢。你刚才为什么那样叫它?"

"门桑?"

"是的,听起来像法语。"

"它是法语。是谎话的意思。"

"什么?"

"假的,骗人的,不真实的。茶有什么问题吗,警督?"

"没有,一点问题都没有,伯内特夫人。茶很好。很好。"

为了确认清楚,雷布思在报刊经销处打听了一下。那里的老板在这个地方做了十八年的生意,他也摇了摇头。然后雷布思又和房屋中介谈了一会儿，她告诉他没有任何一个叫门森的公司在这个地方租房的记录。

"你能告诉我这里的房产是谁的吗？"雷布思问，"只是出于好奇。"

那个女人有些犹豫。雷布思再次强调说这次询问是警察调查的一部分，她让步了。

"户主的名字，"她说，"是个叫 J . 辛普森的先生。辛普森先生以个人的名义把房屋出租给辛普森联合咨询公司，联合针织公司，和一个叫阿尔伯特·卡斯特罗的先生。"

"卡斯特罗？"

"隔壁的报刊经销商。"房屋中介说。

"到现在为止什么都没有，"布莱恩中午喝酒的时候说，"没有记录表明这个公司存在过。"

雷布思咀嚼着他的最后一块肉馅饼。"我也开始这么认为了。对了，希欧涵呢？"

"在健身房。"

"健身房是什么东西？"

布莱恩·霍尔姆斯笑了。他在过去一年的时间里长胖了，有人说他现在腰上有游泳圈，甚至还有啤酒肚的迹象。

"我以为你午餐时间会去健身呢。"他说。

"很多年没有这样做了。"

不过那天下午雷布思去游泳了，边思考边游泳，游了二十个来回，然后回自己的小房间坐了一会儿。运动的问题在于：它一点都不好玩。他看到他周围健康活泼的人并没有比其他人更快乐。锻炼延长寿命是没有意义的，如果你无法得到比其他人更多的生活乐趣的话。为了弥补游泳所浪费的时间，他提前到了牛津酒吧，等着和索提·杜加利说点事。可是杜加利没有来，雷布思决定打破规定。

他前往杜加利的家找他。

杜加利离婚了，自己租了一幢很大的房子的顶楼，那离莫里菲尔德体育场很近。他发现雷布思在他门口的时候大吃一惊，就算他发现雷布思和他前妻搞在一起，也不会有这么吃惊了。

"你来这儿干什么？"

"我想跟你谈谈，索提。"

"我今晚不想喝酒。我们老板像对待奴隶一样对我们，有一项很大的定单就快到期了，马西森不停地打电话。"

"马西森？"

"帕诺科技的头头。你应该看看我们老板——"

"索提，很抱歉打扰你，可是外面太冷了。"

杜加利让开让雷布思进去。"我先提醒你，"他说，"这个地方很乱。"

当然，雷布思想，这在单身汉的生活中没什么大不了。

"你是不是垃圾袋用完了？"

"我好像从来都没有时间打扫。要来点啤酒吗？"

"谢谢。"雷布思移开沙发上的比萨盒子、薯片袋子和两个空罐子，一屁股坐了下去。索提回来的时候拿着两罐啤酒，递给雷布思一罐。

"什么事这么急？"

雷布思啜饮着啤酒罐上面的泡沫。"你说过门森在雷斯大道。"

杜加利点点头。

"一家报刊经销处的隔壁？"

又是点头。

"那么，我早晨去看了一下，没有人听说过它。"

"所以呢？"

"所以，你确定它是在那儿的吗？"

"那是它们信笺抬头上面的地址。"

"你确定你不会把他们的信乱放？"雷布思扫视了一下房间。他的意思很明显：你好像张冠李戴了。

"菲奥娜和我分手的时候把所有东西都扔掉了。我是说所有的东西。信件，照片，甚至把我的出生证明都弄丢了。你看到了，约翰，我从来没有真正到那个地方看过门森。我去培训的时候，他们在考斯托非路上的某个地方租了房子。"

"你还记得门牌号吗？"

杜加利点点头："一六五号，考斯托非路。你看，这是菲奥娜和我结婚的日期，五月十六号，所以我记得。"他的脸变得很惆怅，"在生活的母板上，两块芯片被焊接在一起。"

雷布思试图想起他结婚的日子。他想可能是六月或七月，他只记得这么多。

第二天早上，他做的第一件事情就是开车沿着考斯托非路去寻找一六五号。雷布思不知道撒纸屑追踪游戏到底是怎样的，但是他开始感觉他在玩这个游戏了。那个美国人，哈尔戴因，提到过皮包公司。雷布思感觉他正在寻找的就是一家皮包公司，和它的信笺抬头一样不可捉摸。他的考斯托非路之行证实了这一点。

那间办公室套房现在的主人告诉他在一九八六和一九八七年的时

候，这些房间被租出去过一段很短的时间，有时一次只租几天。不过那个时候没有真正主人的记录。那以后这几套房已经转手多次。

"谢谢你的帮助。"雷布思说。

无路可走了，他想。死了的公司。他必须和吉莱斯皮议员谈谈，没有其他路可走了。要么选择这条路，要么全部放弃，那毕竟是所有人希望的结果。但他永远不会成为大众欢迎的人；他从来没有迎合过大众的口味。

他要和汤姆·吉莱斯皮议员谈一谈，不过要在周末以后了。同时，他要赶快买点东西，买几件新衣服。不知为了什么，他觉得自己需要穿新衣服去伊恩爵士家。

死局 ————

30

两根又低又矮的石柱标志着长而崎岖的行程就此正式开始了。雷布思过了主干道，上了碎石铺成的小路后就把车停了下来。这里没有任何标记，根本没有东西可以指示他走得对不对。他看了一下请帖背面的地图，确定路没走错。如此隐蔽的道路实在与伊恩·亨特爵士本人太相符了。雷布思的一边是开阔的田野，很快就变成了茂密的树林，长满苔藓的石砌堤坝将行车道和树林分隔开。

继续开了一英里后，他终于越过树荫的包围，来到了一片草坪前，上面有暖棚和带围墙的菜园。正对着他的是一栋高雅的苏格兰风格的灰色房子，还带有两幢塔楼。塔楼应该是起装饰作用的，底层和房子平齐，越往上越细，塔顶是青石瓦的。那里有三辆车——罗孚800，捷豹，和玛莎拉蒂——停在了干净的粉红砾石上。雷布思把车停在它们旁边，走了出来，尽量不让自己表现得大惊小怪。稍远处有一条小溪把修剪整齐的草坪分开，上面还有一座弧形的桥。这让他想起了圣安德鲁的一个平坦球道。

"景色很好，不是吗？"是伊恩爵士的声音。他正朝雷布思走来，身体稍稍斜靠着一根雕刻着花纹的拐杖。在家似乎就不需要伞了。

"我只是在想我应该把我的三号球杆带来。"

"啊，你打高尔夫？"

"只用三号球杆。"

亨特笑了起来，一只手搭在了雷布思的肩上："这地方很难找吧？"

"还好。"

"很好。"亨特把雷布思领向了房子，"我想我们可以先喝点酒，然后玩一会儿射击，再吃顿简便的午餐。"

"射击？"

"我想你用过枪的，警督。"

"我用过很多东西。"

"我确实想过是不是可以尝试去打野鸡或者冬兔，但最后还是决定打飞靶。"

"哦，它的味道很不错，是吧？"

伊恩·亨特摇了摇头，看上去被逗笑了。"真不知道你接下来会说什么，警督。"

他们进入了一间巨大的厅堂，地板用白色大理石铺成，墙上有壁画；是现代艺术，这点倒让雷布思很吃惊。很多东西在木地板和高柱子的衬托下显得极为不协调。熟铁扶手的楼梯从大厅中央往上升，然后分为左右两边。

"到了，"亨特说，"我帮你拿大衣。"

雷布思脱下了他的新外套，穿着运动式的夹克衫耸了耸肩。他把领带捋平，走进了晨间起居室。

一个仆人正推着手推车分发饮料。雷布思想，我竟然重要到了需要主人自己亲自迎接，而不是派他的手下来。他站着，并没有在看着谁，就这么消磨着时间，一直等到伊恩爵士回来。

　　"你好，约翰。"有个人在和他打招呼，朝他走来后伸出了手。这个人的另一只手上拿着沉重的水晶平底酒杯，看上去有点不自然。等雷布思伸出了自己的手才认出了他。

　　是艾伦·甘纳，副局长。

　　"你认识这些人吗？"甘纳说着，把雷布思带到了装饮料的手推车旁。雷布思从惊讶中缓和过来后的第一个想法就是：我就是甘纳不自然的原因；他的第二个想法是：我已经走进来了，并且是正大光明的。

　　服务员在等雷布思开口要些什么东西。由于一辈子都在逢迎别人，他的身子已经有点弯曲了，薄薄的嘴唇带着讨好人的微笑。他穿着紧身的蓝色尼龙小马甲，所有的纽扣都扣上了。这自然对他驼背的身体有好处。

　　"我要麦芽威士忌。"雷布思说。

　　"西高地还是斯特拉斯佩，先生？"

　　"斯特拉斯佩，不要掺水。"

　　另一位客人笑了："伊恩爵士从来不允许水以任何形式去接近他的威士忌。"他把雪茄和酒杯拿在同一只手上，这样他可以把另一只手伸向雷布思。

　　"科林·麦克雷，"他说。

　　"科林爵士，"甘纳补充道，"苏格兰政府办公室农业和环境部长。"

　　"约翰·雷布思。"雷布思告诉那个人。

　　这样只剩下两位男性客人了，正在两扇落地玻璃窗旁低声交谈。

可是甘纳小心地推着雷布思的胳膊，把他从手推车旁带走了，而此时科林爵士正准备为自己的酒杯里加满酒。最后他们来到一个巨大的石头壁炉旁边。

甘纳用低沉而严厉的声音说："我不知道你来这里做什么——"

"我也不知道。"

"可是既然我们都出现在这里，就必须表现出团结的样子，尤其是在这些人面前。"

"我同意。"

"那么直接称呼名字吧，不必太正式。"

"很好，先生。"

"我的名字是艾伦。"

"艾伦。"

"啊，"亨特边说边走进了房间，用手杖指着他们两个，"总是这样，每个人都拿到酒了，除了主人以外。"

那个服务员自觉地倒了一杯酒。大厅里的电话响了起来，他跑去接，离开房间的时候头也还是低着的。

"干杯，"伊恩爵士说。他示意雷布思加入他们，"见过每个人了吧？"

玻璃门旁边的那两位也过来加酒了，雷布思朝他们点点头。

"罗比，"伊恩爵士说，"过来见见约翰·雷布思警督。约翰，这是罗比·马西森。"

马西森和雷布思握了手。他个子很高，身材不错，一头浓密的黑发和黑色胡子。他的眼镜带着蓝色的光。

"很高兴见到你。"他有点美国口音。

"帕诺科技？"雷布思猜测说。

马西森点点头，有点惊讶自己被认了出来。伊恩爵士对雷布思居然知道马西森而感到好奇。他转向了艾伦·甘纳。

"局长，你们拥有这样素质的员工，犯罪率的下降和破案率的上升还有问题吗？"他又回过头看着雷布思，"这真不可思议。"

游戏已经开始了，雷布思不知道这是什么游戏。不过他知道他对马西森的认识算是其中的一部分。

甘纳纠正伊恩爵士的话："是副局长。"

"口误而已，"亨特边说边对大伙眨眼，"也许我是在预言未来。你知道的，这是我们公务员最拿手的事。杜格尔德，你得把酒加满了。"

杜格尔德伸出手把酒杯加满。没有人介绍他，因为每个人都认识他。他很安静，喜欢思考，也可能他只是不想浪费口舌罢了。他所说的一切都有可能被记下来，移交给媒体后他们就会把它拿来作为攻击他的证据，这是不足为奇的。他可不信任那些他不认识的人。

当然，他不认识雷布思，不过雷布思认识他。他是杜格尔德·尼文。杜格尔德·尼文阁下。

苏格兰事务大臣。

"我们把饮料带去猎枪室吧，"伊恩爵士说，"每个人都准备好。"

雷布思跟着其他人走出房间前，又为自己倒了半杯酒喝掉。

室外的气温可没高过冰点，按照伊恩爵士的说法，真是"神清气爽"和"精神振奋"。他们要去野餐了，必需品在靶场那里等着他们呢。要想到达那个地方必须走过树林。他们在猎枪室穿上了绿色的无袖运动夹克，上面装满了子弹夹。每个人都拿到一把霰弹枪，为了安全起见，枪管都没有装上。

雷布思站在队伍的后面，甘纳放慢脚步和他并行。

"那么你来这里干什么？"甘纳问。

"我以为你知道的。"

"我？"

"你命令我停止调查。"

"我没有做过这样的事。"

"得了，是你要求我住手的。"

甘纳把猎枪在胳膊下夹紧了点。"这跟你到这儿来有什么关系？"

"我倒希望我知道。如果你允许我大胆猜测的话……"

"继续说。"

"呃，我被叫到这儿来，于是你就可以继续对我施加压力了。"

"什么？"

"你会再一次让我收手，我便会受到周围环境和同行者的影响，然后我双膝下跪请求原谅。"

甘纳露出了生气的表情："真是荒谬。"

"那样的话，你来做什么？"

"我不知道，我可是第一次受到邀请。也许伊恩爵士想认识我。他是个聪明的外交家，也是个很好的独裁者。"甘纳停顿了一下，"警察局长很快就会退休了。"

"他还很年轻，不是吗？"

"他的妻子生病了，需要人照顾。"

"所以你会升职？"

"我想是吧。"

"我猜想你有一张无罪证明书。"

"什么？"

"皇家警察督察局的，比如说。抬出他们来吓唬我，这是一把双刃剑，艾伦。"

甘纳眯起了眼睛："你什么意思？"

"沙格·麦克奈利自杀了。我想找出原因，结果发现他一直和一个叫查特斯的人同住一间牢房。尽管麦克奈利是因性侵犯而被抓进去的，但是其他狱友根本不知道这件事。"

"我还是不明白你什么意思。"

"你明白的。麦克奈利是阿利斯特·弗劳尔的线人。弗劳尔在调查查特斯的案件时在你手下工作。麦克奈利被送进查特斯的牢房里是为了监视查特斯吧？如今弗劳尔自己没有足够的能力摆平问题，需要职权更高的人——也就是和你差不多的人——去和大块头吉姆·弗莱特说两句，先生。"

甘纳眼睛盯着地面，什么也没说。

"现在呢，"雷布思继续说，"居然连亨特这样的人也来警告我收手。"

甘纳抬起头看着面前的人。他们跨过落下的树枝，穿过大树下的枝丫，慢慢走着。

"我想和你谈一谈。"

"好的。"

"但是不在这儿。"

伊恩爵士停下来做了个手势："快点，行动迟缓的家伙！我只有一条腿是好的，但我还是比你们快。"他想等他们一起走。

"你在这儿有多少土地，伊恩爵士？"甘纳问，他突然成了彬彬有礼的客人。

"一百七十亩。不过别担心，我们不需要全走完。"

很快他们就出了树林，来到一片有车辙的空地上。空地旁是仅能容纳一车之宽的小路，在那里停着一辆尊贵的路虎，和他们的夹克衫是同样的橄榄绿色。仆人到车后拿出一个巨大的柳藤篮子。空地的中央还有一个人，站立在雷布思认为是飞靶发射器的装置旁边。

雷布思最后还是站在了事务大臣的旁边。这个人似乎并不想说话。雷布思想知道他早晨和罗比·马西森在起居室里说了些什么。

"我有个朋友在你的一个供货商手下工作。"

"哦？"马西森听上去并不特别感兴趣。

"德尔塔纳。"雷布思说。

马西森的胡须动了一下，勉强算是个微笑吧。"那么我希望他这个周末没有其他安排。我已经要求那家工厂这个周末全天上班。我给他们的订单下周三就要交付了，我可不想再换一个新的供货商。"

"君旗的工作进展得怎么样了？"

马西森盯着他看，然后把子弹装进了猎枪的弹膛里面。"进展得很好。"他说，"我能不能问一下你是怎么知道它的？"

雷布思耸耸肩："一传十，十传百。"

"是吗？"马西森把枪合上。

"事实上，我是在斯坦豪斯的一间理事会出租屋里偶然发现了你的商业计划。"

"它怎么在那儿？"马西森看上去非常冷静。

"我也不知道，"雷布思告诉他，"有人在上面写了个潦草的'戴尔基第'。"马西森畏缩了一下，不小心掉了颗子弹。

"发射！"伊恩爵士叫道。一个泥盘飞到了空中。一声爆炸，接着又是一声，泥盘碎了。伊恩爵士放下了枪。

"干得真漂亮。"科林·麦克雷爵士称赞道。

"你知道吗，这很异常。伊恩爵士的星期天一般都是处理公事，不过今天我们这儿却有两个警察。"马西森看上去好像希望雷布思能告诉他点什么，可是雷布思也不知道他指的是什么。

"发射！"更多的人开枪了。

"好的，杜格尔德，好的！"

"告诉我，"雷布思问马西森，"你认不认识一个叫德伍德·查特斯的人？"

"我想我不认识。"

"我听说他在帕诺科技的早期阶段给予过经济上的资助。"

马西森笑了："你的消息不准确。"

"快点，艾伦，到你了！"

轮到罗比·马西森的时候，他两次都没有击中目标。

"不像你的水平啊，罗比。"伊恩爵士笑了，斜眼看着雷布思。他看上去开心得有些诡异。雷布思觉得自己被利用了，但他还是不知道原因，也不知道他是怎么利用自己的。

当轮到他自己射击的时候，他也是两次都没有击中。伊恩爵士要求他再来一次。

"你是个新手，"他说，"得加强练习。我肯定一开始我们都会失手的。"

这一次，雷布思的第二击打中了碟子的边缘。

"看到了吧？"伊恩爵士说，"现在你已经上手了！"

也许他是对的。

雷布思的耳朵里还回荡着枪声，他和其他人一起走到了路虎旁。锡制薄盘子里盛着苏格兰汤和三明治，扁平的小酒瓶里装着威士忌，再大一些的杯子里装着茶。雷布思的三明治是黑面包和熏三文鱼的。

三文鱼被切成条状，洒上了柠檬汁和胡椒。扁酒瓶开始在客人之间传递，他喝了一小口威士忌，然后又喝了两大杯浓茶。他认为所有的游戏都已经开始了，于是需要清醒一下头脑。他不确定自己到底是玩游戏的人，还是筹码，还是注定要牺牲的人。不过他已经看到了一件事情——游戏很危险，他的职业成了赌注，而这可是他人生全部的意义所在。事实上，在场的每一个人都能在自己的权力范围内把雷布思赶出警察局。他开始生气了：生自己的气——气自己为什么要来；生伊恩·亨特爵士的气——他是如此高傲，如此盛气凌人，竟然把自己叫到了这里。雷布思可不是被喊到这里来任凭人们警告他收手的。他把怒火咽下去，放进了心里。它比茶更热，比威士忌更浓烈。

当伊恩爵士抓住雷布思的胳膊把他往暖房带的时候，其他人几乎都进屋了。

"我们会赶上来的！"他对其他人说，然后朝向雷布思，手依然抓着他的胳膊肘，"和罗比·马西森聊得愉快吗？"雷布思甩开伊恩爵士。"我看到了，你和艾伦·甘纳在一起也很愉快。"

"为什么要我来这里？"

"我欣赏你的直率。我请你来这儿是因为我想知道你是否已经下定决心了。"

"什么决心？"

"停止你的调查。"

"你愿意告诉我为何你那么关心这件事吗？"

伊恩爵士的目光更严厉了："我可以告诉你一件事情，如果你愿意听的话。"

他们站在一间长长的暖房前。透过模糊的玻璃窗，雷布思可以看到有支架的桌子，空花盆和放种子的盘子，可是里面没有东西在生长，什么也没有。

"我听着呢。"他说。

"好，我来告诉你，苏格兰的就业率正在面临威胁。"

"哪儿来的威胁？"

"就来自你，警督，只要你继续盲目地打听下去。让它自行其是吧，这就是我想说的。"

雷布思转向了他："让它自行其是？你什么都没有告诉我，我怎么知道哪些该做哪些不该做？"

"你知道该怎么做的，"亨特平静地说，"停止你的秘密调查。如果你继续，那么几百个工作岗位将会消失。你听懂我的话了吗？几百个。我敢说你的良心可不容许那样的事发生。"

"我可不信你的话。"雷布思说。

亨特用一种近乎同情的表情看着他："你相信的，警督。"

他确实相信。亨特的声音，和他说话时身体的轻微颤抖让他相信他说的话，带着满腔盛怒。几百个工作岗位。

伊恩爵士开始向房子走去。雷布思跟在后面，他明白自己永远也追不上他。

照着事先说好的，雷布思和甘纳分别离开房子，然后到奥彻特拉德的一家旅馆会合。

"我不常喝酒。"甘纳对他说，就着橘子汁服下了两片阿司匹林。他们坐在这家高级酒吧的某个角落里。对于星期六来说，街道上很安

267

静。购物的人也许都躲在佩思，或者在商厦和超市里取暖。电视里在播放《赤胆屠龙》①，约翰·韦恩正在进行他的韦恩式散步。

"我可不太玩射击的。"雷布思说。

"所以我们现在都看到了对方一半的生活状态。"甘纳放下酒杯，做了一次深呼吸，"谈正事吧。不管你怎么想，警督，我不是到那里去'把你吓走'的。我和你一样，都是收到了装着邀请函的邮件。我一直在思考这个问题，而我的结论就是：伊恩爵士想让我们两个分别把对方踢出局。或许他觉得我的出现会让你不安。"

雷布思点头表示同意。"另外一种可能，"他补充说，"我们两人的出现是为了吓唬其他什么人的。马西森可不喜欢有警察在那里。"

"他们到底在担心什么？"

"亨特说和工作岗位有关。"

"工作岗位？什么样的工作岗位？"

雷布思摇了摇头。他能给予甘纳多少信任呢？这个人可是第一个想把他踢出局的。

"你是不是打算承认麦克奈利的事了？"

甘纳打量着自己的手指甲："细节处你都猜对了。我是曾经把麦克奈利转移到索腾，让他和查特斯在同一间牢房。然后他去了，又得了癌症，但是没有从查特斯那里打听到任何消息，于是我才安排他提前释放的。"

"之后他直接走到吉莱斯皮议员面前，让自己的脑袋开了花。"

"我不知道他为什么那样做。"

"麦克奈利为什么要进入查特斯的牢房呢？"

---

① 《赤胆屠龙》（*Rio Bravo*），一九五九年的西部片，约翰·韦恩在片中饰演男主人公。

"看看他是否能通过交流来获取查特斯的信任。我想知道查特斯究竟隐瞒了一些什么。我知道他是在试图隐瞒些事情，但是一直到弗劳尔向我推荐麦克奈利的时候我才知道该怎么做。"

"查特斯究竟在隐瞒什么？"

"钱，还能有什么？我的意思不是他真藏了什么，尽管他也许是藏了。早在二十世纪八十年代中期他就开始累积财富了，我们不知道钱到底从哪儿来的。他大概有半打公司呢——全都合法，至少反诈骗部门这样说的——可是它们赚的钱远远高于它们应该得到的。"

"我想那解释了什么叫撒切尔主义。他其中的一家公司是不是叫门森？"

"是的。"

"他所有的公司都是进行再教育培训的？"

"都是那类事情。他们的文件实在令人费解，简直就是迷宫，就连我们的专家都摸不到一条清晰的线索。但是至少在一件事情上他们都达成了共识：德里·查特斯有本事把清水弄得混浊——可能你调查了几个月都无法搞清他公司的经济状况。"

"我听说他曾经资助过帕诺科技。"

"谁告诉你的？"

"是真的？"

"我觉得不是真的。是不是查特斯的某个投资者告诉你的？"

雷布思点点头。

"也许只需一个故事他就能把他们搞得团团转。他很擅长说服人。"

"所有这些都是八九年前的事了。"

"是呀，从那以后他就改过自新了，至少直到艾伯咨询的事情上他才惹怒了什么人。"

"那么你为什么还对他过去做的事耿耿于怀呢？"

"有两个原因。第一，我还在反诈骗部门的时候，花了很多时间和精力追查他，可惜没有任何结果，这可能就是我职业生涯中唯一的污点了；第二，我们调查的时候，估计他已经骗了几百万。"他的话吸引了雷布思全部的注意力，"几百万，"他重复道，"对我来说，这让追查变得很有价值。"

"他从哪儿骗到这么多钱的？"

甘纳只是耸了一下肩。雷布思沉思了一会儿。酒吧里的人越来越多，电视也已经换了台，在播放足球比赛的结果。从来没有过这么多比赛在同时进行，简直令人眼花缭乱。

"我已经看过他与艾伯咨询的案件了。有没有可能让我看看其他资料？"

甘纳看着他："见鬼，东西实在太多了，也没有特定的顺序。你认为你能发现我们的金融大师发现不了的东西？"

雷布思耸耸肩："只想让我自己平静下来。我还想和查特斯谈一谈。"

"什么？"

"他的狱友自杀了，竟然没有人前去询问他麦克奈利被释放之前的心理状况，这实在太奇怪了。我的意思是，除了他还能有谁更了解麦克奈利呢？"

甘纳点了点头："你说的有点道理。"

"说到麦克奈利，你给了他多少钱？"

"什么？"

"他为你干活，给你提供信息，我想他应该有报酬。"

"他没有给过我们任何有用的东西。稀稀拉拉给过他几英镑，就这么多了。”

雷布思的脑海里出现了特蕾莎·麦克奈利的公寓：新门、新装修、新电视。

“这很重要吗？”

“这对小沙格来说很重要，”雷布思平静地说。有人给他钱，他把钱留给了特蕾莎，就像人身保险一样。除了那位狱友之外，小沙格还认识什么有钱人？

甘纳喝完了自己的酒：“我想知道伊恩爵士今晚要做什么。”

“我倒可以想象：他拼命喝酒，想在入睡前把事情全忘掉。他每天都开车去爱丁堡然后再开车回家？”

“他只有周末的时候才去露水庄园。平时工作的时候，他住在新镇的一套房子里。”

“具体是在什么地方？”

“我想是皇家马戏广场吧。”

皇家马戏广场，雷布思想，就是哈尔戴因拿到那几张违章停车罚单的地方。如果你相信的话，生活就是充满了巧合。不过雷布思自己可不相信这是巧合。

31

星期天一大早，洛锡安和边境警察总部的一位睡眼惺忪的警长出现在了雷布思的公寓门口。

"你最好来协助我一下。"他说。

雷布思跟他下了楼来到路边停着的巡逻车上。他从乘客那侧的车窗往里看了看。

"也许我们最好租一个起重机。"

他们花了四个来回才把车上的箱子全都搬进雷布思家的起居室。雷布思把垃圾袋拿到沙发后面，腾出了地板。

"在这儿签个名。"那个警长说。他有一张打印收据：收到所有关于德伍德·查特斯的笔录（八箱）。雷布思签了名。

"还有时间和日期。"警长说。

"下一步你该要小费①了。"雷布思咕哝道。

---

①英文的 tip 既可以作"小费"讲，也可以作"建议"讲，因此后文雷布思给了他一个建议。

272

"如果你给的话。"

"哦，这是给你的：举重物的时候，弯曲你的膝盖，而不是背部。"

他给希欧涵·克拉克打了电话。

"为什么是我？"她说。

"因为布莱恩·霍尔姆斯有自己的家庭。"

"我认为这是歧视。你什么时候过来？"

"一个小时以后吧。"

他整理了一下起居室，垃圾袋被扔到了走道上，文件箱在地板上排成了一字形。他将所有脏杯子、玻璃杯和盘子都收拾好，拿进了厨房。他把咖啡罐里的水倒掉，又重新放回暖气下，接着打开了起居室的窗户，好让这个地方通通风。太阳光照不进来了，这表示秋天过后窗户就再也没有擦过。雷布思觉得自己应该适可而止了。

"她来这儿是为了工作，"他对自己说，"而不是烛光晚餐。"

他们有了两项突破，都是在傍晚的时候。

第一次是发现了一个顾客的名字：奎伦。

"我曾经见过这个名字，"雷布思说。他想了一会儿才记起来，"公务员罗里·麦卡利斯特，他提到过一个叫奎伦的人，是一位建筑承包商。他和SDA之间有过一些可疑的交易——这是他们决定SDA命运时的一个不利因素。"雷布思翻回至前一页的笔录，"查特斯的顾客恰好就是个建筑承包商。"

"所以呢？"

"所以，媒体不知怎么听说了SDA和奎伦的一些事，这可是对SDA的衰败起了推波助澜的作用啊。想想要是SDA消失了，那么谁是受益者？"

"查特斯？"

"是的，若是这样的话财政记录就会被全部刷新，将来不可能有人调查发现SDA有过几百万英镑的流失。"

"你认为查特斯出卖了他的顾客？"

"我可不会放过他身上的任何一件事。"

很快第二项突破也产生了。

从笔录上可以清晰地看到，反诈骗部门只盯着查特斯一个人。任何提到他的合伙人的地方，他们都用姓名首字母缩写或者"有钱人"来代指。没有人会想到SDA的头儿和查特斯的诈骗有任何联系。

所以他们出现的频率很低，甚至在门森案中根本就没有提。但是后来雷布思拿到了查特斯寄给SDA的一封信的照片。上头有门森的标志，还有压根儿就不存在的雷斯大道的地址，它在上面被叫做"门森大楼"。信的下端印着公司的注册序号。

"你在公司目录里找不到门森，是不是？"

"是的，"克拉克说，"我还让他们的档案保管员仔细看了一下。"

"哦，要么他们的确注册过，要么这是个假的序号。"

"档案被放错地方了。"

"这可不就是个巧合吗？"

那张纸的最后一行已经模糊了。雷布思凝视着上面的一排人名，门森董事会成员的名字。

他知道他要找什么，所以他可以轻松地找到查特斯的名字；其他的就困难一点了。他费了好大的力气才辨认出 J.约瑟夫·辛普森的名字。

"是他。"雷布思说。他还需要另外和辛普森谈一次，可是这解释了他为何要对门森的地址撒谎：这家公司不可靠，正在接受调查，而辛普森曾经是董事。在你做生意的时候，可不想让别人知道这种事。

至于第三个和最后一个名字……

"你能看出来吗？"雷布思问，他把纸递给了希欧涵·克拉克。

"开头的字母是 M，"她猜道，"莫奇森？"

"莫奇森？"

"我不知道，也许是马修，差不多的样子。"

雷布思把纸从她那拿回来。马修……莫奇森……"马西森，"盯着那些不清楚的字迹，他说，"可不可能是马西森？"

她耸耸肩："比如在……"

"我昨天遇到一个叫罗比·马西森的人。他经营帕诺科技。"

"硅谷在本土的成功案例？"

雷布思点点头："我们刚刚配置了帕诺科技的电脑，是不是？"

"从警司往下所有人都有。"

这就意味着艾伦·甘纳也会有一台。

"你认为是谁决定这件事的？"

"什么事？"

"比如决定哪个制造商给我们供货？"

"应该是服务部门的头头吧？"

"可是副局长有发言权。"

"也许是，这有关系吗？"

雷布思不知道。帕诺科技在西加尔工业园把电脑零部件组装起来，西加尔工业园出现在议员吉莱斯皮的其中一个文件夹上。门森则是另一个。有消息说，德伍德·查特斯早期资助过帕诺科技。而帕诺科技的老板碰巧出现在伊恩·亨特爵士的家里，并且看上去很焦虑。艾伦·甘纳也在那儿……

一环套一环，他想。苏格兰就是一台机器，从外面看它就是台巨大的机器，但是如果从里面看情况就不一样了——微小，但错综复杂，不是因为零部件太多，而是因为它们都极其复杂地联系在了一起。雷布思清楚自己还在机器外面，但是现在他懂了，他被邀请去伊恩·亨特爵士那里参与射击的其中一个原因，就是伊恩·亨特爵士想把他拉进机器里。他们可以把他变成机器的一部分，模板上的一块芯片。这一切也只需要一些适当位置的朋友。

之后，任何事情都有可能发生。

他们一直辛苦工作到了五点半。

"我希望有人请我吃晚饭。"克拉克说着，开始舒展她的筋骨。

"谁请你？"

"你呀。"她说。

雷布思摇了摇头："我今晚有别的安排，对不起。"

"哎，非常感谢你。我牺牲了我宝贵的星期天来帮你，然后你将我一脚踢开。"她眯起了眼睛，"有约会？"

她采取的是独特的苏格兰式技巧：实则严肃，却装作随便的样子。

"我要工作。"雷布思说。

"工作？"

"我要和一个人去谈谈。"

"是我认识的人吗？"

雷布思摇摇头："不过别认为我不感激你的帮助。"他送她到门口。

当两分钟后门铃响起的时候，他以为肯定是她忘记了什么东西。但是站在门口的不是希欧涵·克拉克，而是吉尔·坦普勒。

"介意我进去吗？"她说完就从他身边走了过去。

"我正要出去。"

"不会耽误你太长时间的。我试过打电话给你，可整个下午都占线。

"我把线拔掉了。"雷布思说，跟在她身后进了起居室。她看到了成箱的文件。

"我看你的确是在享受你的假期。"

"别这样说，吉尔，是他们非让我休假的。记着，当时你也在场。"

"我记得。警司一直在遭受难以置信的压力；如果我是他，我也会这样做的。"

"这听上去不像社交访问。"

"因为根本就不是。市长是你最近一位受害者。他打电话给警司说你对他无礼。"

"他有没有提到具体细节？"

"没有。"

"我想他不会说的。"

"可能法梅尔会在早晨亲自打电话给你。我想这会是一次正式的批评，也许甚至就是停职。"她转向了他，眼里闪烁着光，"你怎么能这样对我？"

"你说什么？"

"我是你的顶头上司。我刚上任一个星期，你就给我惹上了最可怕的麻烦。你认为我会遭受怎样的对待？"

"可是这和你一点关系都没有。"

"怎么会没有？一切都与我脱不了干系。你是我的下属。如果所有的警司都对你手下的一个手榴弹担心不已的话，你让我怎么工作，让我怎么有工作的感觉？"

雷布思点头表示理解。"事情就是这样。你很生气，因为法梅尔对你不够注意。你想塑造一个良好形象，但你却什么形象也没有制造出来。"

"你在曲解我的话。"

"我有吗？"他抓住她的胳膊，"看着我的眼睛然后告诉我。告诉我我错了。"

她挣脱出了他的手掌。"约翰，"她愈加冷静地说，"我来是要警告你。明天早上你的职业生涯也许就结束了。"

"你认为我在意吗？"他试图表现得很随便。

她向他靠近了一步。"是的，"她平静地说，"我认为你在意。"她绿色的瞳孔似乎想要把他吞掉，"我想，最起码你害怕了。"

"害怕？"他笑了，"我当然害怕。我不介意被恶棍逼到巷子角落里，或者失去工作。眼下我要面对的事情才糟糕呢，我简直怕得要死。"

"那么放弃吧。对一些人道歉，然后继续回来工作。"

他再次笑了："就这么简单，是吗？你会那样做的。"

"是的，我会的。"

"哦，我要考虑一下。"

她想考量出他的诚意有多少，可是这就好比在测量海上的雾。

32

大块头吉姆·弗莱特不知道上哪儿去了。

"就算是超人也该到什么地方休息一下。"他的副手说着,把雷布思带到了索腾监狱的一条走廊上。

"没错。"雷布思说,即使他能肯定监狱长是在躲他。他对雷布思撒了谎,现在雷布思知道了。

"没什么人来看德里。"副手说。他是个活泼、神经紧张的人,面色红润,没有穿外套,衬衫的袖子挽了起来。

"那你认识他?"

"我们说过话。"

"有人告诉我他不合群。"

"那是真的,不过我一直觉得他很友好。"

"他没有试图卖给你什么东西吗?"

副手笑了:"不,还没有。不过他真的是个好推销员。"

"他是个什么样的人？"

"大部分时间很安静，从不给我们惹麻烦。"他们快走到一扇金属门前了，门旁站着的看守打开了门锁。

"你真的不要我留下来？"副手问雷布思。

雷布思摇摇头，不过还是绅士地笑了一下。

"好的，你结束后，这里的蒙诺会把德里带回牢房去。"

"再次感谢你。"雷布思说。

他身后的门关上了，钥匙在锁孔里咔嗒响了一下。雷布思独自和德伍德·查特斯待在了一起。

查特斯在地板上来回走动，双手交叉放在胸前，低着头，好像在思考问题。

"你下棋吗？"查特斯问，并没有抬头。

"不下。"

"真可惜。"

雷布思朝房间周围看了看。有一张桌子，桌腿是固定在地上的，一旁还有两把椅子。一面墙上的一块黑板成了这个房间唯一的装饰。

"介意我坐下吗？"雷布思问。

"随便你，舒服就好。"查特斯为他自己的小幽默笑了一下。他继续来回踱步，雷布思看着他。查特斯四十五岁左右，高个子，肩膀很宽。他的打扮没有任何瑕疵，头发分得整整齐齐，脸庞光亮，胡子刮得很干净，手指甲也修过了。

"你知道'死局'是什么意思吗？"

"听起来像德语。"雷布思说。

查特斯第一次抬头看雷布思："它当然是德语。这是棋盘上的一个位置，就是当你移动的时候，无论怎么走都意味着是绝境的位置。可你必须移动。今天的报纸上有一个棋盘难题，我死都解决不了。"

"解决的方法很简单。"雷布思说。

查特斯停止了踱步："什么？"

"玩高尔夫算了。"

查特斯想了一下，然后笑了。他走到雷布思对面坐下，手扶着桌子。"我可以看一下你的证件吗？"

雷布思掏出了他的探视许可证。查特斯借着灯光检查，就好像它可能是某件精彩的伪造品。

"在这样一个星期天的晚上。"他说着递了回去。

"什么？"

"平时都没有太多的人来看我，更不要说星期天晚上了。竟然来了一位警官。"

"我来这儿是想问你关于小沙格·麦克奈利的一个问题的。"

"哦，是的，休。"除了洗礼时的牧师和宣判时的法官，估计再也没有人叫麦克奈利"休"了。查特斯似乎读懂了雷布思的心思："我尊重一个人的姓名，警督。它是我们能带到世界上来的唯一东西，也是我们能带走的全部。我自己的名字有时候被简化成德里。而在这里，我有了个绰号，'学徒男孩'。"

查特斯的声音——安静，没有起伏——有些催眠的效果，一旦他的眼睛固定在了雷布思的眼睛上，就再也不会移开了。

"你知道他自杀了吗，查特斯先生？"

"太不幸了。"

"自杀案必须调查。"

"我不知道这一点。"

"不管你知不知道，碰巧事实就是这样。说吧，麦克奈利和你的话

281

多吗？"

"他总爱说话。老实讲，他让我感觉很烦。就连我想看书的时候，他还在喋喋不休地唠叨一些无关紧要的事情。他只想让牢房充满噪声，好像这里本身的噪声还不够一样。一开始，我还以为他被分到我的牢房是为了对我进行一种微妙的折磨。你知道的，就是精神上的折磨。"

"那么他说什么呢？我想这些都是他单方面的事情。"

"实际上他是在自言自语。至于内容……他说到了他的背景，他的妻子——他没完没了地说他的妻子，我都觉得我要和她的妇科医生一样了解她了。他还提到了自己和另外一个女人的艳遇，有一阵子我还真不相信呢。每次他说完一个故事，他就要求我——恳求我——跟他说说我自己的一些事情。"他停了一下，"你怎么理解，警督？我的意思是，休太关注自己了，但他总是不时地突然停下来问我一些东西。你不觉得这很奇怪吗？"

雷布思没有理会这个问题："他是为什么进去的？"

"看到了没？你拒绝回答！这是我每天必须做二十次的事情。"

"你要回答我的问题吗？"

"他告诉我说是因为入室盗窃。"

"我想你是因为诈骗才进来的，对不对？"

"真有意思，"查特斯思考着，手指按在了嘴唇上，"你为什么要问我休是为什么进来的呢？"

"我只是想，"雷布思临时编了个谎言说，"你们两个有没有谈论过这个问题。我在试图构建他的影像。"

"用来猜测他为什么自杀？"

"是的。"

"好，很明显他自杀是因为他就要死于癌症了。"

"他是那样告诉你的吗？"

查特斯又笑了："我只是猜测。"

"哦，也许你是对的，那可能正是他自杀的原因，但却不能解释他自杀的方式。"

"你的意思是，他为什么找一个议员亲历他最后的典礼？"

雷布思点点头。

"你有没有试着问过议员？"

"问了。"

"那他怎么说？"查特斯想让自己显得只是随口表示关心而已。雷布思盯着他看。

"你认识议员吗？"他问。

"从来没有见过。"

"这不是我问的问题。"

查特斯坐下去，胳膊交叉在胸前。"你正在学习关注细节，警督。我们的比赛可以提高一个层次。"

"这不是下棋，查特斯先生。"

查特斯露出了遗憾的表情："当然不是，对不起。"

"你认识议员吗？"雷布思又问了一遍。

"我看报纸的，警督，我了解时事。所以从一定程度上说，我认识。我知道吉莱斯皮议员。"

"他认识你吗？"

"他为什么要认识我？"

这回轮到雷布思笑了。查特斯使用了"细节"这个词，雷布思觉得他需要迂回一下。

"你经营一家叫门森的公司，是不是？"

"是，那是很久以前了。"雷布思注意到虽然查特斯的外表打扮得体，可是牙齿的颜色却像死鱼一样。"我喜欢这样突然改变话题，警督。你的思想转变方式让人难以捉摸。很难把一个思路飘忽不定的人逼入死局。你为什么对我七年前倒闭的公司感兴趣？"

"我告诉我的一个朋友说我要来和你谈谈。他说他参加过门森在考斯托非路上举办的再教育讲座。"

这样的回答似乎让查特斯感到满意了："他在哪家公司上班？"

"他没有说。他还在从事电子行业，在帕诺科技的一个分包商手下工作。"

"也许讲座会对他有帮助。"

雷布思点点头："我听说那个公司刚起步的时候，你资助过它。"

查特斯扬了扬眉毛："消息总是在一段时间后就难辨真假了。"

"那么你跟它一点关系都没有吗？"

查特斯摇摇头。

"顺便问一下，门森是为什么破产的？"

"它没有'破产'，是我关了它的。我对它厌烦了，又找不到人接手。"他耸耸肩，"我很容易感到厌烦。"他站起来，又开始在房间踱步了，"你知道吗，警督，你告诉我你来这里是为了问一些有关休的问题。我们离这个话题已经很远了，你说不是吗？"

雷布思站了起来。

"这就要走了吗？"

"你太自得其乐了，德里。这可不是件有趣的事情。一个人死了。"

查特斯停止了踱步："一个迟早都要死的人；一个选择以自己的方式结束的人。他比我们大多数人要幸运，这点我敢肯定。如果医生告诉我，我的生命只剩下痛苦的几个月了，我想我也会找把枪的。不

284

过这个世界在我的眼中太不公平了——我周围那些活蹦乱跳的人，那些在医院接受治疗的病人——也许我想为所有的不公平找一个目击者，找那些在我和我周围的人看来是处于领导地位的人。也许我想让他看到我的痛苦，分享我的恐惧。不过他必须是个容易实现的目标——议员就是这样一个容易找到的目标——非常容易接近。他是公众人物。我要向全世界说明：我不想沉默地死去！"

查特斯的话音落下后，沉默中仍有回音。他刻意提高了的音调现在慢慢平复下来。在他的声音饱含着气愤、热情和肯定；他的眼睛紧盯着雷布思的眼睛。他真他妈的是个好推销员。

"我不相信。"雷布思说着走向了门口。

"警督。"雷布思停了下来。"你刚才叫我'德里'——那是恶意中伤。除此之外，你都做得很好。"他再次踱步，"休并不是真的经常谈论他的妻子。还有一个女人……他描述得非常仔细，我甚至现在就可以告诉你她的样子。她的名字叫梅齐。他一直谈论她。我想他爱她胜过世界上任何一个人。也许你应该和她谈一谈。"

"我已经和她谈过了，查特斯先生。"

雷布思离开了牢房，感觉查特斯说出了一个词，足以总结他对此番调查的所有感触，对威利和迪克西，以及人世间所有的生命。

这个词就是死局。

电话响起的时候是凌晨四点钟。他醒了，可是任凭它响。凌晨四点钟，肯定是坏消息。打电话的人坚持着，最后雷布思拿起了话筒。

"雷布思先生吗？"

一个年轻的声音，傲慢无礼，带点醉意。在他身后是吵闹的音乐和噪声，一定是场派对。

"什么事？"

"我是保罗，保罗·达根。"

"保罗，很高兴你打电话来。"

"很晚了吗？我没有戴手表。"

"听起来是个狂欢派对，保罗。把地址给我，我带几个警察过去。"

"别这样，雷布思先生。我有好消息要告诉你：我找到她了。"

"柯丝蒂·肯尼迪？"

"嗯。"

"她没事吧？"

"对于一个瘾君子来说算是不错了。"

"我可以和她说话吗？"

"听着，她说她坚决不回家。她说她的继母是个疯子。"

"我想见见她。她没有必要一定要回家。"

"我不知道。"达根的声音听起来好像不相信他。

"保罗，不要挂电话！听着，如果我给她钱，她愿意和我说话吗？"

"等一下，我要跟她说一下。我不能保证，不过我会问问她，看她
怎么想。"

"就当帮我一个忙，以后等白天的时候再给我打电话。"

"要是你足够走运的话，我甚至会在清醒的时候给你打电话。"

33

他的电话再次响起已经是早上八点钟了。

"什么事？"他声音沙哑，想在嘴巴里找一点唾液。

"约翰？"是法梅尔的声音。

它来了，雷布思想。

"早上好，长官。结果如何——批评，停职还是开除？"

"去你的，约翰。因为你，我的周末过得一团糟。"

"我很抱歉，长官。我从来没有想过给你惹麻烦。"

"那就是你的问题，警督——你太自私了，已经没有其他词可以形容。我想你很清楚你的固执会伤害你身边的每一个人：朋友，敌人，或者陌生人。"

"是的，长官。"

"但是这不会影响你，是不是？"雷布思没有回答。法梅尔明显为这次谈话准备了一番。"只要你个人的道德感得到了满足，那就没问题了。但是你给余下的每个人都带来了麻烦，对不对？"

"有时候感觉是这个样子，长官。"雷布思平静地说。

"那么，也许你需要考虑一下你的道德感，因为它让我很难办。"

"你不需要与我的道德感生活，长官，可是我需要。"

"你的人生哲学显然大有魅力，我只能这样说。"

雷布思皱了皱眉："你什么意思？"

"我和副局长讨论了一下。他说他已经代表你向市长道歉了；他还说皇家警察督察局会调查 F 队，而不是我们。"

F 队，也就是 F 部门，在利文斯顿。

"你在说什么，长官？"

"我是说我想让你回来工作。假期结束了，今天早上到我办公室报到。"

"我约了个牙医。"

"哦，那就今天下午吧。"

"好，长官。"

"约翰，你有没有和副局长有过接触？"

"我在休假，长官。"

"是的，难道一直在休假？"

"哦，也许我在游泳池边偶然遇到过他……"

这又是一个阴冷的天气。没有雪也没有冰，但是有刺骨的寒风和一阵阵的雨。天空中堆积着厚重的云，显得很压抑。就好像整个城市被放进了一个盒子里，而有人把盖子盖得太紧了。

这是雷布思第二次去基恩医生那里，已经没有那么痛苦了。你可以对一切事物感到习惯的。牙齿里的脓液流得很彻底，趁着雷布思把注意力集中在天花板的照片上的时候，基恩为他做了根管治疗。他在照片上找到了保罗·达根的各处房产。也许达根有一点做得很对：他从不向他的"房客"收费太多——他在每一套房子每一个房间上都赚到了钱，但是并没有超出限度；同时，他给他们提供了栖身之所。雷布思知道他可能需要做出一些妥协：如果他想见柯丝蒂，就需要在审判达根的时候给他说些好话。他始终觉得会有审判的。区理事会将要被另外一个实体代替，谁知道什么东西将被一笔勾销？

　　突然，雷布思想起了什么。他看到了他之前就应该看到的东西。他的心思太忙了，都没有听到基恩医生对他说：既然你还在，那就开始补牙吧……

　　雷布思回到圣雷纳德的时候，没有欢呼，没有标语，也没有彩旗。他给自己倒了一杯咖啡。

　　"给聪明人提个醒。"希欧涵·克拉克说。

　　"什么？"

　　"你把咖啡倒在领带上了。"

　　是真的。他的嘴巴还没有知觉，液体从嘴角流了出来。他走进盥洗室拉出一卷纸巾，用水浸湿后擦着领带。

　　"瞧瞧谁来了，"弗劳尔说着，推开了门，"众所周知的那位反复出现的讨厌鬼。"

　　"不要把你自己说得那么难听。"雷布思反击道。弗劳尔来到水槽边，对着镜子整理头发。"我看到你放火，然后又以将它扑灭作为功劳。"

弗劳尔嗯嗯地笑了："谣言传得很快？"

"说到谣言，我和一个人谈论了你线人的事情。"

"哪一个？"

"沙格·麦克奈利。如果打从一开始你就告诉我他是为你干活的，那么我们都会少一些麻烦。"

"我想这可不是那种适合公布于众的事情，"弗劳尔向四周看了看，"在一个人的牢房里插了个线人。"

"可是你现在不介意告诉我了。是副局长说了什么吗？"

"他说你一直在问。"弗劳尔看上去异乎寻常地高兴，雷布思能够猜到是为什么。

"你觉得你是在坐等副局长的贿赂，是吗？"

"哦，如果有关麦克奈利的事情败露了，副局长可能会有麻烦。"弗劳尔眨着眼睛，"他必须让我高兴。"

"你的意思是，他任你摆布；如果计划成功了，功劳是你的；如果失败了，就需要掩盖——这也需要你的帮助。甘纳还是欠了你的。这就是你一直阻挠我的原因：你不想让我接近副局长——他可是你的投资。"

弗劳尔又嗯嗯地笑了，把一缕头发捋到耳后。两个小隔间中的一个传来了抽水的声音，弗劳尔急忙转过头，嘴巴张着，看到隔间的门打开，法梅尔出来了。

这对雷布思来说不意外：他看到法梅尔进了厕所，就在他前面。

"早上好，长官。"他说。

弗劳尔什么也没说。法梅尔指着他："到我的办公室来，弗劳尔警督，马上！"然后他打开门走了。弗劳尔转身咒骂着雷布思。

"你知道！你他妈的知道！"

雷布思把一团湿纸扔进垃圾桶。

一比〇。

前台有人找他，留了个口信。可是当他赶到那儿的时候，周围已经没有人了。他看见外面有个身影在朝他示意，是保罗·达根。他又穿着那件长长的黑色大衣，不过一只袖子上有了个裂口，还有一边的肩膀上有个白色污点。

"无关个人喜好，"雷布思走到他跟前的时候，保罗说，"不过我倒是真的痛恨警察局。"

"对面有个咖啡吧——"

达根摇头："她在等我们。"

"柯丝蒂？"

达根点头。

"在哪儿？"

"你有车吗？"

他们走进了雷布思的车。

达根指引他沿右边的霍利鲁德路走。这里是城区中让人心灰意冷的一块地方，到处是空荡荡的厂房和废弃的仓库。"年轻宇宙"正在建设中，要是你相信宣传商说的，它会让一切再次恢复正常。雷布思希望它会成功。他喜欢符号性的建筑：美国有迪斯尼，苏格兰有在酿酒厂建造的主题乐园。这个主题乐园将会建造在霍利鲁德宫旁边，是皇族在爱丁堡的住所。这个，雷布思也喜欢。

"我们要去哪儿？"

"就在宫殿大门旁边停车。"

每年的这个时候停车还是容易的；暖和一点的季节里，这里到处都是旅游车。有个小孩站在上锁的大门外，从栏杆中间看着远方的宫殿。

　　"按你的喇叭。"达根命令雷布思。雷布思这样做了，可是不起作用。

　　"她在另一个星球上神游。"达根摇开窗户，"嘿，柯丝蒂！"

　　那个"小孩"慢慢地转过身，雷布思看到了一张比支撑它的骨架要苍老许多的脸。没有人告诉他柯丝蒂·肯尼迪是如此骨瘦如柴，如此娇小。但是当她走向汽车的时候，她的脸就像水泥一样僵硬了。口红、眼影、粉底构成了她的面具。她穿着黑色的紧身牛仔裤，更加衬托出火柴棍似的腿，还穿着一件长长的没有形状的套头毛衣，袖子比胳膊要长很多。她的头发发亮，长度垂到肩膀，用发带扎着垂在后脑，斜刘海被染成了血红色，盖住了她的眼睛。她嚼着口香糖，拉开车子后门爬了进去。

　　"你好，柯丝蒂，"雷布思说，"你想去哪儿？"

　　"我想吃冰激凌。"

　　雷布思想起了卢卡斯的店，不过太远了。"托尔克罗斯？"他提议道。

　　托尔克罗斯还算让她满意。

　　他们坐在一家冰激凌店里，她点了菜单上最大的一种，还要了一大杯可乐。这个地方很安静，一对年老的夫妻抽着烟，喝着带泡沫的咖啡；一位不耐烦的母亲对她的孩子们发出嘘声让他们安静，他们正在为一碗五颜六色的冰激凌而争吵。

雷布思点了咖啡，达根点了橘子汁和奶油苹果派。雷布思想起萨米还是小孩子的时候他经常带她到这儿来。他看着市长的女儿，试图提醒自己她已经十七岁了。

"保罗说你想和我谈谈。"她的声音很礼貌，这是一种无法隐藏的特质。雷布思知道她那些街道用词和下层阶级的语言只是最近刚学会的。

"你吸大麻多长时间了，柯丝蒂？"

"你是指快乐药？"

达根看着雷布思。"快乐药，可卡因。"他解释说。

"够长的了。"柯丝蒂回答说。

"长到想要摆脱它了？"

"长到你知道自己永远都摆脱不了了。"她的冰激凌来了，三种不同的口味，上面浇着巧克力酱，果仁，桃子和威化饼干。看到这些，雷布思的牙齿直打战。

"你父亲一直很担心。"他说。

"那又怎样？"

"还有你母亲。"

她吓了一跳，差点把满嘴的冰激凌喷到桌子上："我五岁的时候母亲就死了。你是说'那个和我父亲生活在一起的女人'。"

"好吧。"

"你见过她吗？"

"没有。"

"她是个疯子，天哪。"

"你和她相处得不好。这是你出走的原因吗？"

"是不是一定要有个原因？"

雷布思耸耸肩："只是我认识的出走青少年通常走得比你远得多。"

"你是说伦敦？我不喜欢那儿。我的伙伴都在这里。"

"你的意思是像威利和迪克西这样的伙伴？"

她把勺子放回到盘子上，开始喝可乐。"我喜欢威利。迪克西是个疯子，你永远不会知道他下一步要干什么，但是威利总是对的。"

"你听说他们做的事了？"

她点点头。

"你在桥上给他们放了花环，是不是？"

她又点点头。她用手指沾了沾巧克力酱，试图表现得不那么在意，可是另一种情绪还藏在她的头脑中。那是一丝珍贵的内疚。

"是不是你的主意，柯丝蒂？"

她抬起头看着他。

"是你的主意，不是吗？"

她站起来："我要去趟厕所。"

雷布思抓住她的手腕："你为什么要那样做，柯丝蒂？就是为了钱？你为什么把君旗的商业计划书从你父亲的办公室拿走？"

她挣脱了他："放开我！"她从桌子旁跟跟跄跄地走开，跑向了厕所。雷布思坐下来，点着了一根香烟。

"不能抽烟。"女服务员告诉他。

"可以给我来杯啤酒吗？"

"我们没有许可证。"

雷布思掐灭了烟头，放回烟盒里。他看着桌子对面的达根。

"你喜欢她，是不是？"雷布思问。

达根什么也没说，他用勺子在奶油里画圈。

"还记得我告诉你她把什么东西丢在威利的卧室了吗？那是从她父

亲那里偷来的一些文件。你知道她为什么要把它们拿走吗？"

达根缓慢但是坚决地摇着头："她……不要对她太凶，好吗？"

"不然呢？"

"不然她会跑掉的。"达根停了一下，"再一次。"

厕所的门终于开了，她走回桌子旁边，双手懒散地垂着。雷布思看着她的眼睛，她的瞳孔已经缩得很小了。

"那很愚蠢。"

"那又怎样？"她说，又开始吃她的冰激凌。吃了两大口之后，她把盘子推开了。

"绑架，"雷布思说，"要求赎金——都是你的主意，是不是？"

"是的。"

"为了报复你的继母？"

"报复我父亲。"

"为了报复你父亲？"

她点点头："还有他所代表的一切东西，老浑蛋。"她振作了一些，更有信心了；她一点都不介意跟他说什么。

"你知道你犯罪了吗？"雷布思问。

"我在法庭上不会承认的。我在哪儿都不承认。证据在哪里？不过是两个小男孩的愚蠢计划？"

"有证据的。"雷布思斜眼看着达根。

"你觉得保罗会出卖我吗？"她靠在达根的肩膀上，抚摩着他的脸，"他不会那样做的。"

"就算我在他骗房子出租的案子上帮他，他也不会那样做？"

柯丝蒂摇着头："保罗不会伤害我的。他妈妈太喜欢我了。"

"那么，也许我不需要保罗了。也许我所需要的只是君旗的文件，它把你和威利联系在一起。"他停了一下，"你有没有在最后一页上写上'戴尔基第'？"

她点点头。

"为什么？"

"那是我听见我父亲在电话上说的……我用分机偷听的。戴尔基第听起来很重要，是他担心的什么人。"

"戴尔基第是人？"

"是的。"

"柯丝蒂，你为什么要偷君旗的计划书？"

她的脸因为冷笑而起了皱纹。"那就像是我的父亲，你看到了吗？如果你足够仔细地盯着字里行间，你就能看到我父亲的脸了，他正得意地对着你笑。"

"他为什么要得意？"

"因为它会让他成为一个英雄。那都是骗人的。我听见他在打电话，他们在讨论怎样掩盖它。整个事情就是许许多多的……太多太多的……就是垃圾！"

"我们不允许有这样的语言，"女服务员警告说，"这里有孩子。"

"哦，操他妈的！"柯丝蒂尖叫道，跳了起来，"反正他们都要被人操，和所有其他人一样！"

"我必须请你出去。"

雷布思和达根也站了起来。

"别这样，柯丝蒂。"

"那个女孩在嗑药，我就知道！"

雷布思把钱扔到桌子上。柯丝蒂·肯尼迪的腿崴了一下，达根扶住了她。

"我们把她弄到车子里去。"雷布思说。他知道自己该把她直接带到圣雷纳德，也知道他是不会那样做的。他对自己很生气。

相反，达根带他来到了她居住的地方。是在雷斯的一间公寓，位于枢纽街后面的一条迷宫般的小道。

"这是你的房产之一吗？"雷布思问达根。可是达根正忙于抚摩柯丝蒂的额头，尽管她已经睡着了。

他们把她架上楼，一边一个，手臂环在她的背部，让她的胳膊搭着他们的肩膀。雷布思可以感觉到她微微突起的胸部，和下面瘦瘦的胸腔。

"是你说你想见她的。"达根在为自己开脱。

"我想再见她一次。"他知道她可以告诉他更多，比他需要从她那里听到的还要多。

他试图揪出到底是谁，或者什么东西该为威利和迪克西的死负责。是他正搀扶的这个轻飘飘的身体？小伙子们自己？追逐他们的警察？默许这一切的市长？甚至是把她赶走的继母？不仅仅是继母，还有对市长真面目的认识……

也许是这个制度，萨米全盘攻击的那个制度。那个让威利和迪克西堕落的同时，却养育着伊恩·亨特爵士和罗比·马西森这样的人的制度；自然界必须保持平衡，有人摔倒，有人就会站起来，甚至推倒别人站起来。

或者也许是……也许正是雷布思自己，从废墟中爬出来，却仍然坚持要面对它……站在他们的面前，逼迫他们作出选择。是我的固执，他想，我个人的道德感。也许法梅尔是对的……

"你要和她待在一起吗？"他们走到楼梯顶部的时候，他问了达根。

达根点点头。雷布思知道她会没事的，有人照顾她。

"你呢？"达根问他，"你要做什么？"

雷布思松开了手，往楼下走去。

他去了他知道的一家靠近雷斯大道的廉价酒吧。它有勃艮第葡萄酒颜色的油毡地毯和配套的墙，好像一张血盆大口。

"威士忌，"雷布思说，"双份。"

威士忌端来的时候，他两口就喝下去了。

"你知道吗？"他对离他最近的一个喝酒的人说，"两天前，我还在吃烟熏的野生三文鱼，打飞靶。"

"那种生活更好一些，孩子。"这位年长的酒友说，扶了一下头上的帽子。

那天晚上，科克伦夫人上楼来告诉他，她起居室的天花板上有一小块黑色的斑点。雷布思忘了把咖啡罐里的水倒掉，水渗到了光秃秃的地板上。

他抱歉地说："等它干了我会补偿你的天花板的。"

他本来在椅子上都睡着了，可现在十分清醒。十一点半，太晚了，什么也做不了。这时电话响了，他拿起听筒。

"你推销什么我都不感兴趣。"他说。

"你会对这个感兴趣的。"

雷布思听出来是罗伯特·伯恩斯警员的声音。"不要告诉我西城那边需要我的帮助。"

"还不至于那么绝望。我只是想我可以帮你个忙，这边有桩谋杀案。"

雷布思握紧了话筒："是我认识的什么人吗？"

"尸体旁的证件显示是托马斯·吉莱斯皮。"

"吉莱斯皮议员？"

"我还没有告诉你最精彩的部分：他是在连接邓迪大街和达里路之间的小道上被发现的。"

雷布思试图想象出那里的地理位置。"在墓园附近？"

"是的。小道的名字叫做棺材路。"

棺材路从达里路往上，很陡峭。繁忙的临西路在它的一边，达里墓园位于另一边。这是一条狭窄的路，光线很好，就是太长了。

"如果有人半路把你拦住，"伯恩斯对雷布思说，他正带着他沿着那条小路走，"你就无处可逃了。"

"但是你能看到袭击者，是不是？没地方好躲的。"

伯恩斯朝着墓园的墙点了点头。"你可以站在那后面，听着你等的人走过来，当他们靠近的时候你就跳出来。这是埋伏的绝佳场所。"

"你认为事情就是这样？"

伯恩斯耸耸肩。他们现在离尸体很近了，拿着手电筒的警察正在墓园里寻找足迹和凶器。小道的两头都封住了，尸体周围有一堆警察，但真正能接近它的只有病理学家盖茨教授。盖茨在告诉摄影师怎么做，戴维森警员在和殡仪员商量着。尽管穿着便衣——棉夹克和牛仔裤，没有穿黑色的套装——但是还是很容易就能认出来谁是殡仪员。

"尸体怎么被发现的？"雷布思问伯恩斯。

"有人从迪格斯出来，沿着安格公园的台阶走，然后朝下看，就看到了尸体。他们以为是睡在外面的流浪汉。哦，在乔治路上有一个晚上可以住宿的地方，所以那个人走下来想告诉他。"

"像是个良好公民。"

"他看到了血，马上明白发生了什么事，然后就打电话给我们。"

雷布思指着躺在离尸体两米以外的钱包："钱包就一直躺在那儿？"

"是的，驾驶执照，献血卡……"

"但是没有现金或信用卡？"

"被拿走了。"

"没有人看到袭击过程？"

"我推测他是从墙外把它扔回来的。"

盖茨教授已经完成了初步检验。"我们可以把它包起来了。"他说。

可是雷布思想先看一看。托马斯·吉莱斯皮以一种胚胎中的婴儿般的姿势躺着。他落下来的时候还没有死，痛苦地蜷成了一团。

"是刀捅伤的，"盖茨教授说，"这一击可能就杀死了他。"

"有人通知他的遗孀吗？"

"你是在自告奋勇吗，约翰？"戴维森说。

"这可不是我的职责，记住。"

"不，可是你认识死者。你有什么要跟我们说的吗？"

雷布思摇摇头："不过我得问个问题：他在这儿做什么？他住在曼彻蒙特，甚至有可能从来没有听说过棺材路。我也没听说过。那么他为什么来这里？他要去哪里？"

"也许是去迪格斯。"

迪格斯实际上是家运动员酒吧，可是由于过去经常光顾的是挖墓者，所以就有了这样的别称①。

①迪格斯原文为 Diggers，有挖掘者之意。

300

"这不是什么捷径吧？"

"不是，"戴维森同意说，"问题太多了，约翰。"

"我知道你是怎么想的，戴维森。你觉得这只不过是行凶的人找错了对象——袭击者：无名氏；动机：抢劫。"

"那让我听听你的见解。"

雷布思笑了。他的脑中充满了见解，太多的见解对他自己也没有好处。"给我支烟。"他说。

"现场不能抽烟，约翰。"戴维森提醒他。雷布思再次看看尸体，它被装起来了，先去太平间，然后是火葬场，你在世界上最后的旅程和你最初的旅程一样可以预料。

"我问你是否有什么见解。"戴维森说。

"好，好。"雷布思举起手表示服输，"带我回到你那温暖的警察局吧。给我一支烟，我就会告诉你一个故事。只是，如果你觉得没有道理可别怪我。"

他会告诉戴维森的还不到他所怀疑的一半。

而他所怀疑的也不到他所害怕的一半。

34

第二天早上，戴维森警员去了议员遗孀家，雷布思也去了。

窗帘是拉下来的，让雷布思想起了麦克奈利葬礼的那一天，特蕾莎的公寓。来开门的不是吉莱斯皮夫人，而是海伦娜·普罗非特，她穿着稳重的黑色衣服——短裙，连裤袜和鞋都是黑色——还有一件简单的白衬衫。

"我一听说就过来了。"她说着，把他们带进去。她看到雷布思的时候很吃惊。雷布思想，我们必须停止在这样的场合见面。

"两位警官来看你了，奥德莉。"普罗非特小姐一边说，一边打开了起居室的门。

这间房子很大，最显眼的是紧靠两面墙上的书架，它从地面一直延伸到了天花板。电视机好像不常用，虽然有录像机，但雷布思只看到五六盘带子。房间一个拐角处有一张巨大的桌子，上面堆满了文件，还有一张小桌子，上面放着电话和传真机。这个房间，在他看来好像只是设在房子前部的一个办公室，这让雷布思开始怀疑吉莱斯皮的家庭生活是怎样的；或者更确切地说，怀疑他没有家庭生活。

他的遗孀坐在沙发上，腿盘在臀部下面。她想站起来，可是戴维森摆手让她坐下。看起来她根本没有睡觉。地板上有个空杯子，旁边有一个装着药片的棕色小瓶子。虽然有暖气，奥德莉·吉莱斯皮还是在发抖。

"要不要泡点茶？"海伦娜·普罗非特问。

"不要，谢谢。"戴维森说。

"那我不泡了。我要不要等会儿再来，奥德莉？"

"只要不太麻烦你。"

"当然不。"她的眼睛已经红了。雷布思从她的举止中看出她和所有人一样大哭过。他跟着她走出了房间。

"你能不能去厨房里等一会儿？我想和你说几句话。"

她迟疑了一下，点了点头。雷布思回到起居室，在戴维森旁边坐下。

"还记得我吗，吉莱斯皮夫人？"戴维森说，"我们昨天晚上见过。"

戴维森人很好，比很多警察都要好。这是个技巧，考虑别人的伤痛，权衡一下该说什么，怎么说，知道他们能够承受多少。

奥德莉·吉莱斯皮点头，然后看看雷布思："我也认识你，是不是？"

"我曾来和你丈夫谈过话。"雷布思尽量用和戴维森一样的语调。

"医生来看过你了吗，吉莱斯皮夫人？"戴维森问。

"他给了我药片想帮我入睡。他竟然觉得我还能睡着，真荒唐。"

"你没事吧？"

"我……"她在想她应该怎么说，"我尽量应付，谢谢。"

"你觉得能不能回答一些问题？"

她点点头。戴维森放心了一些，他掏出了笔记本。

"那么，"他说，"你昨天晚上说你丈夫出去是去见一个选民——他是这样跟你说的？"

"是的。"

"但是他没有说他去哪里见这个选民？"

"没有。"

"也没有说这个选民的名字？"

"没有。"

"也没有说他们要讨论什么？"

她耸耸肩，回忆着："我们像平时一样在八点钟吃饭——我做了炖鸡肉，汤姆最喜欢吃的。他吃了两份。晚饭后，我以为他要么在办公室里工作——他总是有工作要做——要么看报纸。可是没有，他说他要出去。"

"结果他去了达里。你吃惊吗？"

"非常吃惊。我们不认识那一带的任何人。他为什么要对我撒谎？"

"那么，"雷布思插了进来，"他是在向你隐藏什么，是不是？"

"你什么意思？"

戴维森给了雷布思一个警告的眼神，雷布思的语气柔和了一点。

"我的意思是，那天我来的时候你们正忙着将一些文件用碎纸机粉碎掉——几大口袋——用一台你丈夫特地租的碎纸机。"

"是的，我记得。汤姆说他办公室没有地方了。它们是过去的东西了，你也看到了，这些文件把办公室弄得很乱。"她朝房间指了一下。

"吉莱斯皮夫人，"雷布思坚持着，"你丈夫领导着工业计划委员会——那些文件和这有关系吗？"

"我不知道。"

"如果它们是过去的东西，干吗要费事把它们粉碎掉？为什么不直接扔掉？"

奥德莉·吉莱斯皮站起来向壁炉走去。戴维森生气地瞪了雷布思一眼。

"托马斯说它们可能会落入不适当的人手里，比如记者之类的。他说这和保密有关。"

"你究竟有没有看文件？"

"我……我不记得了。"她的情绪开始失控了，湿润的眼睛到处看，但就是不看两位警察。

"你不好奇吗？"

"你看，我觉得这和我一点关系都没有。"

雷布思走到她跟前，握住她的手。"它可能跟你丈夫的谋杀案有很大的关系，吉莱斯皮夫人。"

"那个，约翰，"戴维森抱怨说，"我们还不知道……"

可是奥德莉·吉莱斯皮正在注视雷布思的眼睛，从那里她看到了她可以信任的东西。她眨了眨眼，抹掉了眼泪。"他很保密的，"她说，强迫自己冷静下来，"我是说，对他从事的任何事情都很保密。他做了几个月了——用掉了一年中最好的时间。我过去经常抱怨他投入的时间太多。他告诉我说一切都是值得的，他说我们应该一直用长远的眼光看问题。他那样说的意思是有一天他会做国会议员，这是他生活的目的。"

"你一点都不知道他的这项计划是什么？"

她摇摇头："他在委员会供职时发现了什么东西。我知道和账目有关；我可以读懂他看的那些东西——财务报表，利润和亏损记录……我受过会计方面的培训，这点汤姆有时候会忘记。我现在经营着好几家商店，不过我仍然管理账目。我本来可以帮他的，可他总是喜欢自己一个人处理所有的事情。"她停了一下，"你知道吗，他需要我的唯一理由就是我的钱。要是这听起来很无情，那我很抱歉。"

"一点也不。"戴维森说。

"那些是公司的账目吗，吉莱斯皮夫人？"雷布思坚持问。

"我想应该是，牵涉其中的数目有几亿。"

"几亿英镑？"

所以这不仅仅是门森，甚至不仅仅是查特斯的王国。它大了很多。雷布思想起了帕诺科技，然后想起了还有一个人用过"几亿"这个短语……是罗里·麦卡利斯特，或者和他差不多的人。

"吉莱斯皮夫人，这些数字有没有可能和 SDA 有关系？"

"我不知道！"她又跌回到沙发上。

"好了，约翰，"戴维森说，"你说够了。"

但是雷布思没有意识到戴维森的存在。

"你看到了，吉莱斯皮夫人，"雷布思说着，在她旁边坐下，"有人想吓唬你的丈夫，他成功了。他们给一个叫麦克奈利的人钱，让他去吓唬你丈夫。我不知道他们是否清楚麦克奈利会做到什么程度。麦克奈利和你丈夫面对面，我觉得是想给他捎个信，警告之类的吧。然后麦克奈利自杀了，只是为了让警告更深入人心。他反正是要死的，而且有人给了他很多的钱。你丈夫害怕了，真的害怕了，于是租了碎纸机来销毁他碰过的所有东西，所有证据。"

"什么东西的证据？"她问。

"一些非常关键的东西。现在，麦克奈利没有成功，他死得太壮观，所以引起了我的注意。我觉得我知道的还不到你丈夫知道的一半，但是这不重要；重要的是，这些人要么怀疑你丈夫在帮我——也许他已经给了我证据——要么他最终会和我谈谈。不管怎样，他们觉得仅仅吓唬他是不够的，他们必须更进一步。"

"你的意思是，如果你不管不问，汤姆也许还活着。"

雷布思低下头："我同意你的话，可是我没有杀你丈夫。"他停了一下，"我愿意找出是谁干的。"

"我能帮些什么忙？"

雷布思瞥了一眼戴维森："你可以讲讲你觉得可能有帮助的东西。你可以看看你丈夫的文件，也许那里会有什么线索。"

她想了一会儿："我会不会也有危险？"

雷布思把一只手放到她的手上："一点也没有，吉莱斯皮夫人。你看，有没有什么人能让汤姆推心置腹？"

她开始摇头："没有，等一下……有个人。"然后她站起来，离开了房间。戴维森严厉地盯着雷布思。

"看到了没，"雷布思告诉他，"你的鲜花和安慰值得赞赏，但人的弱点才是我们要找的。"

戴维森一句话也没说。

奥德莉·吉莱斯皮拿了一本办公日记进了房间。"汤姆从五月开始办这件事，不过一直到十月和十一月才开始走上正轨。"她翻到这些月份的地方，每一天都填满了会议和约会。

"看到了吧？"吉莱斯皮夫人说，指着一页，"这里的这些会议。这个星期两个——"她翻过两页——"下周两个"——又翻了两页——"还有三个。"

这些会议只是一连串的时间，加上相同的两个字母：ＣＫ。"卡梅伦·肯尼迪。"雷布思说。

"是的。"

"谁？"戴维森问。他也来到沙发跟前看日记。

"市长，"吉莱斯皮夫人解释说，"他们一直在午饭的时候见面。我之所以记得，是因为汤姆要把他的西装送去干洗；见市长的时候他必须保持最好的状态。"

"他没有说他们为何如此频繁地见面吗？"雷布思已经把日记拿来翻看了。直到十月份他才开始和"CK"见面，那以后他们一个星期至少见一次。

"汤姆暗示说如果重组的话他会有个好职位。他和市长在同一个政党。"

"这很有意思。"雷布思说，他坐下来更仔细地读那本日记。

戴维森有一些问题要问——很平常的问题——所以雷布思离开了。他看到海伦娜·普罗非特坐在厨房的餐桌旁边玩弄一块手帕。

"可怕的事情。"她说。

"是的。"雷布思说道，并在她对面坐下。他想起了查特斯说的"细节"，以及戴维森面对那位遗孀的方式，但他还是找不到合适的方式去问他想问的问题。"普罗非特小姐，这个时候可能……"她看着他。"不过我想知道你是否了解……这个……你是否怀疑过吉莱斯皮夫人和她的丈夫……"

"你的意思是，"她轻柔地说，"他们的婚姻怎么样？"

"是的。"

她的脸色变得严肃起来："这个问题很卑鄙。"

"这是谋杀案调查，普罗非特小姐。如果打乱了你的情绪，我感到十分抱歉，但是有些问题必须问。我越快得到答案，就越有可能抓住凶手。"

她考虑了一下："我想你说得没错。但是这仍然是卑鄙的。"

"吉莱斯皮夫人有外遇吗？"

海伦娜·普罗菲特什么也没说。她从桌子旁边站起来，把大衣的纽扣扣上。

"好了，"雷布思说，"那么市长呢？吉莱斯皮议员有没有告诉你他们为什么这么频繁地见面？"

"汤姆告诉我他必须向市长汇报。"

"汇报什么？"

"他没有说。我想是和工业委员会有关的事情。问完了没，警督？"

雷布思点点头，海伦娜·普罗菲特小姐走出了厨房。他听到前门开了又关上的声音。我处理得很漂亮，他想。

雷布思回到起居室的时候，戴维森正合上笔记本，感谢奥德莉·吉莱斯皮为他腾出了时间。

"不客气。"那位遗孀一直保持着礼貌。

雷布思和戴维森坐在外面的车子里商量事情。他们正准备开走的时候，看到了另外一辆车在缓慢行驶，想寻找停车的地方。那是一辆烟灰色的运动型丰田。

"等一下。"雷布思说。他调整了一下后视镜，这样他可以看到那辆丰田停车的地方。门开了，罗里·麦卡利斯特走了出来，神情焦急。他锁上车门，整理了一下头发，绕开路上的水坑走向了奥德莉·吉莱斯皮家的前门。

雷布思把戴维森带到雅顿大街，上了两段楼梯来到他的寓所。

"给你看一些东西。"他说，然后指向了过道上的垃圾袋。

戴维森惊讶地注视着它们："粉碎的文件？"

雷布思点点头。

"我不会问你是怎么弄到手的。"

"吉莱斯皮夫人不会找我们的麻烦，尤其是如果它们能帮我们找到凶手的话。"

"我在想辩护律师会怎么看它们？"

"我可以不时地编造故事。"

"那么我应该怎样对待它们？"

"你在领导一桩谋杀案的调查，戴维森。不管是谁计划了吉莱斯皮的谋杀，他的身份就在那里面。所以把它们带回到多弗彻大楼，找一队人马去把这些纸重新拼起来。"

"我觉得我老板不会答应的，我们正缺人手。你不能把它们带到圣雷纳德吗？"

雷布思摇摇头："知道原因吗？我不知道我可以相信谁，我最不愿意看见的就是这些袋子被有意放到了错误的地方。所以不要告诉任何人这些纸是什么，不要告诉任何人你从哪儿弄到的。当你拼好的时候，我敢肯定你会找到名字和动机。快点，我帮你把它们装上你的车。"

"过于宽容真是个错误。"戴维森说完，拿起了其中一个袋子。

他们开车想去太平间和盖茨教授谈一谈，可是他正在大学教师俱乐部里吃午餐，所以他们从牛门赶去了钱伯斯大街。

雷布思以前来过教师俱乐部，他明白只要你看上去像这个地方的人，你就可以进去。可是看门的出来拦住了他们，也许他们看上去没有学术气息。雷布思出示了他的证件，这就没问题了。

盖茨一个人在吃饭，一份新的报纸折叠着放在他的盘子边上。他的面前是半瓶葡萄酒和半瓶水。

"你们怎么来了？"他们坐下的时候，他说，"你们不吃一点吗？"

"不，谢谢。"戴维森说。

"也许得喝一杯。"雷布思说。

"我可以向你推荐这瓶水。"盖茨说道，想保护他的葡萄酒。

他们决定喝啤酒，女服务员从酒吧拿了过来。

"我可以为你们做什么？"病理学家说，切开最后一个煮土豆。

"我们只是想知道，你能提供给我们什么信息。"

"关于昨天晚上的捅人案？给我一次机会，好吗？你们找到杀人凶器了吗？"

"没有，"戴维森承认，"我们也没有找到任何足迹。墓园的地面冻住了。"

"好吧。它是一把很长的刀，从伤口周围的皮肤看，刀刃是锯齿状的。到现在为止只能说这么多。死者曾经试图自卫，手上有反抗时留下的伤痕。另外他吃了油腻的东西，他的手指上有油。"

雷布思看着戴维森："你在尸体附近有没有找到任何包装袋？"

"没有什么可疑的东西。你想说什么？"

"吉莱斯皮在八点的时候吃了顿大餐——炖鸡肉，双份。你认为他是用手指吃的吗？"

"应该不是。"

"那么他怎么在不到三小时之后又去快餐店呢？"雷布思转向病理学家，"检查胃部内容的时候，我敢肯定你除了炖鸡肉什么也找不到。"

"我确实觉得，"病理学家说，"这很奇怪。我的意思是，大部分人吃过快餐都会把手指擦干净，可是他手上的油脂非常明显。"

　　这告诉了雷布思他想知道的一切。

35

　　直到午饭时间雷布思才走进伊丝特路上的那家快餐店。两个穿着夹克衫系领带的人排在一个青少年后面，这个少年穿着缝口开线的薄风雪大衣。雷布思站在队伍的最后等着，微笑着向服务员招手，服务员没有理他。

　　终于轮到雷布思了。"你好，格里。"

　　炸鱼的格里在擦拭着洒了一些果酱的工作台。

　　"还记得我吗？"

　　"你要什么？"

　　雷布思斜靠在柜台上："我想知道昨天晚上九点到十一点的时候你在哪儿，最好有不在场的证据让一切都结束。"

　　"为什么？"炸鱼的格里问。

　　雷布思只是笑了笑："快点，我们出去兜兜风。"

　　"我不能去。这里只有我一个人。"

"那么把所有的东西都关掉，我们可以把门锁上，也许可以挂个牌子写上'暂不营业'。"

炸鱼的格里弯下身好像要伸手找开关，然后把什么东西扔过了柜台，朝雷布思飞来。是蘸过面糊的鱼，刚从油里拿出来。雷布思低下头，它从他的头上飞过去，油滴在了他的身上。炸鱼的格里想跑，他用肩膀撞开通向厨房的门。雷布思从柜台绕过去跟在他后面。到了厨房里，炸鱼的格里把一袋土豆推倒在地，自己已经快跑出了后门。雷布思从土豆上艰难地跨过去，跳了一下，差一点就能抓住格里的脚踝了。他直起身子往外跑，发现自己来到了一个小巷子里。他的左边是条死路，右边是炸鱼的格里，他向前奔跑着，白色的围裙在膝盖的两边扇动。

"拦住他！"雷布思叫道。

戴维森不需要别人说第二遍。他站在巷子口，两只手插在口袋里，好像一个随意的旁观者。可是当炸鱼的格里从他身边跑过的时候，他扬起一只胳膊掐住了他的喉咙。炸鱼的格里摔倒在地，好像被地上的弹簧袭击了一样。他的双手放在喉咙上，开始干呕。

下午四点钟，炸鱼的格里还在审讯室里沉默着。雷布思开车出去了。

格里是个老手，他知道怎么玩"协助警察询问"的游戏。他会保持沉默，不管有没有律师在场。到现在为止他一直坚持这是骚扰，他要和ＳＷＥＥＰ的什么人谈一谈。要想指控他谋杀，这比雷布思认为的要困难。必须要有证据。雷布思向戴维森解释了他怎么会想起炸鱼的格里，现在轮到戴维森去说服他的上级，他们有足够的理由得到炸鱼的格里的住所和快餐店的搜查令。快餐店老板已经解释过格里头一天晚上没有夜班。雷布思清楚地看到了一切：安排好的会面，吉莱斯皮到了，炸鱼的格里突然出现在他面前，吉莱斯皮试图保护自己不受袭击，抓住了炸鱼的格里那油腻的衬衫或夹克……

有一点很麻烦。炸鱼的格里是不可能凭借一个人的力量引吉莱斯皮上钩的。肯定还有其他什么人，他相信的某个人，他想见的某个人……

卡梅伦·麦克劳德·肯尼迪阁下，太平绅士，在那个叫做考斯托非——也就是之前的南加尔——的地方有一座独立的平房。这些房子继承了昆斯费里路上那些方方正正的平房的风格。路边停的车不多，大部分平房都有车库，至少有个停车点。雷布思把车停在市长家门外。他到达花园大门之前，门就已经开了。市长站在门口，他的妻子在他身后。

"你在电话里听起来很神秘，"肯尼迪边说边和雷布思握手，"有什么消息？"

"老天会按照他认为合适的方式做的！"他的妻子突然大喊起来，声音在她笨重的身体里隆隆作响。市长让她进屋里去，自己把雷布思带到了前面的起居室。

"我见到她了。"雷布思说。

"她在哪儿？"肯尼迪夫人又叫起来。雷布思看着她。她的大眼睛一眨不眨，短小而肥胖的手握成了拳头，头发绾成不整齐的圆发髻，满脸发光。雷布思猜她是西高地人。说她有宗教背景一点都不奇怪，只要有满腔热情，一些藐小的自由主义信徒也敢挑战穆斯林原教旨主

315

义者。

"她很安全，肯尼迪夫人。"

"我知道！我已经为她祈祷了，当然她是安全的。我一直在为她的灵魂祈祷。"

"贝丝，求你……"

"我一生都没有像为她祈祷这样祈祷过什么。"

雷布思朝房间四周看了看。家具摆放在地毯上精确的位置，屋里装饰品之间的距离看上去像是由专业人士操刀划定的。两扇小窗户上挂着网状窗帘。有几张小孩的照片，可是没有一张是十二岁以后的。很难想象一个十几岁的孩子怎样在这里度过夜晚。

"警督，"卡梅伦·肯尼迪说，"我还没有问你要不要喝点什么。"

雷布思猜想酒不会在所选范围之内。"不，谢谢。"

"我们有从纽约带来的生姜果汁。"肯尼迪夫人叫嚷着。

"谢谢，不过不用了。实际上，先生，我来这里主要不是说你女儿的事。我想和你谈谈有关汤姆·吉莱斯皮的事。"

"可怕的事情。"市长说。

"但愿好心的上帝把他的灵魂带到天堂。"他的妻子补充说。

"我想，"雷布思直截了当地说，"我们是否可以单独谈一谈。"

肯尼迪朝他的妻子望去，她看上去并不想走，但最后她哼了一下，转身离开了。雷布思听见墙的另一边传来广播的声音。

"一件可怕的事情。"市长重复道。他坐了下来，并示意雷布思也坐下。

"但是这件事并不完全是个意外，不是吗？"

市长抬起头："当然是！"

"你知道这个议员在玩火。"

"我知道吗？"

"已经有人尝试吓唬他不要那样做了，"雷布思微笑着，"我知道吉莱斯皮在做什么，而且我知道他向你提供消息，频繁地向你汇报进展。"

"这不是真的。"

"你们的午餐小会议我们都有记录。他知道你会感兴趣的。第一，你是市长；第二，他的发现和你辖区内的西加尔工业园有直接的关系。如果我善意地猜测，我会说他在为大众的利益工作，最终会把他的发现公之于众。但是，事实是，我觉得他在向你施压，让你帮他在事业上更进一步。他的发现可能永远都不会为人所知，但是有些人对此并没有把握，然后就决定把他杀掉。"

市长突然站起来："你该不会以为是我杀了他吧？"

"我非常确定，我可以向我的同事保证你就是主要嫌疑人。你必须对秘密会议和其他的一切事情作出解释。"

市长的眼睛眯了起来，眉毛连到了一起。"你想要什么？"

"我想让你告诉我所有的一切。"

"你说你已经知道了。"

"但是我还没有听见任何人亲口说出来。"

市长考虑了一下，摇头。

"那是不是意味着，"雷布思说，"你的辖区比你自己的名声更重要？"

"我什么都不能说。"

"因为牵涉到帕诺科技？"

肯尼迪的脸抽搐了一下，好像被人打了。"这和帕诺科技一点关系都没有。那个公司是洛锡安最大的工作岗位提供者之一。我们需要它，警督。"

"如果和帕诺科技一点关系都没有，它还和罗比·马西森有什么关系吗？"

"我什么都不能说。"

"戴尔基第是谁？为什么你那么害怕他？柯丝蒂告诉我她听见你和什么人讨论他。当你看到她在君旗的计划书上写了他的名字之后，你突然不想找到她了。"

"我说过了，我什么都不会说！"

"那样的话，"雷布思说，"我不会再来打扰你了。"他站起来，"我确定你要忙很多事情，比如写你的辞职报告。"他向门口走去。

"警督……"

雷布思转过身。

"柯丝蒂……她没事吧？"

雷布思又走回到房间里。"你想见她吗？"市长有些犹豫不决。弱点就这么被发现了。"我可以把她带到这里来，不过需要有东西来换。"

"你不能用一个无辜的生命做交易！"

"不那么无辜，先生。我可以想出好几个罪状来指控你的女儿。老实跟你说吧，如果不把她逮捕进监狱那就是我的失职了。"

市长转过身走向窗边。"你知道，警督，我不是洁白无瑕的人，相信我。你想知道什么叫卑鄙的手段，下流的招数，而在政界你能学到很多。甚至仅仅在地区的政治圈里……尤其是在地区的政治圈里。"肯尼迪停了一下，"你说你可以把她带到这里来？"

"我想是的。"

"那么把她带来吧。"

"那么我们要聊一下，就你和我两个人。你会告诉我我想知道的？"

市长转过身面朝他："我会告诉你。"他说，面如死灰。

他们为此握了手，市长送他到门口。他们身后，平房里的某个地方，肯尼迪夫人在唱着赞美诗。

所以现在雷布思需要做的就是说服柯丝蒂·肯尼迪，世界上最好的地方仍然是她自己的家。

雷布思首先去了她的寓所，可是那里没有人在。他又去了两个收容中心，包括威弗利后面的那个，都没有找到。他接着去了王子大街上的汉堡店，最后又开车回到雷斯，光顾了三家贩毒者和吸毒者聚集的酒吧。他在一个酒吧里休息了一小会儿，那里他遇刺的可能性比较小，然后和几个在港口内冻得要死的妓女聊了聊。其中一个觉得她认识他所描述的人，不过她可能在撒谎，因为待在他的车里比外面要暖和。

然后雷布思想起了柯丝蒂说过保罗的母亲多么喜欢她，于是他开车去保罗的父母住的地方。达根看到他的时候觉得有些难为情，可是他的母亲，那个身材矮小、心地善良的女人，要他进屋。

"不要站在门口，有话进来说。"

这是艾比山脚下不远的一套整洁的小公寓。在他母亲的坚持下，达根把雷布思带进了起居室，还给了他一个警告的眼神。达根的父亲在抽烟，看报纸。他站起来和雷布思握手。和他的妻子一样，他的个子也不高。罪魁祸首，保罗·达根，正待在他小小的巢穴里。

"我希望保罗没有惹什么麻烦？"父亲问，牙齿咬着烟斗的柄。

"一点也没有，达根先生，我只是在找保罗的一个朋友。"

"哦，如果可以的话达根一定会帮忙的，是不是，保罗？"

"啊，当然。"保罗·达根喃喃地说。

319

"是柯丝蒂。"雷布思说。

"柯丝蒂?"达根先生说,"这个名字好熟悉。"

"也许保罗把她带回来过一两次,达根先生。"

"哦,警督,他确实有时候带个女朋友回来——但不是为了玩花招,我要提醒你。"他眨着眼睛,"我们盯他盯得可紧了。"

两个男人都笑了。几乎能感觉到保罗·达根正在变小,他低着头坐在沙发上,两只手放在两条腿之间。时间从他身上脱落,就像纸从潮湿的墙上脱落一样。

"我没有见到她。"他告诉雷布思。

"从什么时候开始?"

"从我们把她送回家之后。"

"知道她可能在什么地方吗?"

达根的父亲把烟斗从他嘴边拿开:"我肯定如果达根知道的话他会告诉你的,警督。"

"你到她的公寓里找过吗?"保罗问。雷布思点头。

"她不在你的卧室吧,保罗?"

达根抽动了一下,他的父亲在椅子上往前移了移。"呃,警督。"他说,试图再次咧嘴笑一下,可是太困难了。

"你的妻子在哪儿呢,达根先生?"

雷布思站起来走进大厅。达根夫人正鬼鬼祟祟地要把柯丝蒂从前门带走。

"把她带过来吧,达根夫人。"雷布思说。

他们都回到了起居室坐下,达根夫妇解释了一切事情。

"你看,我们知道柯丝蒂是谁,"达根夫人说,"她告诉了我们她为什么要出走,我不能说这是她的错。"市长的女儿坐在沙发上,就在她的旁边，双眼凝视着火焰，达根夫人的手就在柯丝蒂的头发里来回抚摩。"柯丝蒂有吸毒的问题，她接受这点，我们也接受。我们觉得如果她想戒毒，她最好搬过来和我们一起住一段时间，离那些……过那种生活的人远一点。"

"是不是，柯丝蒂？你在戒毒吗？"

她点点头，强忍住颤抖。达根用一只胳膊搂住了她。"流汗和颤抖，"她说。"利奇先生告诉我们肯定会有的。"她转向雷布思，"他在威弗利的收容中心工作。"雷布思点点头。"他告诉我们所有因突然戒毒而引起的不适。"她又把注意力转向了那个女孩，"戒断反应①，柯丝蒂，就像在圣诞节之后，是不是？"

柯丝蒂更加温顺地蜷伏在达根夫人的旁边，好像她又变成了孩子，达根夫人是她的母亲……是的，雷布思想，她失去了一个母亲，现在有人愿意替补。

"知道吗，"达根先生说，"我们害怕你是来把她带走的。她不想回家。"

"她不一定必须回家，达根先生。除了吸毒，她没有做错任何事情。"保罗和柯丝蒂看着他，明白了他不准备提绑架恶作剧的事。"但问题是，"雷布思说着，目光转向了柯丝蒂的眼睛，"我需要帮忙。我见过你的继母了，你不想见她我不怪你……但是你父亲呢？跟他谈五分钟会给你造成伤害吗，只是让他知道你没事？"

长时间的沉默。达根夫人在柯丝蒂耳边低声说了什么。

"我觉得不行，"柯丝蒂最后说，"现在？今天晚上？"

雷布思摇摇头："明天比较好。"

---

①俗语中戒断反应（Cold Turkey）直译是"冷火鸡"的意思。

"明天也许更糟。"

"我会把握好机会的。还有一件事：上次我们见面的时候，你告诉我你为什么把文件从你爸爸的办公室拿走。"

她点点头："我听见他在打电话。他说要把什么事情掩盖起来，什么丑事。我听见他提到了君旗。他一直告诉我必须以他为榜样，可是结果他却跟所有其他人一样——谎言，骗子，懦夫。"她突然哭了起来，"他再次让我失望了。所以我把那个东西拿走了……不管它是什么。我看见是关于君旗的。"她深呼吸了一下，"也许我只想让他明白我都知道了。太糟了，所有这一切。"

雷布思离开公寓的时候，达根夫人还在尝试让她平静下来。

回到家里的时候，雷布思有种感觉，觉得电话刚刚响过。两分钟之后，音响里轻柔地播放着滚石的音乐，电话又响了。他把威士忌酒瓶夹在腿中间，想知道自己能否坚持不接，不知道自己为什么要这样做。

"什么事？"

"我是戴维森。"

"还在警察局？"

"是的，格里还是不说话。"

"你有没有给他定什么罪？"

"还没有。我们现在以袭击罪扣留他，而你是受害者。"

"我永远不会弄掉那件夹克衫上的油。搜查令怎么样了？"

"我们拿到了。我只是在等伯恩斯回来——别挂断，他来了。"戴维森把手放在话筒上。雷布思用他空闲的手把酒瓶拧开，他找不到玻璃杯。戴维森又回来了。"有结果了。两张信用卡，便捷卡和VISA卡，是托马斯·吉莱斯皮名下的，藏在床垫下面。"

"那么现在有罪状了吧？"

"我会和他的律师谈谈。"

"我们要的不是炸鱼的格里，记住。我们要的是指使这次袭击的人，不管他是谁。"

"当然，约翰。"雷布思从戴维森的声音里听不到一点点热情，"现在听坏消息。"

"听着，我是认真的——我们需要找到付钱给他的人！"

"我说坏消息的时候是认真的！"

雷布思安静了下来。"好的，什么事？"

"你让我查自从你星期天晚上去见查特斯之后还有没有其他人去看他。那么，第二天早上就有人去看他，而且今天又去了。很明显她经常去。"

"然后呢？"

"她的名字叫萨曼莎·雷布思。现在，约翰，可能这不代表什么。我的意思是，她也去看别的犯人，我们知道她在ＳＷＥＥＰ工作。有可能她只是——"

可是约翰·雷布思已经上路了。

"我不觉得有什么大不了的。"萨米说。

"什么？"

"我不觉得有什么大不了的。"

他很愤怒，以至于按了佩兴斯的门铃两次才想起他上次来的时候发生的不愉快。不过这次是萨米开的门。

"拿上你的外套，"他低声说，"告诉佩兴斯是个朋友，你要出去一下。"

他们去了公寓旁边拐角处的一家旅馆。这家旅馆几乎是废弃的，只有一个女服务员和一个常客在角落的酒吧里，活板门是开着的，并没有把两个人隔开。雷布思和萨米带着他们的饮料去了更远的角落。

"这很重要，"他说，"你帮他偷偷地把什么东西带出去了？"

"只是一封信。"

她冷静地喝着她的龙舌兰酒和橘子汁。父亲和女儿，雷布思想。他想象着市长和柯丝蒂的样子。他们必须作出选择，但没有人能在一生中都做出正确的选择。女儿永远都长不大；在她们父亲的眼里，她们只是从女孩变成了女人。

"我以前做过类似的事情，"萨米说，"你知道在所有的信出去之前看守都要看的吗？他们仔细地检查，斜着眼看……我对这很反感。"她停了一下，"他们会对同性恋的情书非常瞧不起。"

"查特斯告诉你他是同性恋吗？"

"他暗示了'一个特别的朋友'，他是这么说的。"

雷布思摇摇头："炸鱼的格里是特别的，好吧。他是最佳人选。你把信件送到了他的寓所吗？"

"德伍德只有快餐店的地址。"

"你看信了吗？"

"当然没有。"

"信封被封上了？"

她点点头。

"很大很鼓的一个信封？"

她想了一下："是的。"

"那是因为里面装满了钱。"

"我做了什么？"她的脸涨红了，声音也提高了，"违反了某项恶心的监狱规则，仅此而已。"

"我希望真是那样。"雷布思平静地说。

她安静下来了。"那能是什么？"

他不能告诉她。他不能那样对她……不过最终所有事情都会水落石出的，不是吗？

"萨米，"他说，"我认为是查特斯给炸鱼的格里钱，让他去杀一个人。你送的信封里有要求和报酬。"

她的脸上失去了所有可爱的色彩。"什么？"她说话的样子让雷布思非常难受。她想拿起饮料，可是洒了，然后她用弯曲的手指捂着嘴干呕起来。雷布思从他口袋里掏出一块手帕递过去。

"你在吓唬我，"她说，"就是这样。你不喜欢我的工作，你想吓唬我不让我干了！"

"萨米，求你……"

她站起来，把她剩下的饮料都洒到了他的裤子上。他跟着她走到门口，女服务员和顾客看着他们。他在后面叫她，可是她在跑，跑下台阶，跑上人行道，然后沿着拐角绕过去，回到牛津庄园。

"萨米！"

他看着她跑，一直看着她，直到她消失在视线中。

"该死！"

一个醉汉从他旁边走过，给他一个迟到的新年祝福。雷布思告诉了他一个可以一直过新年的地方。

36

按照计划，第二天早上雷布思开车去了南加尔。他把车停在市长家旁边的拐角处，然后去按门铃。是市长自己开的门，左右张望着好像希望能看到她。

"我们需要开车走一会儿。"雷布思告诉他。

然后一个身影从过道上猛地出现，从卡梅伦·肯尼迪后面走过来，把他推到了一边。

"她在哪儿？"肯尼迪夫人的声音由于激动而颤抖，鼻孔张得极大，"迷失的羔羊在哪儿？"她转向她的丈夫，"你说过他会把她带来的！"

市长看着雷布思，雷布思什么也没说。

"我要和雷布思警督走一躺，贝丝。"

"我去拿我的大衣。"肯尼迪夫人说。

"不，贝丝。"市长把一只手放在她胳膊上，"我最好一个人去。"

争论开始了。雷布思转过身，又走到大门跟前。市长跟在他后面。

"你不要穿大衣吗？"雷布思问。

"没事的。"

他的妻子站在门那里叫他们："'谁有一百只羊失去一只，不把这九十九只撇在旷野，去找那失去的羊，直到找着呢？'①"

"她学会了苏格兰语的《新约》，"市长解释说，"倒背如流。"听起来不像吹牛。

柯丝蒂坐在雷布思车的后座，旁边是保罗·达根。她洗了个澡，头发也洗过重新扎了一下。她穿着达根夫人给她买的衣服——那是父母认为十几岁的孩子会喜欢的样式。你会以为她是个正常的，但有些闷闷不乐的孩子，仅此而已——要是没有那一阵阵的恶心和抽搐，以及她身上突起的骨头。

肯尼迪看到她的时候屏住了呼吸。

"我说过我会把她带来的，"雷布思告诉他，"现在进去吧。"

当他们朝福斯大桥开去的时候，市长的脸像石雕一般。这是与雷布思和劳德戴尔那晚走过的同样的路线。他告诉自己选择这个地方见面是因为它近，开放而且没人打扰，可是他想也许他有更深的动机。

他们来到 A90 公路，沿着交叉环形路走了四分之三，然后朝护城河旅馆开去。那里有个废弃的大停车场，正好可以俯瞰福斯湾大桥。每天的这个时间，每年的这个时节，停车场都无人使用；除了一辆福特卡普里，它看上去像别人兜风之后扔掉的。雷布思把车停下，熄了火。

"我们在这儿下车。"他跟保罗·达根说。

---

① 引自《新约·路加福音》，原文中的句子是苏格兰语，引自 W.L. 洛里默（W.L. Lorimer, 1885—1967）翻译的《苏格兰新约》。

达根捏着柯丝蒂的手。"你没事吧？"他问她。

"没事的。"她轻松地说，在后视镜里看她的父亲，他也在看着她。

于是雷布思和达根下车了。

雷布思穿过柏油碎石路，站在最边缘处。你可以清楚地看到两座大桥和海湾另一边的法夫；你还会感受到四面八方吹来的风。雷布思在风中颤抖，身体有点晃动。他把头缩进大衣里，在尝试了六次之后终于点着了一根烟。打火机的丁烷气味引起了短暂的恶心。

保罗·达根离他有一段距离，把一只胳膊放在按次计费的金属望远镜上。雷布思留下他一个人在那里，只是看着风景。云堆积在一起，看上去好像一群在酒吧的群架中受伤的人，蹒跚着从面前经过。而云的下面，法夫像是一条灰绿色的人行道。

保罗·达根终于来到他旁边了。"在想威利和迪克西？"他问。雷布思斜眼瞥着他，但是什么也没说。

"我不光只有漂亮脸蛋，警督。"

"我在想，是他们把我带进来的。他们的自杀。他们让我思考一些事情……问我自己一些问题。当麦克奈利自杀的时候，我非常想知道原因。"他笑了，"你不明白我在说什么。"

达根只是耸耸肩："不过我在听。"他们之间沉默了一阵，达根在轻轻踢着路沿的石头："看看我周围这些麻烦，警察，理事会，还有……"

"你认为我可以帮你？"

"我不知道。"

柯丝蒂从一个压抑的家庭跑向另一个压抑的家庭，这很奇怪，不过雷布思知道原因是什么。在威利和迪克西死亡之后，她崩溃了。对她来说，他们代表着"真实的生活"，远离父亲和他的政治阴谋的生活。

威利和迪克西的生活是另一面，是她喜欢甚至羡慕的一面。她害死了他们，然后她开始一路坠落，直到她意识到她需要保护和安慰，不然她也许也会死去。保罗·达根给她安慰，还有他的父母。

"你知道吗，"雷布思说，"我想我知道她为什么在文件上写'戴尔基第'了。如果她父亲付了赎金——也许就算他不付——她也准备把君旗的计划书还回去。这是个警告，一个信号，表示她知道了一些事情，如果他不想让她公布于众，就不要管她。"

"现在不要说柯丝蒂了，我呢？"

"每个人都要付出代价，保罗，"雷布思说，没有看他，"事情就是这样。"

"啊，对，"达根轻蔑地说，"如果我是费蒂斯①毕业的某个有钱人，我也要付出代价，是吗？别人会像对待逃学的学生一样对待我？得了吧，警督，柯丝蒂告诉过我事情是什么样子，整个系统。"

他转过身拖着步子走了。

他说对了一点，雷布思乐意承认这一点，只是他现在有别的事情要想。风很快就把他的烟熄灭了，于是他点了另外一根。达根在废弃的汽车旁边，往里面看着。他试着打开一扇门，门开了，他钻进去，找到了避风的地方。有人说天气造就了苏格兰人：长长的令人沮丧的时光，夹杂着短暂的光明和幸福。总有一些事情能证明这个理论。人们很难相信这个冬天会结束，尽管他知道它会结束的——知道，但是几乎不相信。正如一位老牧师常说的，这是信念，或者是信念的颠覆。雷布思有段时间没去教堂了，他怀念和劳瑞教父的谈话。但是他不怀念教堂，甚至也不怀念做礼拜。劳瑞不能容忍自杀，无论是观念上的

---

①费蒂斯中学（Fettes College）是英国家喻户晓的名牌中学，也是苏格兰成绩最好的独立学校。

还是实际上的。这是极大的罪恶，就这样。有人协助的自杀也是罪恶，都是邪恶的。

但是当雷布思的母亲最后一次生病的时候，她企求他的父亲让她解脱。有一天，小约翰走了进去，看见他的父亲坐在她的床前。她睡着了，胸部发出了骇人的液体流动声，他的父亲手里拿着枕头坐在那里……看着枕头，然后又抬头看看他的儿子，让他告诉他该怎么做。

雷布思知道如果他没有走进去，他父亲可能就做了，可能已经把她从痛苦中解脱出来了。

相反，她又弥留了几个星期。

他转过身不再看福斯湾，发现自己的视线模糊了。他抬头调整好角度，吞下眼泪，走向废弃的汽车。里面，保罗·达根在哭。

"他们也是我的朋友。"他叫道，"她愚蠢的计划害死了他们！可是我不能因此恨她……甚至不能生她的气。"

雷布思把一只手放在达根的肩上。

"没有人害死他们，"他平静地说，"那是他们自己的选择。"

他们两个在里面坐了一会儿，躲着寒风，在不属于他们的避难所里。

后来，雷布思开车把他们送回城里。后座位上两个年轻人的眼睛都哭红了，前面的两个人没有。他对此并不感到自豪。他把车开到肯尼迪家的岔路口，市长还是什么话都没说。最后，雷布思把车停在达根在艾比山的住家外面的路边。

"我们这是在哪儿？"肯尼迪问。

"柯丝蒂和一些好人住在一起。"雷布思解释说。

市长转身看着他的女儿："你不回家?"

"暂时不回。"她说，好像每说一个字都耗费着她内在的一些东西。

"你说过你要把她带回来。"

"我没有说她会留下来。"雷布思说，"柯丝蒂会决定是否留下来和什么时候留下来。"

她已经下车了，达根也是。她在人行道上弯腰，干呕着，吐着带泡沫的唾液。

"她不舒服。"肯尼迪说。他正要打开他那边的门，雷布思突然把车从路边开走，进入了车流中。

"你知道她怎么了，"他说，"现在她在戒毒，而且我相信她会好起来的。"

"你的意思是，"肯尼迪冷冷地说，"她在家就不会'好起来'。"

"你认为呢?"雷布思说。这个话题结束了。

"我们去哪儿?"

"市长，爱丁堡的一大好处就是，附近总能找到安静的地方。你和我要谈一谈。至少，你要说话，而我要听。"

他把车绕过索尔兹伯里山脚，向亚瑟宝座①顶部附近的一个停车场开去。那里已经有一些车了，父母和孩子在外面顶着寒风。他们可能会把它叫做"呼吸新鲜空气"。

不过雷布思和市长坐在车里，主要是市长在说话——毕竟这是他们的交易。接下来很长的时间里，沉默出现在他们之间；有形有质的沉默，像是一个多余的座位。雷布思开车把市长送回家。

---

① 亚瑟宝座（Arthur's Seat），爱丁堡地区的一座小山，高二百五十一米。

* * *

山顶上有个人。他在修补一道石墙。

雷布思沿着石砌大坝慢慢地往上爬。这里是爱丁堡和卡洛普斯之间，在彭特兰山系的脚下。没有地方可以躲风和冰冷的空气，但是快到山顶的时候雷布思已经流汗了。那个人看见他来了，但是没有停下手中的活。他旁边有三堆石头，大小和形状都不相同。他总是先拿起一块，用手掂一掂，研究一下，然后要么把它放回原处，要么把它堆到墙上。墙上加入新的石头之后，新的问题就出现了，他需要再次重新研究他的石头堆。雷布思停下来喘口气看着那个人。这是人类能够想象得到的最艰苦的工作，而最后，这面墙将是一块块石头排列起来的艺术组合。

"这肯定是要绝迹的手艺。"雷布思说，他已经来到山顶了。

"为什么那样说？"这个人感到挺可笑。

雷布思耸耸肩："电篱笆，带倒刺的铁丝——拥有石头围墙的农民不太多了。"他停了一下，"或者用石头砌围墙的人，确切地说。"

那个人转过身看着他。他面色红润，有浓密的红胡子和金色的头发，太阳穴处的头发已经花白了。他穿着肥大的阿伦毛线衫，绿色的军用夹克，灯芯绒裤子和黑色的靴子。他没有戴手套，所以不停地往手上吹气。

"我必须光着手，"他解释说，"那样我可以更好地感觉石头。"

"你的名字是戴尔基第？"

"艾登·戴尔基第，愿为你效劳。"

"戴尔基第先生，我是雷布思警督。"

"有事吗？"

"你听起来并不惊讶。"

"做这样的工作，来看你的人不多。这是我喜欢这里的一个原因。但是自从我修这面墙开始，这里就像一条主干道而不是荒芜的山路了。"

"我知道吉莱斯皮议员来找你了。"

"有几次。"

"他死了。"

"我知道。"

"这就是为什么你看到警察的时候不惊讶？"

戴尔基第笑了笑，开始检查另一块石头，把它放在手中翻转着，用手心感受它的重量，感觉它重心的位置。他把它放到墙上，接着觉得还是不合适，又把它放到别的地方。这个过程需要一两分钟。

雷布思回头看着他来时的路，石墙沿着这条路一直延伸到了他停车的小路上。"告诉我，修这样一面墙需要多少块石头？"

"几万块。"戴尔基第说，"你可能要数上很久。人们用好几年才把它修好。"

"它远远比不上计算机。"

"你这样认为吗？也许是的。可是话又说回来，也许它们之间有某种联系。"

"我知道你过去是罗比·马西森的合伙人，在帕诺科技刚起步的时候。"

"在我的时期它不叫帕诺科技。这个名字属于罗比。"

"但是早期的设计……早期的工作是你做的？"

"也许是的。"戴尔基第把一块石头从一堆扔到另一堆。

"我听说是这样的。他经营着公司，但是你设计电路。是你的产品让公司运作起来。"

戴尔基第什么也没说。

"然后他把你的股份买下了。"

"然后他把我的股份买下了。"戴尔基第重复了一遍。

"事情是这样的吗？"

"事情和我告诉议员的一样。我有……很长一段时间过于卖力工作了。我病倒了。当我回来的时候，公司已经不是我的了。罗比吻别了我，所有的设计也成了他的，整个公司都是他的。戴尔马，我们的公司以前叫这个名字——戴尔基第和马西森。那是他第一个改掉的东西。"戴尔基第在感受另一块石头的重量。

"他怎么会有钱买下你的股份？我想你的股份是被买断的。"

"哦，是的，这是光明正大的。他在其他一些地方有投资，利润相当丰厚，他用这些钱买下了我的股份。"他停了一下，"这是后来律师告诉我的。我已经不记得了——谈判，签字，什么都不记得了。"

"你一定感觉很难过。"

戴尔基第笑了："我又病倒了。他们把我送进一家私人疗养院，花了大量的封口费。当我出来的时候，我不想要任何和这个行业有关的东西，或者任何像那样的行业。故事就此结束。"

"从那以后帕诺科技开始发展了。"

"罗比·马西森对他所做的事情很擅长。你认识他吗？"

雷布思摇摇头。

"罗比十八岁的时候，他的家人就搬到美国去了。他加入了一家大公司，IBM 或者惠普，总之差不多是那种公司。那个公司在欧洲有贸易活动，罗比就被派过来了。他喜欢苏格兰。那个时候我一个人干，设计东西，玩弄着自己的灵感，大部分想法都是不切实际的。我们见面了，互相喜欢上对方，他告诉我他要辞职，就在这里开办自己的电脑公司。他说服我跟他一起干。有两年我们合作得很好……"戴尔基第好像已经忘记了他手上的石头。风把雷布思的耳朵刮疼了，但是他没有表现出来。

"我没有告诉你全部的事实，"艾登·戴尔基第最后说，"我是个酗酒的人。或者，至少，我就快成为一个酗酒的人了。我想这就是罗比急着摆脱我的原因。在我看来，他似乎策划有一段时间了。我签字表示放弃两个元件的所有权，后来帕诺科技用它们赚了不少钱。"他做了个深呼吸，"但已经时过境迁了。"

"这些马西森用来买下你的股份的钱，到底从哪儿来的？"

"有个叫德伍德·查特斯的人，他早就认识罗比。我想他是做公司秘书之类的工作的。他有很多赚钱的计划，或者应该说是花招。罗比跟我提过其中的一个。查特斯要成立一个皮包公司然后到处骗赞助——当地政府、SDA、欧洲经济共同体，他在那种事情方面有天赋。我觉得他肯定在什么地方为帕诺科技的发展骗了钱——公司发展得实在太快了。"

"你对于这些从来没有说过什么？"

"我为什么要说？但愿他们好运。"

"可是实际上罗比抢劫了你！"

"现在他雇用了很多人。我不值得别人付出那么大的代价。"

雷布思坐在冰冷的地上，背靠着墙，手在头上抚摩着。

"你知道吗，"戴尔基第说，"我对这项产业仍然感兴趣。我不想这样，但我真的感兴趣。欧洲的个人电脑有百分之三十五都是在这里生产的，还有百分之二十四的半导体。IBM 在格里诺克的车间每年生产两百万台电脑——包括他们向全世界提供的显示屏和在欧洲销售的每一台 IBM 电脑。"他大笑着，"五万人从事这个行业，而且还在增加。日本进入这里，是因为这里的生产效率太高了——你相信吗？"他突然停止了大笑，"可是基层系统不稳定，警督。我们在硬件方面很强大，可是我们还需要软件，需要将更多的部分外包——我们目前只有百分之十五的零部件外包。我们只是条生产线。也许帕诺科技能改变这个。"他耸耸肩，"但愿他们好运。"

"那么你为什么要和吉莱斯皮谈？"

"也许是为了倾诉。"他最后一次研究手里的石头，然后把它扔得远远的，"也许因为我说什么都不重要了。没有任何针对帕诺科技的调查能走远。"

"议员发现了。"艾登·戴尔基第看着他，但是什么也没说。"你不害怕吗？"

"不，"戴尔基第用两只手把一块大一点的石头放到墙上，"我一点也不害怕。我走了以后这面墙还会留在这里，无论我会活到一百岁还是明天就突然死去。"他用手拍打着墙，"我知道什么才是永恒的。"

雷布思站起来："哦，谢谢你和我谈话。"

"没什么。我有时候无聊了就对着墙说话。"当雷布思往山下走的时候他又笑了，"你知道有句古话叫隔墙有耳吗？"

这是适合室外活动的一天。在下午晚些时候，雷布思和伊恩·亨特爵士一起走进了植物园。

"我喜欢这个地方，"伊恩爵士说，撑着长柄伞，在通向因弗雷斯大楼的草地上高兴地迈着步子，"当然，自从现代艺术展览馆被搬走以后，这里就少了什么东西。你认为呢？"

"我认为你在故意拖延时间。"

伊恩爵士笑了："我以前在这里主持过会议，警督。这是我的户外办公室。我之所以选择植物园做开会的地点就是因为它很开放，没有被偷听的机会。"他停了下来，看看四周，市中心的全景展现在了他们面前。"好美的风景。"他说。

"没有人在偷听我们的谈话，如果这是你担心的。"

"哦，我确实有过这个想法。在这个电子窃听的时代没有地方是安全的。"

"我不需要窃听谈话，"雷布思说，"我已经拿到吉莱斯皮的文件了。"

"可怜的吉莱斯皮议员。"

"是的，可怜的吉莱斯皮议员，被人引诱到一个小巷子里，德伍德·查特斯雇用一个有前科的人用刀捅了他的内脏，就像查特斯给麦克奈利钱让他去吓唬吉莱斯皮一样。我想他不知道小沙格会做到什么程度，他做得……他做过头了。"

"然后让你快速赶到现场，警督。是的，那也许是个错误。我准备相信你，我想你不会录下我们之间的私人谈话。"伊恩爵士把他的羊绒围巾在脖子上紧了紧，"那么，你为什么要见我？"

"因为你是所有问题的关键人物。"

"你能证明吗？"

"就像我说的，我已经——"

"是的，是的，你已经拿到吉莱斯皮的文件了，可是它们能证明什么呢？"

"你应该知道。市长把吉莱斯皮告诉他的一切都告诉你了，它们证明查特斯各种各样的公司大都只是个框架。门面公司是合法的，可是其他的……呃，如果有人要检查，查特斯会租用暂时的办公室，付钱把寄到门森大楼的信件拿来……诸如此类。我认为苏格兰政府办公室有人给他放风，每次有人要调查的时候会偷偷告诉他——他不可能在没有帮助的情况下行骗这么长时间。我讲对了多少？"

伊恩爵士欣赏着眼前的风景。"完全是推测。"

"查特斯有匿名合伙人。你看，一旦皮包公司运作起来，他就可以申请到赞助和其他奖励金，但是要让公司运作下去首先需要现金，周转资金，这就是匿名合伙人进入的关口。他可以保证投资以后有巨额回报，只要能拿到赞助金。他是个玩弄系统的高手。他帮助很多人快速赚钱，包括罗比·马西森。我肯定马西森不想让任何人知道帕诺科技早期运转的资金是盗取SDA和欧洲经济共同体的项目经费得到的。

"然后还有美国领事馆的哈尔戴因。他在社交场合认识了查特斯，而且迫切想赚钱。作为一个旁观者，我想一旦他被卷进来，你就可以给他施加压力，让他说服美国公司搬到这里来。罗比·马西森也一样——他在计算机行业有美国的关系。"

"纯属谣言。"伊恩爵士说，他的笑容并不好看。

"那么，哈尔戴因到你在皇家马戏广场的临时寓所去过很多次——我们有他的违章停车罚单。你们肯定有什么事情要谈。查特斯本来不可能逃脱，至少不能彻底逃脱，如果没有朋友和他贿赂的人组成的关系网的话，伊恩爵士。八年前，你的社会等级还没有这么高。但是你把一些新的公司引到苏格兰并获得了成功，然后你就开始爬升了。露水庄园一定花了很多钱。我想，那是不是你在过去的八年中买的？

"整个事情在很长一段时间里运行得很好。公司来了又走，有时候它们的注册资料也随之消失。后来SDA变成了苏格兰工商理事会，账目审查的程序变了，没有人回头去看由一个死去的机构赞助的项目。但是查特斯不会停止，有一次他放松了警惕，就被抓住了。他认罪了，他保护他的朋友，保证在法庭上什么都不会泄露。然后吉莱斯皮看到了什么东西，让他开始怀疑并展开了调查，接下来查特斯知道了。"雷布思停了一下，"你曾经告诉过我你喜欢一点小阴谋，那你看我做得怎么样？"

伊恩爵士只是耸耸肩，看上去很迷茫。

"好，"雷布思说，"我正要说到最精彩的部分。现在，是谁把消息告诉查特斯的呢？因为不管是谁做的，都应该为吉莱斯皮最后被谋杀负上一部分责任。吉莱斯皮把这个事情告诉了市长——自然他也要告诉别的什么人——但是他怎么都没有想到市长会直接去找马西森并告诉了他。但是市长还能怎么办呢？马西森是他的辖区里最大的雇主，市长觉得需要警告他即将发生什么。"

"你认为马西森告诉了查特斯？"

"可能。可能是你们中的任何一个人。"

"我们？"

"你从头到脚都牵涉其中。"

"说话小心点，警督。千万要小心！"

"为什么？这样我的内脏就不会被刀捅了？"

亨特的脸色变了。"那是……"他把剩下的话咽下去了。

"是查特斯干的？"雷布思猜测，"那么，首先必须有人告诉查特斯。他们这样做是因为知道他会采取措施的，采取他们自己不敢采取的措施。"

伊恩爵士的眼睛潮湿了，不过是风吹的，不是悔悟的眼泪。

"你要做什么，警督？"

"我要尽我所能把你们都抓住。"

沉默良久，亨特转向他："你还记得那天在我在庄园里跟你说的话吗？工作岗位有危险，许多人的生命有危险。"他听起来异乎寻常地真诚。

"这只不过是你们的策略，是不是？"雷布思说，"对和错，合法和不合法，公平和腐败，这些都不存在，一切只是政治策略。"

"听听你自己说的话，"伊恩·亨特爵士愤怒地说，"你是谁，《旧约》里的预言家？谁给你权利站上审判席？"他用伞柄的顶端敲着地面，等待自己的呼吸缓和下来，"如果你审视自己的内心，你会看到我们并非站在对立面。"

"但是我们的确如此。"雷布思坚决地说。

"如果这真的被大众知道了，将不止是谣言——会有一场危机。信任将会消失，海外投资者和公司将撤离苏格兰。不要告诉我你希望那样。"

雷布思想想起了艾登·戴尔基第，忙着砌没有尽头的墙——那是他发泄灰心和愤怒的唯一办法。"没有什么值得牺牲另一个人的生命。"他平静地说。

"我觉得值得，"亨特说，"我真的认为是值得的。"

雷布思转身走了。

"警督？我希望你和一些人谈谈。"

这是雷布思一直等待的邀请。"什么时候？"

"如果可能的话今天晚上。我会打电话告诉你细节。"

"我六点钟之前都会在圣雷纳德。"雷布思说道，留下那个老人独自看他的风景。

可是雷布思无法面对警察局的人，于是他回家了。

340

没有明显的线索，但他渐渐地意识到，并且越来越确信，在他不在的时候有人闯进了他的公寓。干得很利索，不露痕迹。没有强行闯入的痕迹，没有东西被拿走，几乎没有东西被移过地方。可是他的书被动过了。他把它们放得像没有按计划搭建的塔一样，但是实际上是按照他买的顺序和打算要读的顺序放的。其中的一座塔倒了，又无序地堆了起来。他的抽屉也被关上了，虽然他总是让它们开着。他的唱片被翻遍了——好像他可能把成袋的碎纸藏在唱片封套里一样……

　　他端着一杯威士忌坐下来，试图什么都不想。如果他想太多，他可能就不会行动。他可能会放弃，像戴尔基第一样，让他们继续下去。他痛恨伊恩·亨特爵士利用人的方式。可是保罗·达根也利用人，如果一定要这样说。柯丝蒂也是，利用并毁掉了她的朋友。每个人都会利用什么人。不同的是，伊恩爵士和他的同伙已经拥有了一切——心，灵魂，银子和金子——只是没有人知道，甚至想都没想过。

　　更糟糕的是，也许没有人在意。

　　七点的时候电话响了。

　　"我试过往圣雷纳德打电话，"伊恩爵士说，"他们说你下午没有回去。"

　　"不要担心，你的朋友在我到家之前已经离开了。"

　　"你说什么？"

　　"没什么，忘了吧。不过你听着：吉莱斯皮的文件在一个安全的地方，我的意思是非常安全。"

　　"你说的我没怎么听懂，警督。"

　　"这是不是说给偷听的人听的？"

"我只是打电话提醒你我们的会面。今晚九点，可以吗？"

"让我查一下我的日程表。"

"你知道西加尔工业园吗？"

"我知道。"

"帕诺科技车间。希望你九点钟能到。"

37

　　帕诺科技在西加尔工业园的车间是获了奖的，它有一套自动传输系统——一系列机器人升降机，还有使得采光面积最大化的球体形状。接待处是铬合金和灰色的金属做成的，黑色胶皮地面闪闪发亮。

　　接待处有保安值班，不过有人在等雷布思。当他走过自动门的时候，一个机械声音告诉他，他正在进入一个"绝对无烟区"。他看见伊恩·亨特爵士站在一个展示台边，台上盖了一块布，不过伊恩爵士已经把它拿掉了，这样能更好地看下面的模型。

　　"新的君旗大楼，"他解释说，"他们将在春天开始动工。"他转向雷布思，"新的工作岗位，警督。"

　　"另一件值得你骄傲的事。这次又会带来什么，露水庄园的亨特勋爵？"

　　伊恩爵士的笑容蒸发了。"他们在董事会会议室等我们。"

　　他们乘坐明亮的电梯上了三楼，也就是顶楼，来到一个紧凑的有三个门的走廊里。伊恩爵士在一面墙的操纵盘上按了四个数字，推开了其中一扇门。里面有三个男人在等他们，都站在窗户旁边。一架轻型飞机刚从大楼楼顶起飞，距离近到你几乎可以看见里面疲倦的飞行员。

雷布思先看看哈尔戴因，然后是 J. 约瑟夫·辛普森，最后是罗比·马西森。"黑手党都到齐了。"他说。

"这个笑话很差劲。"马西森走过来握雷布思的手。他穿着一套昂贵的西装，不过已经摘掉了领带，衬衫最上面的纽扣也解开了，说明他已经结束了一天的工作。"你能来很好。"他告诉雷布思，带着某种伪装的诚意。

"你能叫我来很好。"雷布思说，加入游戏当中。

马西森朝房间四周挥挥手。米色的墙上挂着一些放大的电脑芯片的图片和十来个装在框子里的出口工业和成就奖。房间正中放着一张巨大的椭圆形桌子，和地板一样黑。"我每个星期对这个地方的窃听装置进行一次清扫，警督。工业间谍一直是个威胁。不幸的是，这个会议安排得太匆忙了……"

"所以呢？"

"我没有任何相关的仪器可以使用。我怎么能确定你身上没有窃听器呢？"

"你要我做什么？"

马西森显得很难为情，但这只是做样子。"我希望你把衣服脱掉。"

"没人告诉我这是个脱衣舞会。"

马西森笑了，把头偏着，等着雷布思照做。

"有人愿意跟我一起吗？"雷布思边说边脱去夹克。

伊恩·亨特爵士大笑着。

雷布思脱衣服的时候观察着那四个人。辛普森的表情看上去最不安，因为他是这组人中最没有分量的；哈尔戴因坐在桌子旁边玩弄着一支很粗的铬合金笔，好像已经对会议感到厌倦了；马西森站在窗户旁边，把眼睛从脱衣服的人身上移开；可是伊恩爵士一动不动地站在那里看着。

雷布思开始脱短裤和袜子了。

"谢谢，"马西森说，"请把衣服穿上吧，我为给你带来的麻烦道歉。"他用的是他的办公腔调，深沉而自信，美国式的模糊音和苏格兰卷舌音夹杂在一起。"我们都坐下吧。"

辛普森还没有坐到椅子上就开始不假思索地说，他不知道他来这里做什么，已经过了那么长时间了……

"你来这里，乔，"马西森语气坚定地提醒他，"是因为你违反了这个国家的法律。我们都是。"

然后他转向雷布思。

"警督，很久以前，几乎是另外一个时代，我们都从德伍德·查特斯成立并经营的企业中受益匪浅。现在，问题的关键是：我们当时知不知道那些利润是用欺骗的手段得来的？"他耸耸肩，"那是律师要解决的问题。你知道律师会是什么样子，尤其是在解决公司相关法规的时候。他们可能需要几年，花几百万英镑才能得出结论。大量的时间，大量的金钱……"他摊开他的手掌，像作秀的人开始滔滔不绝，"为了什么？事实是，其中的一些利润——非法获得的那些——就是用来建这座大楼了，给几百人带来了工作岗位；相关的副产品创造和维持了几百个，甚至几千个岗位。得到这些岗位的人包括——正如你自己告诉我的——你的一个朋友。现在，在法律上，这些都说明不了什么——这是对的；法律是一个严厉的情妇，他们是这么说的。"他微笑了一

345

下，"但是法律，我要说，不是一切。还要考虑道德、伦理和经济秩序。"他举起一个手指强调这一点，然后把它放在嘴唇上，"道德法，警督，又是另外一回事。如果不干净的钱用作良好的用途，它真的能被叫做不干净的钱吗？如果一个小孩偷了一些苹果，但他长大后成为一个救死扶伤的外科医生，有哪个法庭会判他盗窃呢？"

马西森为他的演讲做了充分准备。雷布思试图不去听，可是他的耳朵却很管用。马西森似乎感觉到了他的变化，站起来围着桌子走着。

"现在，警督，如果你想旧事重提，你就这样做吧，结果会让你的良心感到不安。它们肯定不会让我感到不安。"

雷布思不知道马西森有没有查过他的资料，有没有派人监视他，和他认识的人谈话。不，这些方法不会得到最重要的真相，不会告诉马西森应该怎样周密而聪明地打动他的心。肯定不止这些；肯定是他的本能。

"有人犯了谋杀罪。"雷布思说。

马西森一直在等待争论这个问题。"这个房间里没有人知道。"他说。

"你说那是查特斯一个人干的？"

马西森点点头，抚摩着自己的胡子。雷布思不知道他是不是为了纪念艾登·戴尔基第才留的胡子。"德伍德·查特斯要失去的最多，"他解释说，"这些年来他一直在监狱里，如果你把你知道的公布于众，他会继续待在那里。"

"可是吉莱斯皮是被他认识的人陷害的，不然他不会到那个巷子里去。"

"为什么不？"

"因为他害怕。"

"那么是谁呢？"马西森问。

"我猜是伊恩爵士。"雷布思说。四双眼睛盯着常务官。"也许查特斯自己可以告诉我们，正如你说的，他要失去的最多。他可能愿意用一切代价来缩短他的刑期。"

"这真是荒唐。"亨特说，用手杖捶击地面。

"是吗？"雷布思说，"你喜欢枪，伊恩爵士。你有一个房间装满了枪。如果我对照检查它们会怎样？它们都还在，还是少了一支……你交给沙格·麦克奈利的那一支？"雷布思转向马西森，"我要把他带走。今天晚上我要把他带走。你们剩下的人也许以后再说。"

"等一下，"哈尔戴因打断说，"你有什么证据？告诉你我们不知道任何——"

"别再狡辩了，哈尔戴因先生。我知道这些年来伊恩爵士一直控制着你。"

马西森缓慢地摇着头："如果任何消息泄露出去，真的将会非常不幸，你会突然陷入媒体炒作和政治问题的风云中。你为什么不能只给查特斯定罪？"

"因为那样的话你们就逍遥法外了。"

马西森看上去很沮丧："警督，你得弄清楚一件事情：我不在乎伊恩爵士，我不在乎今晚这里的任何人——包括我自己，如果一定要说的话。"他的声音提高了，和他在其他董事会议上提高声音的时候一样，正在把自己推向胜利，"我在乎的——比你们理解或相信的都要深刻——那就是帕诺科技。"此刻他又降低了声音，"君旗将会是一个主要的增长点，警督。一个新的工厂，新的 R&D 部门，意味着更多的供货商、承包商，对地方经济投入巨大的现金和信心。不过还不止那

347

些，君旗将会是欧洲的微软——苏格兰将有能力在自己生产的计算机里放入自己生产的软件。"

"难怪每个人都想让你高兴。"

"你要因为一件发生在八年前，并且当时没有造成任何伤害的事，就将这一切推入危险之中；那件事只伤害了一些纳税人，反正他们无论如何都不会知道自己的钱是怎么花的。几百万只是沧海一粟，投入大海中一个涟漪都没有。你知不知道在欧洲大陆诈骗的规模有多大？那不勒斯的一个莫须有的飞行员培训项目网罗到一千七百万英镑；农产品和动物在边境上来来回回运送，每次都骗取补贴；欧洲经济共同体花了一亿英镑来摧毁葡萄园，可是每年葡萄种植面积都在增加。希腊人把葡萄枝砍下来，又插回地上，这样他们就可以拿两次钱。我再说一遍，区区几百万不会伤害任何人。"

"伤害了艾登·戴尔基第。"

"艾登自作自受。你那时不认识他。他快疯了，他会把公司跟他一起拖垮。"

"它还伤害了其他人。"雷布思想起了柯丝蒂是怎样发现她父亲不是偶像的；他想起了她的计划，一个他们都以为可以成功的计划，因为她的父亲不想让他的女儿回来——他们拿君旗的文件做交易，拿柯丝蒂对整个事情的了解做交易……威利和迪克西死了。

"我承认，"马西森说，"一个人死了。德伍德疯了，就这样解释好了。"

"还有一个问题，"伊恩爵士说，他刚刚缓和过来，"哈尔戴因先生也会承认的。还有两家美国公司已经看到把他们的欧洲业务落户在洛锡安的好处。如果我的名字，或者哈尔戴因先生的名字，要受到争议……"亨特谦虚地耸耸肩。

"看来，"雷布思说，"这正在变成比'黄金海岸分时度假'还要强硬的推销。"他转向辛普森，"你呢，乔？"

　　辛普森几乎从椅子上滑下来。"我怎么了？"

　　"在这个关于道德'垄断'的游戏中你有什么可以讨价还价的，或者只是选择进监狱？"

　　"我不能进监狱！我所做的只不过是提供一个地点。这不是违法的！"

　　"那么你为什么在这儿？"雷布思注视着马西森，他嘴唇抽动着。

　　"提供地点？"他说。

　　"听见了吗，乔？"

　　辛普森听见了，他颤抖地站了起来。

　　"你永远可以作证指控他们。"雷布思告诉他。

　　"用什么？"哈尔戴因说。

　　"哈尔戴因先生说的对，警督。"马西森又坐下了，坐在桌子顶端那张执行总监的椅子上。圆形的桌子使人人平等，可是马西森的椅子是皮制的宝座。到现在为止他的表情和声音都完全镇定，而雷布思感觉自己的头好像要爆炸了。

　　几百个工作岗位还有它们的副产品；快乐的笑脸；索提·杜加利这样的人，重拾了尊严，有了第二次工作机会。雷布思能够厚颜无耻地觉得自己有权利为这些人的将来判刑吗？人们不介意是谁做了坏事，只要他们在月底的时候拿到工资。

　　吉莱斯皮死了，可是雷布思知道这些人没有杀死他，不是直接杀死的。同时他恨他们，恨他们的自信和冷漠，恨他们确信自己所做的是"好事"。他们知道这个世界运行的方式；他们知道是谁——或者是什么——在主宰一切。不是警察也不是政客，不是任何一个愚蠢地把自己送上前线的人。是秘密地、安静的人在操纵这个世界；在必要的地方行贿，打破规则，但是不为人知；以"进步"的名义，以"系统"的名义。

沙格·麦克奈利死了，可是没有人伤心。特蕾莎在花他的钱，和梅齐·芬奇一起过得很好。奥德莉·吉莱斯皮也一样，也许刚开始真正享受自己的生活，也许和她的情夫一起。一个人死了——在恐惧中被残忍地谋杀了——那就是雷布思天平左边的全部了。而右边则是其他所有的东西。

"怎么样，警督？"马西森从雷布思的眼中可以看到变化——红色的光变成了琥珀色。他从宝座上站起来："我们喝点东西。"

雷布思刚才没有注意到远处的墙是一排凹进去的橱柜，橱柜的门是平滑的，没有手柄。马西森按了一下其中的一扇门，门自动开了。

"我希望麦芽威士忌适合每个人。"马西森说，轻松得好像他们刚刚打完几局桥牌。

"你一点杜松子酒都没有？"乔·辛普森大声抱怨说。

"没错，乔，没有。"

"那么我就喝威士忌。"

"是的，乔，你要喝。"

"警督，"哈尔戴因用深思熟虑的口气说，"我们在你手上。现在随便你怎么决定。"

"让这个人先喝点东西。"马西森责备道。

伊恩爵士直视着雷布思，他的嘴里充满了仁义道德。正当雷布思最不需要的时候，他头脑中出现了一首歌的歌词：你不可能总是得到你想要的，但是有时如果你尽力而为，你会得到你需要的。

我需要一杯酒，他想。罗比·马西森带着考虑周全的微笑递给他一杯。

"无论怎样你都没事，"雷布思告诉哈尔戴因，"你享受外交赦免，有'无罪释放卡'"。

哈尔戴因像猪一样从鼻子里发出笑声："我也是这里唯一让德伍德·查特斯骗去五千英镑的人，在艾伯咨询的事情上。"

"你本来可以跟它没关系的。"伊恩爵士咆哮道。

"嘿，"哈尔戴因说，他的眼镜片闪着光，"过去它是有用的，不是吗？"

"你知道吗，警督，"马西森说，"任何其他警察，任何其他警局官员，我可能都会试着提供一点经济帮助。"

他们都闭了嘴听着。雷布思从他的水晶平底酒杯里喝着酒。

"但是对于你，"马西森继续说，"我想那样可能会收到与预期相反的结果。"

"我对你来说值多少钱，马西森先生？"

"对我来说，一文不值。但是如果说到拯救帕诺科技……哦，我当然不会做现金交易。现金很麻烦，你不会希望国家税务局找上你。"

"不要这样想。"

"但是在自己的地皮上盖一幢新房子，女儿的信托基金，和一个在未来几年里会发展得相当好的公司的股份……然后还有一些较少但同样重要的有形回报：在合适的位置上的朋友，需要的时候提供帮助，晋升的时候在恰当的人面前说几句话……"他递出最后一杯酒给乔·辛普森——少得可怜，然后自己拿了一杯。这时他的声音几乎听不见了。他站在他的宝座后面，身后的夜空中有架飞机在轰鸣。

"听起来有点像贿赂，呃？"雷布思说。

伊恩·亨特爵士往前坐坐，看上去好像很快失去了耐心。他说话的时候用手杖敲打着地面："贿赂有钱的外国公司到经济不发达的地方有错吗？我要说，警督，从道德上讲，任何一个那样做的人都是对的。"

"敲诈者的敲诈。"雷布思说。

"我不同意。"

"告诉我，里面没有人中饱私囊？"

伊恩爵士品尝着威士忌。"应该有奖励。"他平淡地说。

雷布思大笑着。他喝过酒之后有点不受控制。"一点都不错。所有这些对国家的热爱和对工作人员的责任都是胡扯。告诉我，那天为什么把我和副局长弄到一起？"

伊恩爵士在他的座位上扭动了一下："我看到查特斯的处境变得多么危险了。我想让他收手，但是我所处的位置不允许我……我觉得最好只是指给你正确的方向，而不是把你带到那里。"

雷布思再次大笑："你的老花招。我们到这里是为了给马西森一个下马威，让他连想都不要想说出实情。"他转向马西森，"你像待宰的猪在圈里汗流浃背。"然后他又回过头看着伊恩爵士："你利用我们的方式，就像查特斯利用麦克奈利一样。而且你还敲诈哈尔戴因，让他把公司引到这里来。这算什么，贪赃舞弊也是你职业中的一部分？"

亨特什么也没说。他太愤怒了，说不出话。

"回答我这个问题：查特斯有个顾客叫奎伦，他是一个建筑承包商，通过和 SDA 里的某个人做非法交易赚钱。查特斯出卖了奎伦，于是这样他们可以认真地考虑关闭 SDA。你们那时候就都认识查特斯，是不是？你们都知道如果 SDA 消失了，所有的账户都会关闭，各种各样的骗术都永远不会被人发现。那么你们了解奎伦吗？"他看着伊恩爵士，"查特斯是不是告诉你这个故事，然后让你去选择怎么讲给其他人听？"

"这纯粹是胡扯，"伊恩爵士说，"我拒绝讨论这个问题。"

"好，让我们试试这个——查特斯通过皮包公司赚了几百万，足够让他在监狱里待上一阵子。这就是他认罪的原因。当他出来的时候，钱在外面等着他。你们都知道，而你们打算什么都不做；你们也知道他是个杀人犯，对此你们同样打算保持沉默。"

"警督，"哈尔戴因说，"我们不是吸血鬼。"

"我知道——水蛭可以用于医疗。你们知道吗？"他对着所有在场的人说，"汤姆·吉莱斯皮什么也没跟我说。他告诉我，我在犯一个错误。当时我以为这只是威胁，但是它不是——这是绝对的事实。我以为他肯定隐瞒了什么非法的事情。我从头到尾都冤枉了他；他只不过是害怕了，恐惧了。在他生命的最后几天里，他所有的感觉只有害怕。"亲爱的上帝呀，雷布思知道那种感觉是什么样的。

"没有人会为他哀悼！"伊恩爵士突然说。

雷布思转向他："你是怎么知道的？"

"什么？"

"他有个遗孀；你认为她不曾哀悼？"

伊恩观察着他的手杖的手柄。"我忘了。"他说。

"不，你没有。"雷布思平静地说。

"那么，事情是怎样的，警督？"马西森开始不耐烦了。他知道他赢得了争论，但是可能仍然会失去这场战斗。他把他的酒杯举起一半，如果雷布思说出了正确的答案他就准备碰杯，这个答案应该是每个人都想要的。"只是记住，如果你想要，就会有一个位置给你的。"

雷布思还在盯着伊恩·亨特爵士。他一口气喝完了威士忌，然后把酒杯放下。他的双手撑在桌子上，然后一下子从椅子上站了起来。

"这是我的答案，马西森先生。"他说。

他一句多余的话都没说就走了。

38

因为他还没有决定。

他的自尊让他无法向亨特和马西森这样的人服输——他们是人，不是神。他憎恨一个人凌驾于其他人之上，如果他服输就等于默许那样的事发生。但是……但是……他不断地看到几百张不认识的脸，开着新车去上班，或者在失业救济金申领处签字。一个人的生命相对于几千个人的生命……这不公平，不应该让他来作决定。

那么，有什么能阻止他做出别的选择？他沿着考斯托非大路往城区开，经过门森曾用过的办公地点，决定顺便到托菲肯广场看看。戴维森这个时候应该不在，但是他可以看看吉莱斯皮的文件查得怎么样了。

值勤的警务员放他进了门。雷布思走过寂静的大厅上了楼梯。刑事调查组办公室里唯一的人就是拉布·伯恩斯。

"哎呀，约翰，是什么风把你给吹来了？高雅的谈话？咖啡饮料？

"确切地说是几袋垃圾。"

"呃?"

于是雷布思做了解释。伯恩斯摇了摇头:"关于它们我什么也不知道。"

"也许它们被锁到什么地方去了。"

"它们可能在储物柜里。等一下,我来拿钥匙。"

可是储物柜里什么也没有。

"你不会以为它们被不小心弄丢了吧?"

雷布思的肩膀颤抖了一下:"我可以用一下你的电话吗?"他拨了戴维森的号码。"是我,文件在哪里?"

"约翰,我过一会儿打给你。"

"文件在哪里?"

"这是命令,约翰。"

"什么?"

"它们被征用了。我准备早晨告诉你。"

"是谁?"

戴维森过了很久才回答:"副局长办公室。"

雷布思重重地摔了电话。该死的艾伦·甘纳!

"你知不知道副局长家里的号码,拉布?"

"哦,可不是吗,我们好像是好朋友。"

雷布思的表情迫使他闭了嘴,在紧急值勤表上找到了号码。雷布思拨通电话,等了又等。是一个女人接的,里面传来了大笑。是一个晚会,也许是宴会。

"请找甘纳先生。"

"我应该说你是谁?"

"沃尔特·迪斯尼。"

"什么？"

雷布思生气得发抖。"把他找来就是了。"

整整一分钟过后，甘纳拿起了话筒："哪位？"

"是雷布思。你他妈的到底在玩什么把戏？"

"你怎么敢这样跟我说话！"声音被压低了，因为甘纳不想让另外房间里的客人听到。

"好的。我尊敬地问你，先生，你他妈的在玩什么把戏？"

"你什么意思？"

"吉莱斯皮的文件在哪里？"

"在焚化炉里。"

甘纳挂断了电话。雷布思再打了一次，线路忙——听筒没有挂回去。雷布思从伯恩斯那里把紧急值勤表抓来找到了甘纳家的地址。

"如果你愿意，可以用我的电脑。"伯恩斯说。

"干什么？"

"写辞职信。"

"拉布，"雷布思对他说，"你说了我想说的话。"

雷布思按了很久的门铃。甘纳开门时，看上去并不吃惊。

"到我书房里来。"他生气地说。

雷布思走在他后面，听到了宴会上传来的声音。他没有跟随甘纳走进书房，而是走向一扇关着的门，然后打开。

"晚上好，"他说，"很抱歉把主人拉开，我们只要一小会儿就好。"

他向客人们微笑着，再次关上了门，然后才走向书房。桌边有市长夫妇，警察局长和夫人，还有甘纳的妻子。还有两个座位，一个是甘纳自己的。

"伊恩爵士不能来了，是不是？"雷布思推测说。

甘纳关上了书房的门。"他会跟我们一起喝咖啡的。"

"真温馨。"

"你看，雷布思——"

"我在来这里的路上随便想了想，想到了一些事。是这样：麦克奈利在查特斯的牢房里不是为了找出真相；他在那里是为了保证查特斯守口如瓶。你证明了这一点，因为查特斯给麦克奈利钱让他去把吉莱斯皮议员吓走。整场戏从一开始就是掩人耳目，无论弗劳尔知不知道你的花招。你希望整件事情都被隐瞒下去，既然你已经把那些文件烧掉了，它就永远不会被发现了。"

"那是由你决定的。"

雷布思摇摇头："不，我不名一文。你们这样的人才处在关键的位置上，而你他妈的什么事情都不会做。你会一直是亨特的傀儡，一直到你当上警察局长。"

门铃又响了，甘纳走了出去，回来的时候伊恩·亨特爵士和他在一起。

"好呀，警督，"亨特说，一边脱去外套，"你好像无处不在。"他的手伸进口袋，掏出一盘磁带。"都在这儿。"他说，把它递给了甘纳。

雷布思感觉脚下的地板在动。"你录下来了？"他说。

亨特笑了："谢天谢地他没有让我们都脱衣服。"

雷布思点点头："我开始明白了。"

"伊恩爵士，"甘纳说，"一直在搜集一个令人难堪的丑闻的证据。"

"而这场丑闻，"雷布思补充说，"自然而然会缺少一个重要的名

358

字。我早就应该知道，从一开始苏格兰政府办公室就牵涉其中了。我无法想象监狱长——尤其是像大块头吉姆·弗莱特这样的监狱长——会隐瞒麦克奈利的口供。可是有常务官撑腰的副局长……哦，那是另外一回事。毕竟，苏格兰政府办公室控制着大家的钱包。"他的目光定格在亨特身上，"还控制着其他很多事情。"

"雷布思警督，"亨特冷冷地说，"生活中有一项真理：常务官和声名狼藉的事不能扯在一起。为一个国家着想，他必须受到保护。"

"尽管他彻彻底底地牵涉其中？"

"尽管那样。"

"这真恶心，"雷布思说，"这磁带算什么？保险起见的策略？"

"我在准备一套文件，"甘纳说，"非正式的，会锁起来。"

"如果将来有什么事情泄露出去了……"

"文件将会证明，"亨特说，"查特斯和其他人的做法是违法的。"

"并且涉嫌谋杀？"

亨特点点头。

"马西森呢？也会提到他吗？"雷布思笑了，"对不起，我问了个蠢问题。当然会提到。你会把所有东西都出卖给法庭以此挽救自己的性命，你——"

"虚伪？"亨特提示道，"为了公众的利益，虚伪是可以被接受的。"

"你知道吗，"甘纳补充说，"我可以把你从警察局除名。"

"我会跟你斗争到底。"

甘纳微笑着："我知道你会的。"

亨特碰碰甘纳的胳膊："我们让你的客人等了太久了，艾伦。"

甘纳的眼睛一直看着雷布思："在正常的情况下，我们是欢迎你加入我们的。"

"如果你们要完蛋了，我是不会加入的。"

"据我所知，"甘纳说，"是你要完蛋了。"

"提醒你一些事，警督，"亨特观察着他的手杖，"你也参加了会议。磁带上也有你，听着人们承认自己的罪行。我没有听见你告诫他们，我没有听见你干了什么。如果真的有人问起来，也会连你和其他人一起问。"

"我送你到门口。"等着做警察局长的人对雷布思说。

39

　　约翰·雷布思做了他必须做的事——去喝了四十八小时的酒。

　　这在爱丁堡并不难。尽管现在是冬天，无法享受夏天延长的营业时间，但如果把握得当，你可以不停地喝。这完全取决于有超时营业执照的饭店、赌场和早间开放的酒吧间的轮换营业。当然，你可以一直在家里喝，但那和酒吧不一样。当听你说话的只有你自己辛酸的影子，你是很难找到买醉的感觉的。

　　雷布思不担心落下的工作。他以前也做过同样的事，在拼命努力后案件还是失败了的时候。上级会怂恿他这样做，甚至可能会凑钱分担他的开销。他可能在路边的酒吧给法梅尔打过电话，也许法梅尔提到过艾伦·甘纳同意了什么事情。不过很难说清楚，很难记得。

　　更难忘记。

　　他睡了一小时，然后惊醒了两分钟。他想起了他宁可忘记的事。

　　第一天快结束的时候，他去了洛锡安路上的一家酒吧，看到梅齐和特蕾莎玩得很开心。她们坐在一张桌旁，雷布思在吧台。有几对男人上前跟她们搭讪，但没有效果。梅齐看见了雷布思，她站了起来，朝他挥手。

"我发现哀悼期已经结束了。"雷布思说。

她笑了："啊，小沙格没有意见。"

"你为什么不告诉我？"

她的眼睛半睁着，眼皮耷拉下来。"你看，"她说，"我想要的不是他，是特蕾莎。"她给自己点了根烟，用镶着玛瑙和金子的打火机，"他喝醉那天来看我，告诉我他想干什么。他给了我这个打火机。也许他想寻求同情，或者找个人陪他说话。愚蠢的浑蛋：他的所作所为正中我下怀。我想要特蕾莎。我爱她，真的爱她。"

雷布思想起了她之前说的事，是关于小沙格的："他所做的是值得的。"他现在意识到她这样说不是报复，她的意思是他所做的值得别人付给他的酬劳。她把他送进了监狱，而他仍然会回来找她，讲他的故事……

"是强奸吗？"雷布思问。

她耸耸肩："不全是。"

他吸了一口烟："你尖叫了吗？"

这时她大笑起来："邻居们以为我叫了。他们希望自己听到了，否则就没有内疚感。我们苏格兰人需要很多内疚感，不是吗？它支撑着我们的生活。"

然后她在他的脸上吻了一下，又站回去注视着他，最后她回到特蕾莎·麦克奈利坐着等她的地方。

她关于内疚感的说法是对的，他想。但是还不止这些——邻居们当时没有做任何事情，那是典型的爱丁堡人。人们宁愿不知道，尽管什么事情也没有——他们不想被告知他们的身体或者国家正在由于癌症而腐烂，但是也不想被告知没有这回事。最后，他们就坐在那儿，陷入死局；而查特斯和伊恩·亨特爵士这样的人开始了另一个全新的游戏。

第二天中午和前一天的天气一样糟糕，污浊的空气中弥漫着尼古丁和威士忌。带着他想借酒消除的宿醉，他见到了柯丝蒂·肯尼迪，也许是在雷斯大道的中间，或者在伊丝特路的顶端。她比他矮，但想要在他耳边说什么。她并不需要踮起脚尖——他的身体已经被沉重的头颅和肩膀压弯了。

"你应该站直一点，"她告诉他，"自我毁灭并不是办法。"

他后来才想起了她这几句话，那时他已经坐在达里路一个酒吧的长凳上。气氛和环境都像极了抵押货品的仓库。他刚才一直在和一个瘦瘦的老人说话，那个喜欢美国历史的人。雷布思已经开始给他讲和霍普朗·卡西迪关系不大的历史，那个人慢慢地移动到了酒吧的另一边。系着苏格兰方格花纹鞋带的男人警惕地站在他戴着耳环的老婆莫拉格跟前。当他进来的时候，雷布思站着和他们喝了一两杯酒。

几个年轻的土耳其人在玩撞球，雷布思试着把注意力集中到他们的游戏上，可是却发现自己哈欠连天。

"没让你打起精神，是不是，老兄？"其中一个玩撞球的人大叫道。

"别管他，"酒吧女招待对他们说，"他是警察。"

"他什么都是，他就是这样。一个普通人。"

然后他想起了柯丝蒂的话。你应该站直一点，自我毁灭并不是办法。唉，这要看是什么问题。站直一点……直一点。有人在他旁边坐了下来。他试图转过头去看。

"终于找到你了。"

"萨米?"

"一个叫柯丝蒂的人给我打了电话。她说她不放心。"

"我没事。我什么事也没有。"

"你很糟。发生了什么事?"

"我们的系统,这就是发生的事。你是对的,萨米。我过去也知道你是对的,可我总说你错了。"

她朝他微笑着:"其实你也没有说错。我不应该帮德伍德·查特斯把那封信偷带出来。"

"不用担心那个。炸鱼的格里什么也没说。没别的东西,我们会拿信用卡当证据将他定罪。审判时不会提到查特斯,你不会被牵扯进去。"

"但是我已经牵扯进去了。"

雷布思摇摇头:"管好自己的嘴就行了,像其他人那样做。什么事都不会发生。"

"就是因为这个?"

雷布思伸直了背。他不想让萨米看到他这样——他刚刚产生了这种想法。

"你看,"他说,"你能不能隐瞒就看你和你的良知了。这就是我说的。"他站了起来,"我去洗个脸。"

他去了盥洗室。他不想让别的人进来,就用纸巾塞住了门,把头伸进凉水水龙头下。他在洗手池里把自己弄湿,再擦干,然后把门打开,又再次走回到吧台。

"感觉好点了吗?"萨米问他。

364

"恢复了百分之九十五。"雷布思告诉她，把她的一只手放在自己的手中。

他可以去谁那里呢？

检察长那里？几乎不可能：他大概和亨特一起在打野鸡。他就是系统的基础，而基础会被人不惜一切代价去保护。警察局长那里？可是他就要退休了，不想有任何事情给他在职的最后阶段抹黑。也许是媒体。玛丽·亨德森？这是年度大新闻，唯一的问题就是缺少证据。它听起来会变成一个怨恨的警察试图对抗……唉，所有人。

他花了些时间在家里泡澡。萨米给他喝了两升橘子汁，抽了将近一包不含尼古丁的香烟。

"我无法忘记我做过的事。"她静静地告诉他。

"也许你从我的基因里遗传了内疚。"他告诉她。

萨米回到佩兴斯那里之后，雷布思给吉尔·坦普勒打了电话。他说他需要建议。他们约好在她的健身俱乐部见面。她预约过桑拿和按摩，之后他们可以去酒吧谈谈。

安静的新镇大街上，酒吧里一楼靠窗户的位置可以看到不错的风景。雷布思周围坐着的人都很健康，有褐色的皮肤，面带自信，微笑时露出一口好牙。他知道他坐在这里就像一个恋童癖坐在教室里。他扔掉了自己去酒吧时穿的那一身衣服，直接扔掉了。现在穿的是他去伊恩爵士家穿的衣服。

吉尔进来了，朝他点了点头，然后走向吧台点了无酒精的饮料。当她走向他的时候，她的皮肤在发光。"你看上去好像不舒服。"她说。

"你还没看到我早些时候的样子呢。"

365

她从她的杯子里拿出一片橘子，吮吸着："有什么神秘的事？"

他把事情全部告诉了她。她听到一半时就感觉不舒服了，表情逐渐变得茫然。

"我还要一杯橘子汁，如果你埋单的话。"他讲完以后，她这样说。

她需要时间去思考，所以雷布思没有催服务员。但是当他又回到桌前，她还是不知道要说什么。

"看到了吧，吉尔，我所需要的就是一张搜查令，这样我就可以进入甘纳家找到文件和磁带。我们可以从太平绅士那里拿到搜查令——还有够多的议员能挑选。"

她的脸色暗了下来。"为什么找我？"她说。

"为什么不？"

"你认为我从中能得到什么好处？你认为人们会忘记我是帮助你的人吗？"

"看在耶稣的分上，吉尔。"

她的语气缓和了下来，盯着她的饮料："抱歉我让你失望了，约翰。"

"要是他们想，就让他们折磨我吧。"

她注视着他："他们不想。你不知道？看起来你真的不知道。"

"知道什么？"

"你要被提升为总督察了。加拉希尔斯那儿有个空缺，是副局长发给总警司的。"她微笑着，"你想要搜查令搜他的房子，他却忙着提拔你。法庭上会怎么看？"

"是真的。"沃森警司证实了。

雷布思在法梅尔的办公室里，但是没有坐下。他不能坐，甚至不能轻松地站着。

"我不要，我不会接受的。这是允许的，不是吗？"

法梅尔做出了痛苦的表情："如果你拒绝了，谁都不会忘记这次的怠慢。你可能永远也不会有第二次机会了。"

"我不介意怠慢艾伦·甘纳。"

"约翰，甘纳没有推荐提拔你，是我。"

"什么？"

"几个月前的事。"

"是你？"

"是的。"

"天哪，真是天大的巧合，甘纳一直到现在才作决定。加里希尔斯是谁的主意？"

"那儿碰巧有个空缺。"

"它碰巧是个荒无人烟的地方。我很理解他们需要一个总督察，那里有农民的家族仇恨和周末晚上的斗殴。"

"有时候在生活中，约翰，要对自己放松一点，帮自己一个忙。停止敲打自己，别把自己当做救世军的小军鼓。只要你……"法梅尔耸耸肩。

"鼓不会敲打自己的。"雷布思说。他注视着法梅尔的电脑，不打算再听下去。他开始微笑，看着法梅尔。"好的，"他说，"告诉甘纳我会接受的。"

"好。"

但是法梅尔没有预期中那样高兴。有事情在发生，而他弄不清是什么事情。这是雷布思的典型风格，让他觉得赢了也只是个平局，平局就意味着失败。

"还有，约翰，"他说，一边站了起来，伸出他的手，"祝贺你。"

雷布思看着他的手但是没有迎上去："我没有说我接受提升，长官，我只是说告诉甘纳我接受了。"

说完他就离开了法梅尔的办公室。

又轮到弗劳尔值夜班。

雷布思不知道为什么也不知道弗劳尔是怎么换到这么多夜班的。也许他在夜间更容易发现麻烦事。当雷布思大步走向对手的桌子时，他看上去就像个大麻烦。他拉来一把椅子，跨坐在上面。

"最近有没有放火？"

弗劳尔仅以冷笑回应。

"对你有点好处。"雷布思继续说。

"什么？"

"我不是指在垃圾桶里放火。我的意思是让副局长这样利用你的人，把麦克奈利和查特斯关在一个牢房是谁的主意？"

"跟你有什么关系？"

"告诉我。"雷布思递给弗劳尔一支烟。弗劳尔小心翼翼地接过，但还是把它放在了一边。

"嗯，"他说，"是副局长的主意。"

"我也这样想。你照做了。我是说，谁不会那样做呢？它意味着副局长欠你一个人情——这很方便。但是它没有达到预期效果。"

"我不懂你的意思。"

"我的意思是，副局长有个不为人知的计划。他想利用你的人确认查特斯没有乱说话，因为外面的人着急了。查特斯在袒护着某些人，比如帕诺科技的领导者，和苏格兰办政府公室的常务官。可是一位地方议员插手了。最后，他打算跟查特斯谈谈——也许他已经谈过了。这让一些人担心了，他们需要知道自己有多安全。结果发现，查特斯知道了议员的事并且付钱给麦克奈利让他去威胁他。"

"胡扯。"

"是吗？不过没关系。"雷布思吸着烟。他要让弗劳尔陷入沉思，不过这个过程可能需要几个星期。"告诉我，"他说，"你的朋友副局长，他甚至不能帮你接劳德戴尔的班。难道那不能让你有想法吗？"

"太快了。会引起怀疑的。"

雷布思大笑起来，这让弗劳尔更加窘困："他是这样告诉你的吗？"

"不关你的事。"

"那么，漂亮的小伙子，我有个消息要告诉你——副局长刚把我提升为总警督。"

"去死吧。"

雷布思耸了耸肩。弗劳尔拿起雷布思给他的烟点着了，然后给法梅尔家打了电话。他们火爆地交谈了一阵，弗劳尔把他在职期间——比雷布思多三年——做过的所有事情，甚至他所做的慈善工作都一一列举了出来。当他最终放下电话时，他在发抖。

"知道你现在该给谁打电话吗？"雷布思给他建议，"你的伙伴艾伦·甘纳，问他为什么是我而不是你。知道他怎么说吗？哦，也许他不会这样说，但这是事实：他提拔我是因为我对他是个威胁。给我正常的降级太危险了，相反他就来贿赂我。他把你忘在脑后是因为他有资格忽略你。这是简单的事实。"

"你为什么告诉我这些？"弗劳尔压低声音说。

"相信我，不仅仅是为了看到你局促不安而心花怒放。"

"那为什么？"

雷布思身体向前微倾。"你，"他悄悄地说，"想不想要我的职位？"弗劳尔只是冷笑。雷布思说出那些话时伤到了自己的感情，但他试图不让它表现出来。他愿意牺牲这个，甚至更多的东西，来换取在他猎物身上唯一危险的一击。不过，最重要的是，他不会告诉弗劳尔关于加里希尔斯的调动……"我说话算话。"他说。

弗劳尔非常吃惊地看着他："我需要做什么？"

40

冬天的早晨往往会破坏你良好的意愿和莽撞的计划。雷布思和弗劳尔本来想躺在各自的床上，睡在一个漂亮丰满的女人身下，可是他们却都坐在了雷布思的车上，待在艾伦·甘纳家的街对面。天还是黑的，一辆运奶车开过去了，接着是一辆运面包的车，还有几个无精打采的人正忙着赶头班车。

"这就是早晨。"弗劳尔说。

"看上去并不美，是不是？"

"你觉得这样有用吗？"

"有点信心吧。"雷布思朝甘纳的家看去，"他起来了。"

弗劳尔透过挡风玻璃看过去。甘纳家楼上的灯亮了。

"我们给他五分钟时间。"雷布思说。

可是才过了两分钟楼下的灯就亮了。

"可能是他妻子，"弗劳尔推测道，"为她了不起的丈夫做顿可口的早餐。"

"你有没有听说一个词叫'新好男人'？"

"是家商店吗？你怎么想，再等几分钟？让他把脚放到早餐桌下面？"

"我的腿结冰了，"雷布思说，一边打开车门，"现在就动手吧。"

他们按响了门铃，听到甘纳的声音："就来了！"门开了，副局长出现在他们面前，没打领带也没有系袖扣，手上端着一杯咖啡。他往过道后退了一步。

"你们来干什么？"

"为自然法则党拉票。"雷布思说着走进了有中央暖气的房间。

甘纳跑上楼和他妻子说了几句话，雷布思和弗劳尔自顾自地走进了厨房。电炉上正冒着烟。弗劳尔把平底锅拿出来，把硬面包吹凉。"新好男人，嗯？"

雷布思把水壶的开关又重新打开了，从滴水板上拿起两个杯子。当甘纳回来的时候他正在扭咖啡罐的盖子。甘纳从他手上一把将罐子拿了过来。

"哦上帝，你太无礼了。"他把水壶的开关关掉，"你们为什么会在这儿？"他想看一下手表，发现他还没有戴上，于是看了看墙上的挂钟，"给你们半分钟的时间，请出去。"

"我们需要你搜集的文件，"雷布思说，"还有伊恩爵士录的磁带。我想现在就可以办到。"

甘纳看着弗劳尔："他收买了你，嗯？你一定是疯了。我可以把你们两个都拎到警察局长面前。"

"那样最好，"弗劳尔说。他把剩下的面包扔进了垃圾桶，"你骗了我。"

"如果我们拿不到文件和磁带，"雷布思说，"我们会用一切手段走得更远。事情会变得臭不可闻，你会以为你家的下水管道堵住了。它会变得尽人皆知的，相信我，你夹住鼻子都闻得到。"

"你们疯了。我不会给你们任何东西的。"

"我们会从警察局长和报纸开始。"

甘纳把手臂交叉放在胸前："请便。你们已经为自己挖了一个很深的坑。"

"坑有坑的用处，"雷布思说，"当枪林弹雨来临的时候。"

"出去！"甘纳咆哮道。

他们出去了。

"觉得我们太心软了？"他们回到小路的时候弗劳尔嘟囔着说，"我们本来可以对他更苛刻。"

"干得不错，现在就看他了。他在看我们吗？"

弗劳尔往回看了一眼："在卧室的窗户边。"

"好。"

他们走向雷布思的车子，然后开走了。

沿路开了一百码之后，雷布思停车，让弗劳尔下了车。弗劳尔自己的车停在那儿，他很快就钻了进去。雷布思从自己的后视镜里观望着，但是甘纳并没有从房子里走出来看他们有没有走，至少不是在这么冷的早晨。他继续向前，绕着那个街区开，最后停在了甘纳家房子的另一边。

他们不信任警用广播，于是就从一个欠过雷布思人情的经销商那里借了两个手机。雷布思的手机响了，他接了起来。

"有没有看到他？"弗劳尔说。

"还没有。"

"也许他还在喝酒。"

"我认为他没有这么好的胃口。"

又过了五分钟，雷布思听到门嘭的一声关上了。甘纳家院子的大门跟着开了，他的罗孚 800 轿车就停在外面。他打开车锁，进入车里发动了引擎。

"好。"雷布思说。

"他带着什么东西吗？"

"一个公文包。"

"好，希望来了。"

雷布思把车停在路灯照不到的地方，非常小心地直到甘纳开始行动才发动引擎。他车子的排气管里冒出浓烟，飘进了零度以下的空气中。甘纳汽车后面的挡风玻璃已经结冰了，可他没有花时间去擦。

"跟着我。"雷布思经过弗劳尔停着的汽车时告诉他。

很快他们加入了进城上班族的车流中。那辆罗孚的后玻璃除水器已经结冰了。他们上了双行道后，弗劳尔超过了雷布思。

"他要去哪儿？"

"不是去上班，"雷布思说，"路不对。"

他们讨论他会走哪条路，可能会去哪个地方。王子大街不在考虑范围之内。天空出现了亮光，城堡和旧城上空浮现出些许深青色。雷布思的暖气运转得不太正常——它只在夏天正常工作——他只好在鞋里面弯起了脚趾。

"他在打转向灯，"弗劳尔说，"左转上了威弗利大桥。也许他要赶火车。"

雷布思明白了："不是赶火车，不过他是要去火车站。"

一长排黑色的出租车从威弗利火车站的地下广场开上来，等着把上班的人带到他们约定的地方，或去吃早餐补充能量。他们从出租车旁开过，一路往下到了地下。甘纳从出租车停靠点开过，看了看，好像要驶向出口处的斜坡再回到威弗利大桥。但是他朝左开了，然后在火车站后面找了个停车位。

"自己找个地方，"雷布思告诉弗劳尔，"然后步行跟上。"

"要是他看到我了怎么办？"

"上站台，沿着站台走。"

"如果他继续上站台怎么办？"

"他不是来坐火车的。嘿，把手机带上。"

雷布思把车停下，向着广场的另一个方向走，他走逆时针方向，而甘纳是顺时针方向。他像是在赶时间一样小跑起来，沿着通往火车站背后的站台走，把手机挡在脸前，算是聊胜于无的伪装。

"哦，是的。"弗劳尔说道。雷布思也就位了。他在不远处可以看到弗劳尔，他们的中间就是甘纳。他正站在雷布思预计的地方：行李寄存处。雷布思藏在一个出租工业区房间的广告牌后——事情的讽刺意味依然挥之不去。他看到甘纳把公文包递了过去，然后接过了一张票据。当甘纳回头往他来时的路走的时候，雷布思从广告牌后面走出来，兴高采烈地朝行李寄存处走去，正好及时地看到工作人员把公文包放到前面的架子上。

"如何？"弗劳尔说。

"让他走。"

"东西在那儿吗？"

"肯定，弗劳尔，肯定。"

说服瑞可·布里格斯颇费口舌。

私下说起来，考虑到他们拥有的许许多多花样百出的方法，雷布思和弗劳尔都是说服人的高手。他们有没有威胁——说服——甘纳放弃证据？如果不是因为他们选在了大清早，如果甘纳有时间思考，他也许会想到一个更好的藏东西的地方。行李寄存处只是权宜之计——他只是不想把这些东西放在自己家里。雷布思正好读懂了他的心思。实际上行李寄存处是个不错的主意，不仅仅是个权宜之计。

雷布思和弗劳尔轮流监视着这个寄存处。在火车站进行监视是件容易的事：有太多的人来来往往。他们不希望甘纳在他们不知道的情况下回来把行李拿走，虽然雷布思猜它会在这里待上一夜。甘纳白天会和其他人一样上班，然后回家思考这个问题，也许要打几个电话——他不想在办公室里打电话。没有公文包和公文来牵绊他，他感觉更有信心。他想利用这段时间把事情想清楚。

所以公文包会在那里待一夜。

雷布思打电话给瑞可让他到火车站来。他们在酒吧见了面。雷布思已经消耗了太多的咖啡和垃圾食品，酒吧里变味的酒精让他很难受。每天的生意开始时，酒吧的气味都是一样的——都是前一天积压着的味道：太多的烟雾和洒了的啤酒。

"一品脱淡啤酒。"瑞可对服务员说。那个服务员刻意不去看顾客脸上的文身。当他倒酒的时候，瑞可迅速擦了下脸。他看到酒吧里有游戏机，就走过去往里面塞了几枚硬币。雷布思付了钱把酒拿给瑞可。他的另一只闲着的手里拿着手机。我看上去像一个落魄的商人，他想。

也许在某种意义上，他是的。

瑞可玩着游戏，雷布思把情况跟他解释了一下。瑞可最后一枚硬币用完了，雷布思又给了他几个。然后他的手机响了。

"怎么样？"弗劳尔问。

"到现在为止他都不同意。"

"让我跟他谈。"

于是雷布思和弗劳尔换了班。他等了二十分钟，往酒吧打了个电话。

"怎么样？"

"他刚刚把我的钱花完。"弗劳尔汇报。结果游戏机成了真正成功的说客，它迫使瑞可向弗劳尔借钱——真正的钱——瑞可一下子就欠了警察二十英镑。

为了得到更多钱，以及让欠款一笔勾销，瑞可说他会在凌晨一点和他们见面。

只剩下十三个小时了……

剩下的时间里，雷布思和弗劳尔都在监视行李寄存处，读着从报刊亭买来的报纸和杂志，吃着高价的三明治，喝着很淡的咖啡。整体来说，就是了解了火车站的一天。

安全摄像头让雷布思很烦，他去了一下苏格兰铁路安全办公室，和工作人员谈了谈，提醒他们有一帮刚从纽卡斯特来的扒手。安全办公室里很暖和，里面的人以前是刑事调查组的，态度很友好。他们互相讲了不少故事，雷布思要求到四处看看，看到的东西让他放心。监视行李寄存处的摄像头离得太远，所以有些模糊。他们可以看到任何一个进去的人，但是脸看得不很清楚。这对瑞可很有利。

然而，午夜之后就没人监视了。摄像头会一直拍摄，但也仅此而已。

火车站夜里是锁上的，只开到一点钟。夜间有神秘的火车，货物拖车，开往伦敦的夜车。雷布思总怀疑自己可能会碰上什么东西，浑身直打战。他觉得绝不是自己的神经过敏。

瑞可如约出现了，不过迟到了十分钟。

"我带来了一些滑雪面罩。"他说。

"我们用不着它们。"雷布思向他说了下摄像头的情况。他们已经把车停到了科克本大街上。他们沿着一号站台走向行李寄存处，边走边讨论。瑞可已经提前观察过办公室了，现在随身带着工具，小小的撬锁工具让雷布思想起了牙医的工具箱。他的舌头本能地开始找牙齿上的洞，但是没找着，基恩医生早已经把它们补上了。

瑞可花了很长时间，最终他们进去了。

百叶窗拉上后，一片漆黑，好在雷布思有两把手电筒，他递了一把给弗劳尔。

"听听门口有没有动静，瑞可。"他命令道，然后就开始工作。

他们没怎么翻查行李，公文包就放在雷布思认为它该在的地方。上了锁，不过不要紧。他提起它往门口走去。

"这个，瑞可，你看该如何处理。"

他站着把手电筒对准了公文包，这时瑞可拿出了撬锁工具。同时，弗劳尔把行李弄乱，标签也换了。

"你到底在干什么？"雷布思低声说。

"尽量制造混乱。"

"停下吧。把东西都放回原处。我可不希望有人知道我们来过。"

瑞可的舌头发出了咯咯声。他们关上手电筒，站在黑暗中一动不动，聆听着。缓慢的脚步声越来越近，口哨吹着流行歌曲。瑞可把身体靠在门上。有人想开门，推了两次，百叶窗被拉起了四分之一寸，又拉了回去，接着再次拉起。如果有人从缝隙处照手电筒，就会看见弗劳尔像商店橱窗里最后的模特一样站在离他们不到三米的地方。百叶窗又被放下来了，脚步声渐行渐远。

雷布思重新开始呼吸。

"我很庆幸我穿的是棕色内衣。"瑞可低声说。雷布思再次把手电筒照在公文包上，瑞可试着开锁。它在他的手指下迅速打开了。

雷布思掀开公文包的盖子。里面有一个厚厚的文件夹和一盘磁带。雷布思把两样东西都拿出来，然后再让瑞可把箱子锁上。

"是这个吗？"弗劳尔说。

雷布思看了半天才确定，他笑着点了点头，把证据放进了提包里，用自己的衣袖擦了擦箱子，又把它放回到架上。瑞可还在打量其他的包和箱子。

"别想动那些。"雷布思说完，走向了瑞可把守的门口，顺手把门擦干净，"不要惦记着再一个人回来，明白吗？"

他们关上了门，就在大门锁上之前他们沿着斜坡走了上去。

41

雷布思无法入睡。

他坐在椅子上抽烟，看着副局长准备的文件——也许"精心制作"这个词更合适。他干得不错，虽然遗漏了很多东西，但看上去非常全面。他用耳机听了磁带的部分内容，这样能听得清楚一些。伊恩爵士有一点说对了——任何一个听这盘磁带的律师都会认为在场的警察很失职。雷布思发现他的手在颤抖。他已经一整天没有喝酒了，现在也不是特别想喝。他只是有点害怕，仅此而已。他不确定他有没有足够的……就连现在……尤其是现在。

然后他想起了什么东西，他几乎已经说服自己忘记的东西。他找到电话簿，翻到其中一页，手指沿着姓名往下划，然后找到特定的地址。都柏林大街上的一所公寓。

雷布思到那里的时候已经过了三点。街上一片寂静，甚至连出租车压过石板的声音都没有了。雷布思按响了门铃，等待，然后再按。

按第三次的时候他的手指就一直放在上面了。

内部通话系统接通了："喂？喂？"

"麦卡利斯特先生？"雷布思问，好像是中午一样。

"什么事？"

"我是雷布思警督。如果你是一个人的话，我想上去和你说句话。"

罗里的衣服只穿了一半，人还没有完全清醒。现在只有他一个人。

雷布思在宽敞的客厅里走着，欣赏着装饰品和墙上的画，这时麦卡利斯特给他们每人泡了杯茶。

然后他们面对面坐了下来。麦卡利斯特揉着眼睛，打着哈欠。

"什么事，警督？"

雷布思把茶杯放到光亮的木地板上："哦，是这样的，先生。那天我们一起吃午饭，你……唉，我该怎么说呢？后来我觉得你太热情了，太愿意说话了。然后我看到你去见奥德莉·吉莱斯皮……唉，我开始琢磨了。"

麦卡利斯特看上去想藏在自己滚烫的茶杯后面："琢磨什么？"

"你不否认你去看吉莱斯皮夫人了？"

"一点不否认。当然，我认识她。我见过她丈夫几次，工作上的和社交性质的。吉莱斯皮在社交场合陪着她丈夫。"

雷布思点点头："其他的场合——区理事会和苏格兰政府办公室的交往呢？"

"当然，吉莱斯皮议员和我本人都在进行一个工业项目。"

"嗯，"雷布思说。"议员知道你背着他和他的妻子见面吗？"

"等等——"

"让我说完。你看，麦卡利斯特先生，所有汤姆·吉莱斯皮找到的东西，都是他在没人帮助的情况下独自搜集的？一定有人向他传递信息，也许还是匿名的。"

"我不懂你的意思。"

"别担心，你会明白的。我想你已经找到了关于门森，帕诺科技和查特斯的其他骗局。伊恩爵士很信任你，已经把你定为可能的接班人。也许他让你进入门森去确认没有事情泄露。"雷布思站了起来，"现在有意思的地方来了。因为要么你把信息给别人，这样你就可以打垮伊恩爵士——换句话说，为了大众的利益；要么你这样做可以让吉莱斯皮处于忙碌之中，而且在你和他妻子鬼混的时候他也不知道——为自己私人的利益。不管怎么样，我想你两者都做了。"

"你半夜把我从床上拖下来就是告诉我你的怀疑，你可真够绅士的。"麦卡利斯特坐到椅子上，双手放在下巴下面，好像在祈祷。

"我到这儿来了。"雷布思说，"要是你这样做只是为了掩盖你和奥德莉·吉莱斯皮的婚外情，那我就白来了。可是，如果你是为了和伊恩爵士对着干的话，那我们彼此都有利用价值。'

麦卡利斯特抬起头，皱着眉头："怎么说？"

雷布思又一次坐下，告诉了他一些事情。

他要的是伊恩爵士。他把等式中除了查特斯和伊恩爵士之外其他的数字都去掉了。伊恩爵士是到达德里·查特斯的一条可能线路，雷布思需要他。他需要他是因为伊恩爵士这样的人总是正确的，就连他们错了的时候也是对的。伊恩的生活和工作准则与很多流氓的准则一样。他是自私的，但是看不出来，他一边争论一边自我辩护。他支持公益事业，可是自己的口袋里却装满了大众的钱。他和保罗·达根这样的人没有太大的区别。如果雷布思好好思考，他就可以发现伊恩爵士应该为威利·科伊尔和迪克西·泰勒的命运负责。柯丝蒂离家出走是因为他父亲暴露了城市腐败的内核，而且他并不准备反省。但是这个内核是人工锻造的，伊恩·亨特爵士正是拉风箱的那个人。

当雷布思爬上自己公寓的楼梯时，他发现有人蜷缩在过道上。竟然是萨米。他把手放到她肩膀上，弄醒了她。她迅速地站了起来。

"发生了什么事？"他问。

"我一天都在给你打电话。我很担心你。"她两边的脸颊上有干掉的泪痕，"我想我应该在这里等你。"

他带她进去。她朝起居室四周看了看，看到了椅子上的羽绒被。

"这就是你睡觉的地方？"

"某些夜里吧。"雷布思边说边点燃了火炉。

"你在这里不能好好休息的。"

"没关系。你要喝点什么吗？"

她摇了摇头。"你没事吧？"她问。

他鼓起腮帮，大口地呼着气。"我想没问题吧，还凑合。"他坐到椅子里，"我有点害怕，仅此而已。不知道自己明天会怎么样；也许结果正是我希望的那样。"

"我来见你是因为，"她开始说，"我没有办法不想，那张纸条……和发生过的事。我想也许你可以告诉我事情的经过，这会有帮助。"

雷布思笑了："这不完全是睡觉前的故事。"

他的女儿在火炉前蜷缩着，胸前还抱着个垫子。"还是告诉我吧。"她说。

于是雷布思告诉了她，毫无保留——不比她该知道的少。然后她就睡着了，手里还紧紧地抓着垫子。雷布思把羽绒被盖在她身上，把火拨小了一点，然后又坐到了椅子里，眼泪默默地流了下来，他知道这不会吵醒她的。

他穿着他最好的西装。

弗劳尔打电话告诉他的第一件事就是他不会和他一起去。他没有解释也不需要解释。雷布思再也不需要从他那里得到什么了。弗劳尔考虑得很周到：如果所有的事情都失败了——很可能会——弗劳尔会在掩体里躲着。他还有雷布思的许诺：总督察。如果一切顺利的话。

萨米帮他打扮了一下。他没怎么休息，但是考虑到西装让他增色不少，他看上去并不糟。

"佩兴斯给我选的。"他告诉女儿。

"她眼光很好。"萨米赞成地说。

他先打了电话，强调这件事秘密而紧急。还是有点问题，不过最终那人给他在上午留出十五分钟。珍贵的十五分钟。他有够多的时间消磨，于是就在房里踱步，把咖啡罐里的水倒掉然后又放回到暖气下，找到牙医预约卡片，然后撕碎。

当他离开公寓的时候，萨米吻了他并祝他好运。

"我们的差别不是那么大。"她告诉他。

"像父亲和女儿一样。"他说，然后回吻了她一下。

他把车停在新安德鲁大厦前面，一个保安走了出来告诉他不能那样。雷布思出示了他的证件，可是保安还是坚持让他把车停在访客停车的地方。

"告诉我，"雷布思说，"如果我是伊恩·亨特爵士，我是不是依然

384

需要把车开走？"

"不，"保安说，"那就不一样了。"

雷布思笑了，感觉到一点点紧张。那个人是对的：那就不一样了。

他上了大楼的台阶。从里面看，并不像发电站或者国会大厦。他在前台登记处拿到了访客通行证。安检要检查他包里的东西——只有几张纸和一盘磁带。有人下来陪同他上楼，到了楼上又来了一个人把他带到一间秘书室。在一段短短的狭窄走廊上，陪同者差点撞到了伊恩·亨特爵士。她道了歉，但是伊恩爵士一点也没有注意她。雷布思朝他眨眨眼，微笑着经过他身边。他没有回头看，但是他可以感觉到落在他背上的目光，就在他的两个肩胛骨中间。

这个，他想，是为了威利和迪克西，还有汤姆·吉莱斯皮；为了所有不知道这个系统运行方式的人，它为谎言、欺诈以及偷盗留出空间的方式。

但是他知道，最重要的是，他这样做是为了他自己。

秘书办公室里没有秘书，只有罗里·麦卡利斯特一个人，看上去非常不安，但是正如他保证过的，他在那里。雷布思又眨了眨眼睛。一位秘书进来了，把他领到前厅。她敲了敲他们面前的门，然后打开。

他刚才和安检人员开了个玩笑——"我不大可能用超市纸袋装手榴弹"——可是现在他把地雷夹在腋下进了房间。

"您能抽出时间见我真好，先生。"

他说的是实话。杜格尔德·尼文，苏格兰事务大臣，公务非常繁忙。雷布思知道不管发生了什么，他都将一如既往地繁忙。

图书在版编目（CIP）数据

任血流淌／（英）兰金（Rankin, I.）著；崔萍，刘怡菲译. —北京：新星出版社，2011.3

ISBN 978-7-5133-0178-7

Ⅰ. ①任… Ⅱ.①兰…②崔…③刘… Ⅲ. ①长篇小说－英国－现代 Ⅳ.①I712.45

中国版本图书馆CIP数据核字（2010）第004439号

午夜文库
谢刚 主持

任血流淌

（英）伊恩·兰金 著；崔萍 刘怡菲 译

责任编辑：邹 瑨
责任印制：韦 舰
装帧设计：严 冬

出版发行：新星出版社
出 版 人：谢 刚
社　　址：北京市西城区车公庄大街丙3号楼　100044
网　　址：www.newstarpress.com
电　　话：010-88310888
传　　真：010-88310899
法律顾问：北京市大成律师事务所

读者服务：010-88310800　service@newstarpress.com
邮购地址：北京市西城区车公庄大街丙3号楼　100044

印　　刷：北京京都六环印刷厂
开　　本：910×1230　1/32
印　　张：12.5
字　　数：176千字
版　　次：2011年3月第一版　2011年3月第一次印刷
书　　号：ISBN 978-7-5133-0178-7
定　　价：32.00元